L'Ombre du funambule

Stéphane Schmucker

L'Ombre du funambule

Thriller

NOUVEAUX AUTEURS

Éditions Les Nouveaux Auteurs

16, rue d'Orchampt 75018 Paris
www.lesnouveauxauteurs.com

ÉDITIONS PRISMA

13, rue Henri-Barbusse 92624 Gennevilliers Cedex
www.editions-prisma.com

ISBN: 978-2-8195-06577

LE FUNAMBULE

Je te vois sans vie, morte. J'ai commis l'irréparable, l'impardonnable.

Ton visage, si jeune, tes yeux bleus me hantent. Je t'ai tuée.

Il faut que tout se finisse. Aucune dignité possible. La suite inéluctable.

Je suis une âme morte depuis des années, mon geste sera juste une continuité.

Chapitre 1
8 juin 2018, quelque part en Alsace

C'était en ressortant du grenier ce matin-là qu'elle avait pris la décision d'appeler tout de suite, de composer les dix chiffres inscrits sur ce carnet pour enfin avouer la vérité. La vérité sur ce qui était arrivé à la petite fille, huit ans plus tôt. La vérité sur son crime aussi. La vérité sur le sang qu'elle avait sur les mains. Un aveu qui lui permettrait de se libérer du poids de toutes ces années de silence.

Elle fut éblouie par les quelques rayons de soleil qui pénétraient dans la pièce au travers des stores à moitié tirés, signe qu'elle était restée un peu trop longtemps à l'étage.

Une sonnerie, puis une deuxième. Quelqu'un, à l'autre bout du fil, décrocha.

— Oui, allô ?

— Pourrais-je parler à Justine Streiner, s'il vous plaît ?

— C'est… moi-même…

— …

Puis des sanglots…

Chapitre 2
17 juin 2018, La Madeleine / Joachim (35 ans)

— Comment t'as pu faire ça ? T'es irresponsable, tout est de ta faute ! T'es qu'une merde ! Jo, c'est à cause de toi qu'elle est morte !

Dring, Driiiiing.

Ce furent plusieurs coups de sonnette au milieu de l'après-midi qui me firent reprendre mes esprits et sortir de mes divagations. Cela faisait presque sept heures maintenant que j'étais allongé sur mon clic-clac face à ma télévision à broyer des idées noires. J'avais mis quelques secondes à réaliser que l'on avait sonné. Je n'essayai, cependant, même pas de me lever et de parcourir les deux mètres qui me séparaient de l'interphone pour questionner mon visiteur. Mon tee-shirt légèrement moite me fit m'interroger sur l'utilité d'ouvrir l'unique fenêtre de la pièce afin de diminuer la chaleur étouffante qui régnait dans cet espace confiné de douze mètres carrés.

Mon appartement, ou plutôt ma chambre de bonne, était situé sous les toits, au cinquième étage sans ascenseur, d'un immeuble en briques longeant le grand boulevard qui rejoignait la métropole lilloise. À cette heure de l'après-midi, le trafic y était très dense, mais mon logement donnait sur l'arrière, avec une vue imprenable sur un immense mur délimitant la cour intérieure réservée aux habitants de la copropriété. Bien que d'une surface très limitée, l'appartement disposait d'une douche, dans un coin, et d'un petit bureau surmonté d'une étagère dans laquelle s'alignaient quelques-uns de mes livres de biologie humaine et de biochimie calés entre des piles d'articles scientifiques.

J'avais trouvé ce pied-à-terre six ans plus tôt, fin 2012, en recherchant un logement situé à La Madeleine, à moins de 400 euros tout compris sur *leboncoin*. Loyer modique qui s'expliquait surtout parce que les toilettes siégeaient au bout du couloir et qu'il fallait partager le trône avec les deux autres locataires du cinquième. À l'époque, je vivais dans l'est de la France et ma vie venait de s'écrouler. Bien qu'en dépression chronique, j'avais décroché un nouveau poste à la faculté de Lille 2. C'était la raison pour laquelle j'avais pris contact avec Béatrice et Gérard, les propriétaires, afin de signer le contrat de location sans même avoir visité l'appartement. Les deux quinquagénaires avaient plutôt l'habitude de louer à des étudiants infirmiers ou en BTS du lycée au coin de l'avenue de la République. Ils furent donc surpris de voir arriver un homme à l'air un peu trop fatigué pour ses 29 ans. La discussion avait été cordiale et intéressante. En effet, nous nous étions découvert quelques passions communes pour le football, la pétanque et les grandes découvertes scientifiques. Ce fut après une conversation autour de la révolution CRISPR-Cas9 et de ses perspectives pour les nouvelles thérapies par modifications génétiques que nous avions signé le bail. Un bail renouvelé depuis bientôt six ans.

Des pas résonnèrent dans le vieil escalier principal, suivis du grincement caractéristique des marches au niveau du quatrième étage. Le nombre de pas indiquait la présence d'au moins trois personnes en train de gravir les étages. Le son s'amplifiait. Je compris que les visiteurs avançaient dans le couloir reculé qui menait jusqu'à ma chambre. On tambourina à la porte. Celle-ci menaça presque de se dégonder sous les impacts. Je tentai de ne pas faire le moindre bruit afin de feindre mon absence.

La voix de l'un de ces visiteurs s'éleva, d'un ton autoritaire. Les mots que j'entendis alors ne me laissèrent d'autre choix que celui d'ouvrir ma porte :

— Monsieur Streiner ? Je suis le lieutenant Breuil. Police judiciaire de Strasbourg. J'aurais des questions à vous poser… C'est très important, il s'agit… d'une affaire d'homicide.

LE FUNAMBULE

Je ne perçois plus le vide, je n'ai plus la notion du temps.
De cette existence insipide, je retiens qu'elle fut belle un instant.
Je regrette le temps d'avant, le temps perdu et ce temps qui passe.
Il est trop tard et chaque jour, il file davantage entre mes doigts.

Chapitre 3
8 juin 2018, Illkirch-Graffenstaden / Justine (36 ans)

Elle venait à peine de raccrocher. L'appel qu'elle avait reçu ce matin-là aurait pu la terrasser et lui faire perdre pied, mais il n'en fut rien. Ses yeux étaient maintenant emplis d'une détermination et d'un éclat qui n'avaient plus lui depuis tant d'années. Un goût de vengeance semblait parfumer ses lèvres. Une saveur presque réconfortante, qu'elle se sentit coupable d'éprouver.

Brusquement, elle eut l'impression que le plancher se dérobait sous elle. Elle se rattrapa au buffet et comprit qu'elle avait fait une petite chute de tension. Un tel flot d'émotions était difficile à gérer. Elle se hâta vers la cuisine et se remplit un verre d'eau au robinet. Quelques assiettes sales et verres à vin non rincés remplissaient l'évier. Cela lui paraissait bien futile à présent. Elle s'en était irritée quelques minutes plus tôt, après un réveil difficile. Elle n'aurait pas dû en faire une scène, se mettre hors d'elle et proférer tant de reproches pour si peu. Maintenant ce problème pouvait largement attendre et devenait complètement secondaire. Presque tout devenait secondaire. Ses priorités étaient redéfinies, depuis ce coup de téléphone.

Elle avala son verre d'eau d'une traite, puis se laissa glisser sur le sol carrelé de sa cuisine, adossée à son frigo, faisant tomber au passage quelques aimants ternis par la lumière, souvenirs de vacances passées en famille en Espagne, en Russie ou en Italie. Elle se surprit à penser à son mari. Un souvenir heureux pour la première fois depuis longtemps. Elle prit une minute pour réfléchir à ce qu'elle devait faire maintenant.

Auparavant, en début de matinée, elle avait sorti son tas de copies et avait entamé leur correction. À une époque où étaient mis en avant le développement de la pédagogie inversée et l'utilisation du tout numérique, elle restait une enseignante relativement conservatrice, à l'ancienne, qui préférait l'échange direct avec les élèves et la proximité. Dans une matière qui traitait du monde vivant et de la nature, il lui semblait que tout ne pouvait pas se ressentir au travers d'un écran. Ainsi, la fastidieuse corvée d'évaluation des compétences et de relecture des devoirs des élèves demeurait toujours d'actualité. Elle en recensait régulièrement les coquilles qui la faisaient sourire. Un peu plus tôt, elle avait noté dans son recueil de *perles* d'élèves : *le système nerveux hôtonome*, ou encore *Selon Lindsay*. Cet étudiant avait sans doute plus de chances de mettre un jour les pieds chez Lindsay des *Princes de l'amour* ou de la *Villa des cœurs brisés* qu'à l'INSEE. Elle avait fait diminuer sa pile de copies de moitié, laissant un reste d'environ dix-huit interrogations à barioler d'encre rouge, quand la sonnerie du téléphone, version électro d'une symphonie de Beethoven, avait retenti. Enfin, grâce à cet appel, elle savait.

Elle avait obtenu des informations sur la disparition de sa fille, sur son enlèvement huit ans plus tôt. Elle savait surtout qui l'avait enlevée. Les pièces d'un puzzle morbide commençaient à se mettre en place. Elle avait appris que du sang avait coulé et qu'il faudrait vivre avec cette mort ancrée dans son esprit. S'habituer à l'image d'un cadavre que l'on voit même lorsqu'on ferme les yeux. Comme un tatouage indélébile sous les paupières. Il était temps de réparer cette injustice et de soulager sa peine. On lui avait volé une vie, il était normal que le coupable en perde la sienne.

C'était le bruit de verre brisé qui la sortit de ses pensées macabres. Dans sa rage contenue, le verre qu'elle tenait encore dans sa main s'était brisé en cognant sur le sol. Un mince filet de sang s'était dessiné à l'intérieur de sa paume droite et quelques gouttes rougeâtres imprégnaient déjà les bris de verre qui jonchaient le carrelage blanc de sa cuisine. Après avoir superficiellement désinfecté sa plaie, et l'avoir recouverte d'une compresse de gaze, elle ramassa rapidement les plus gros morceaux de verre. Elle était plus résolue et déterminée que jamais.

À la hâte, elle vida une partie de sa garde-robe dans une valise à roulettes puis y déposa un nécessaire de toilette, son passeport et son portefeuille. Après ce qui allait se passer, la meilleure décision à prendre était probablement de disparaître, peut-être même à l'étranger. En fonction de la tournure que prendraient les événements, il faudrait songer à cette éventualité. Cependant, son esprit était trop perturbé pour valider dès à présent toute réflexion autour de la logistique des événements à venir. Elle vérifia sur sa tablette l'adresse exacte d'où provenait l'appel de sa correspondante et le temps nécessaire pour s'y rendre. En sortant, dans sa précipitation, elle ne pensa même pas à donner un tour de clé. Elle entra l'adresse dans l'application GPS de son smartphone et en suivit les indications. L'outil numérique n'étant, lui, pas sensible aux émotions.

Huit ans après, Justine allait bientôt faire face à celle qui avait brisé sa vie. Une force irrépressible l'animait comme une automate et la poussait vers cette rencontre. Il fallait qu'elle aille au bout. Comme une revanche. Œil pour œil…

LE FUNAMBULE

Je voudrais lui faire si mal, lui faire sentir la peine que j'endure.
Car elle n'est rien d'autre que le fruit du démon, du désespoir.
« Fuis du plus loin la pointe assassine, l'esprit cruel et le rire impur. »
Car un jour je passerai à l'acte et me vengerai de tout ce noir.

Chapitre 4
17 juin 2018, La Madeleine / Joachim (35 ans)

Lorsque je débloquai le loquet supérieur de la porte et qu'elle s'entrouvrit, j'aperçus deux policiers, un homme, me tendant sa carte de police, et une femme en uniforme. À deux mètres derrière eux, mon propriétaire Gérard semblait soucieux et en proie à quelques tics nerveux. C'était sans doute lui qui avait ouvert la grande porte de l'immeuble puis les avait conduits jusqu'à moi. Il savait pertinemment que je restais toujours cloîtré chez moi, les dimanches. La policière demanda poliment à Gérard de nous laisser afin que l'on puisse discuter de manière plus confidentielle.

— Que puis-je faire pour vous ? demandai-je aux deux policiers.

Ils me dérangeaient. Ce n'était pas le bon moment. Le dimanche était le jour où je prenais le plus de temps pour me morfondre. Je n'avais pas envie de faire trop d'efforts pour paraître sympathique.

— Pouvons-nous entrer, monsieur Streiner ?

— Faites donc, si vous le souhaitez. Ne faites pas attention au désordre.

Ma dernière phrase me parut immédiatement stupide. Mon appartement, certes très sale par manque de ménage régulier, ne pouvait pas être en désordre vu le nombre limité de mes affaires et de vivres qui s'y trouvaient. La grimace de la policière, au moment où elle entrait, me confirma que l'odeur de mon intérieur l'incommodait. Ils préférèrent rester debout. Le lieutenant Breuil, lui, eut une moue de surprise lorsqu'il aperçut mon écran de télévision fissuré d'une dizaine de lézardes, comme une vitre sur laquelle on aurait violemment jeté un caillou.

— Je prends sans doute le foot et les résultats des matchs de la Coupe du monde un peu trop à cœur.

Nous étions en pleine Coupe du monde. D'ailleurs, au même moment se jouait le match de poules entre le Mexique et l'Allemagne. Je n'avais pu retenir cette phrase idiote afin de détourner l'attention de mon écran et des raisons pour lesquelles il n'était plus opérationnel. Mon sens de l'humour, si je pouvais l'appeler ainsi, avait rarement trouvé son public. Le léger rictus gêné que j'aperçus au coin des lèvres du lieutenant Breuil et la mine déconfite de sa collègue me confirmèrent le flop de ma tentative de blague, et légitimèrent ma décision de ne jamais concrétiser un éventuel projet de stand-up sur les scènes parisiennes.

— Je peux vous proposer un verre d'eau ou un café, c'est tout ce que j'ai.

— Non merci, monsieur Streiner. C'est très aimable à vous, mais je souhaiterais que l'on en vienne directement à la raison de notre présence ici. Il faut que je vous interroge au sujet d'une affaire grave.

Le visage du lieutenant Breuil était redevenu très sérieux. Le policier mesurait environ un mètre quatre-vingts et était donc plus petit que moi de quelques centimètres. En revanche, ses épaules étaient plus larges que les miennes. Il devait avoir la cinquantaine. Il arborait une barbe de trois jours bien taillée et des cheveux grisonnants coupés court. Beaucoup de gens trouveraient son air suffisant, voire hautain. Pour ma part, malgré ses grands airs et les circonstances, il me faisait *a priori* bonne impression. Sa collègue avait les cheveux longs et blonds attachés en arrière. Malgré sans doute quelques kilos en trop aux yeux de certains, elle ne manquait pas de charme. Elle semblait d'un âge comparable à celui de son supérieur et était, au vu de ses galons, brigadière. Je pensai que j'avais probablement devant moi un bel exemple de la discrimination homme-femme qui existait trop dans notre marché du travail.

— Connaissez-vous une personne du nom de Liliane Charpentier, monsieur Streiner ? reprit le lieutenant.

— Oui, je la connais… Enfin, je la connaissais. Cela fait au moins quinze ans que je ne l'ai pas vue. Il lui est arrivé quelque chose ?

— Elle a été retrouvée morte à son domicile, il y a une semaine.

— Morte ? Mais comment ? Qu'est-ce qui s'est passé ?

J'étais du genre à tout analyser, tout prévoir. Du genre à vouloir garder le contrôle. Mais la nouvelle me décontenança. Je ne m'attendais pas à cela. Elle m'attrista aussi car j'avais bien connu Liliane. Des images flashaient dans ma tête, me replongeant des années en arrière.

— Je voudrais d'abord savoir quels étaient vos liens avec mademoiselle Charpentier ?

Le mot *mademoiselle* fit *tilt* dans mon cerveau. Lily n'était donc pas mariée. Malgré la gravité du moment, cette information me fournissait une once de contentement, sans doute liée à une micro-décharge d'endorphine localisée dans une zone corticale dédiée de mon cerveau. Une preuve flagrante du côté possessif et très égoïste des individus nés sous le signe astrologique du Taureau.

— On est sorti ensemble au lycée puis à la fac, c'est tout ! Ça a duré quelques mois environ… non, en fait, cela a duré plus d'un an. On a rompu, puis on ne s'est plus trop vus, voilà. Écoutez, je ne comprends pas bien ce que vous me voulez. Pouvez-vous me dire ce qu'il lui est arrivé ?

J'avais eu le sentiment que le lieutenant sentait une pointe de mensonge dans ma réponse. Il aurait eu une bonne intuition. En effet, j'avais minimisé l'ampleur des sentiments qui avaient existé entre Liliane et moi à l'époque. Le policier avait sorti son smartphone et semblait noter scrupuleusement tous les détails de notre échange. Il ne devait pas avoir une si bonne mémoire, car même après quelques secondes, il était parfois obligé de redemander à sa collègue de lui rappeler le contenu de ma réponse. Il m'avait même demandé à plusieurs reprises de répéter ce que je lui avais dit. Il était aussi possible qu'il joue les policiers naïfs pour m'endormir. Un peu façon Columbo.

— Les premières constatations indiqueraient un suicide.

— Pourquoi *indiqueraient* un suicide ? demandai-je en mimant des guillemets avec mes doigts.

Puis cela me revint en tête.

— Vous aviez évoqué un meurtre, tout à l'heure, avant que j'ouvre ma porte !

— Nous explorons toutes les hypothèses. Il existe en effet quelques zones d'ombre que vous pouvez peut-être nous aider à éclaircir.

— De quoi me parlez-vous ? Je serais suspect ? Mais je ne l'ai pas vue depuis plus de quinze ans !

— Non, monsieur Streiner. Nous vous interrogeons simplement en tant que témoin. Où étiez-vous la journée du samedi 8 juin, il y a donc huit jours ?

— Chez moi, probablement. Enfin ici, quoi. Je ne regardais pas la télé, comme vous pouvez vous en douter. Pourquoi toutes ces questions ?

— Monsieur Streiner, calmez-vous. Je vous le répète, vous n'êtes pas suspect dans notre affaire. Où est votre femme en ce moment ?

— Ma femme ? Vous voulez dire mon ex-femme, enfin, Justine ? Nous sommes séparés depuis six ans. Mais que vient-elle faire là-dedans ?

— Oui, nous parlons bien de Justine Streiner. C'est important. Savez-vous où elle se trouve en ce moment ?

Quel besoin avait-il de m'interroger sur Justine ? Elle n'avait rien à voir avec Liliane et donc rien à faire dans cette histoire. Je n'avais pas revu physiquement Justine depuis de si longues années. Depuis le drame qui nous était arrivé par ma faute. Ce drame qui avait brisé nos vies et consumé notre amour. Nous avions bien essayé de rester ensemble, malgré tout, mais les sentiments de rage et de colère qu'elle développait envers moi s'étaient amplifiés et avaient eu raison des stigmates d'amour qui existaient encore entre nous.

J'avais connu Justine à la faculté de sciences de la vie de Strasbourg, lorsque nous étudiions tous les deux la biologie. J'avais 19 ans et de l'immaturité à revendre. Je n'étais pas un Apollon, mais je n'étais pas si mal que ça. Je jouissais à l'université d'une certaine convoitise, peut-être inhérente à mon arrogance naissante et une décontraction feinte. Avant cela, mes années lycée marquées par un physique ingrat ne m'avaient pas vraiment permis de papillonner. J'y avais pourtant été en couple avec Liliane. J'avais pour projet de décrocher une thèse de doctorat en biologie, sans trop savoir ce que je pourrais en faire. J'avais cet objectif et des facilités qui m'assuraient des notes satisfaisantes pour un travail et un investissement personnel raisonnables. C'était tout au début de ma deuxième année d'université, en DEUG, que j'avais réellement fait la connaissance de Justine. Je n'oublierais jamais cette soirée. Je sirotais un jus de prune avec des amis à l'O'Brien's, un bar irlandais de l'Esplanade. L'endroit était le QG des étudiants-biologistes, pour son *happy hour* à deux euros cinquante la pinte, mais aussi car le professeur de biochimie de première année y faisait de temps en temps un tour de chant et de guitare avec son groupe. J'avais aperçu Justine, assise avec des copines à une table à l'autre bout de la pièce. Je l'avais déjà croisée dans l'amphithéâtre pour les cours magistraux et dans les allées du campus. C'était une belle fille. Mais ce soir-là, elle n'était pas la même. Elle portait une robe couleur crème à fines bretelles, une ceinture large à la taille. Sa chevelure était relevée et attachée avec un foulard coloré. Elle avait dû très légèrement maquiller ses yeux. Cela contrastait avec son apparence habituellement ultra-naturelle et son look classique genre pull épais, jean. Son attitude était différente. Plus sûre d'elle, plus envoûtante. Comme si elle pouvait être plusieurs femmes à la fois. Elle riait avec ses amis sans retenue et avait retiré ses chaussures, allant jusqu'à se déplacer pieds nus dans le bar pour commander un verre de vin rouge. Une commande singulière dans ce *pub* à bière, pour une fille atypique et qui m'apparaissait de plus en plus charmante. Je ne pouvais pas réfréner mon envie de la regarder. Elle l'avait remarquée. La plupart du temps, les filles que l'on fixe du regard détournent les yeux. Justine s'était prise au jeu et m'avait troublé. En la voyant enfiler son manteau juste avant de partir, j'avais cherché un morceau de papier dans mes poches et griffonné à l'abri des regards mon numéro de portable dessus. J'avais inventé une excuse pour m'éclipser et couru après elle dans la rue pour l'interpeller.

— Excuse-moi ! Salut, je m'appelle Joachim. Toi, c'est Justine je crois…

Elle confirma par un oui muet. J'étais déstabilisé, car elle me regardait fixement sans presque jamais cligner des paupières. Ses yeux étaient marron, mais aussi verts à la périphérie de l'iris.

— On est à la fac ensemble… Je suis désolé de t'aborder comme ça, je ne sais pas pourquoi je fais ça… Enfin si, je sais, c'est parce que je te trouve vraiment très jolie et j'aimerais bien qu'on aille prendre un verre un de ces quatre. Je te laisse mon numéro et t'en fais ce que tu veux… Bonne soirée, rentre bien.

Cette technique, qui était coutumière de certains de mes amis, devait avoir un taux de réussite de dix pour cent. Une fille sur dix rappelle après cette approche cavalière. Pour moi, cette fille sur dix, c'était Justine.

Elle était tellement différente des autres. Douce et *cash* à la fois. Elle était parfaite pour moi. On s'était très vite aimé passionnément. Intensément. Cet amour m'avait trop vite fait oublier Liliane. Une relation longue pourtant. En effet, c'était pour Justine que j'avais rompu avec Liliane après une histoire qui avait duré près de deux ans. Lors de notre rupture, il y eut quelques cris, des pleurs, mais la page fut tournée et je pus me consacrer pleinement à ma nouvelle histoire avec cette fille incroyable qui m'avait captivé comme jamais. Il y avait de l'alchimie entre nous. Une attirance qui ne s'expliquait pas.

Justine et moi avions pour projet, après avoir obtenu notre DEUG, de nous inscrire en licence de biologie, puis de poursuivre en master enseignement pour elle et en master de physiopathologie humaine pour moi. Nos projets d'avenir avaient rapidement été bousculés par une bonne nouvelle. Il avait fallu assumer et gérer. Jongler entre bonheur et contrainte. Nous avions décidé de nous installer ensemble. Avec l'aide de nos parents, nous avions loué un trois-pièces à Illkirch-Graffenstaden, près du centre-ville. Toujours avec leur aide, celle de mon père en moins, nous réussîmes à concilier parentalité et études. Une épreuve qui avait renforcé notre amour. Et pourtant...

Il me paraissait tellement absurde que ce policier vienne d'Alsace me demander à moi si je savais où pouvait être Justine.

— Justine doit être à Illkirch puisqu'elle y habite ! argumentai-je pour les policiers avec une anxiété grandissante.

— Non, monsieur Streiner. Nous avons vérifié. Nous n'avons pas réussi à contacter votre femme. Son portable est coupé et nous ne tombons même pas sur sa messagerie ! Nos collègues ont même perquisitionné son domicile. Elle semble s'être volatilisée. Aurait-elle tenté de vous joindre ?

Je répondis par la négative.

— Est-ce légal de rentrer comme ça chez les gens ?

Vu ce que m'apprenait le lieutenant, cette dernière question n'avait pas sa place et il ne la releva même pas. Il enchaîna :

— Nous n'avons pas retrouvé son passeport ou sa carte d'identité, ni sa carte de crédit. Les dernières traces que nous avons d'elle sont des retraits d'argent assez importants effectués le 8 juin dans plusieurs banques dans la ville de Sarreguemines, en Moselle.

— Je ne comprends pas où vous voulez en venir ! lâchai-je un peu trop sèchement.

Je fus surpris de la dernière information communiquée par le policier. En effet, le seul lien que je connaissais à Justine avec la région Lorraine était son ancienne belle-mère. J'avais toujours vécu en Alsace, mais ma mère avait choisi de déménager et de revenir habiter dans sa région natale à la suite du décès de mon père. Il était peu probable que Justine soit allée la voir, ma mère n'aurait pas pu s'empêcher de m'appeler pour en parler. Cela n'avait rien de logique. Le lieutenant reprit :

— Monsieur Streiner, votre femme a quitté son domicile, ne s'est pas rendue à son travail depuis une semaine. Son établissement nous l'a confirmé. Ils étaient d'ailleurs très embêtés car c'est la période des examens. Pour être pleinement honnête avec vous, elle est notre principale suspecte dans le meurtre de Liliane Charpentier.

— C'est impossible ! Justine ne ferait jamais une chose pareille. Vous ne la connaissez pas.

Je n'avais pu me retenir. Ma réaction avait été épidermique. Il n'avait pas le droit d'écorcher ainsi l'image de ma femme.

— Je comprends votre désarroi, monsieur Streiner. Cependant, mon métier m'a appris que les raisons qui poussent quelqu'un à commettre un meurtre sont souvent inattendues…

— Vous hésitiez avec un suicide, il n'y a même pas dix minutes. Ça devient du délire !

— Nous ne pouvons rien affirmer, mais j'ai noté des éléments qui font que nous ne pouvons pas exclure qu'il puisse s'agir d'un meurtre maquillé en suicide.

— Alors, donnez-moi du concret, pas du vent ou les élucubrations nées de l'instinct formaté d'un policier !

Il ne sourcilla même pas. Sa collègue, elle, semblait s'être retenue de me faire une remarque. Il fit un pas pour se retrouver parfaitement face à moi. Malgré mes attaques, son intonation ne trahissait aucune irritation.

— Bien. Nous avons retrouvé sur les lieux du crime des traces ADN. De l'ADN qui correspond à celui de votre femme !

Sur ces mots, j'avais perdu l'équilibre et étais retombé sur mon clic-clac. Ma tête tournait. J'aurais voulu ouvrir la fenêtre pour retrouver un peu mes esprits. Je m'en voulais de ne pas avoir aéré la pièce plus tôt dans la journée. Je me questionnai intérieurement : la vie s'acharne-t-elle toujours sur les mêmes personnes, pour mieux en laisser d'autres tranquilles ? Il y avait huit ans, notre vie à Justine et moi avait déjà basculé dans un ravin de désespoir. Et ce ravin ne semblait donc pas avoir de fond.

— Je ne comprends pas. Nous n'avions plus le moindre contact avec Liliane depuis des années. D'ailleurs, Justine ne la connaissait pas vraiment. Cela n'a pas de sens.

— Les analyses sont formelles, monsieur Streiner. Nous avons retrouvé sur le corps de la victime et dans sa maison de nombreux cheveux et poils dont les bulbes ont pu être analysés. Les experts ont donc pu retrouver ce que l'on appelle un ADN mitochondrial, c'est une sorte de petit compartiment dans les cellules d'un individu dont...

Je le coupai de manière encore un peu plus agressive, car j'étais de plus en plus sur les nerfs :

— Excusez-moi, mais je sais ce qu'est une mitochondrie et je sais ce qu'est une analyse ADN. Je suis chercheur en biologie moléculaire et en génétique. Épargnez-moi les explications vulgarisées au possible ! Très bien pour l'ADN, mais comment avez-vous fait la correspondance avec ma femme, comment son ADN s'est-il retrouvé dans vos fichiers ?

— De manière indirecte, rétorqua le policier. Lorsque nous avons reçu la liste des appels téléphoniques qui apparaissaient sur la ligne de la maison de Liliane Charpentier, le dernier numéro correspondait à celui de votre femme. Nous avons donc voulu interroger votre femme. N'ayant aucune trace d'elle, nous avons procédé à une perquisition de son appartement à Illkirch-Graffenstaden. C'est là que nous avons pu prélever des cheveux sur ses effets personnels et obtenir son empreinte génétique.

À la suite de mon emportement, le lieutenant mettait un point d'honneur à formaliser et à détailler chacune de ses affirmations. Notamment sur l'aspect scientifique des preuves. Il continua sa démonstration :

— Le résultat des analyses ne laisse pas de place au doute. Les cheveux retrouvés sur les lieux de la mort de Liliane Charpentier coïncident avec l'analyse de ceux de Justine Streiner.

Bien qu'il cherchât souvent ses mots, je devais reconnaître que le lieutenant Breuil avait un aplomb remarquable. Il devait être sans aucun doute un orateur formidable. Une qualité que nous avions en commun et qui avait été un pilier dans mon avancement de carrière. À toutes les étapes de notre vie, les gens qui nous jugeaient portaient souvent plus leur attention sur la forme ou l'apparence que sur le fond ou la compétence. Si quelqu'un savait jongler avec les deux aspects, la plupart des portes de l'ascenseur social restaient entrouvertes. J'appréciais l'exercice de me mettre en scène, tout comme ce lieutenant Breuil, apparemment. Parler en public nécessitait de se créer un personnage, un peu comme le faisait un acteur. On pouvait être quelqu'un d'autre et paraître extraverti, même si l'on était d'habitude de nature réservée ou renfermée, comme je pouvais l'être.

Cet aparté mental me permit l'espace d'un instant d'oublier l'aspect dramatique de la situation et l'objet de la venue des deux policiers.

— Nous n'allons pas vous déranger plus longtemps. Si quelque chose vous revenait et qui pourrait aider l'enquête, ou si votre femme tentait de vous joindre, faites-le-moi savoir au plus vite.

Il me tendit une carte avec son numéro de téléphone portable personnel. Je la saisis en me levant puis la déposai sur mon bureau.

— De plus, je vous demanderais de rester joignable et de ne pas quitter le territoire pendant le temps de… cette enquête… Bonne journée, monsieur…

Bien qu'il l'eût déjà prononcé de nombreuses fois, il se tourna vers sa collègue et se fit souffler mon nom.

— Bonne journée, monsieur Streiner.

Les deux porteurs de mauvaises nouvelles s'éloignèrent dans le couloir. Je refermai la porte et son verrou.

Les pas résonnèrent dans la cage d'escalier, le son diminuant progressivement cette fois-ci, jusqu'à ne plus être audible. Je restai là, sonné, circonspect. Mes pensées naviguaient dans la brume. Une brume qui s'était levée depuis huit ans maintenant.

LE FUNAMBULE

Je lui ferai payer toute ma solitude,
Même si de mes mains doit couler le sang.
J'entends déjà du requiem son prélude,
Quand fuira le diamant de son propre sang.

Chapitre 5
17 juin 2018, La Madeleine / Lieutenant Breuil (49 ans)

Immédiatement après avoir descendu les marches de l'immeuble où habitait Joachim Streiner, le lieutenant Breuil pensait qu'il avait fait une erreur. Il se reprochait de n'avoir pas divulgué certains éléments du dossier au mari de Justine Streiner. Principalement car il était aussi le père de Romane Streiner.

C'était sa collègue qui rompit le silence une fois qu'elle fut installée au volant de leur véhicule de service, garé en plein soleil. La température dans l'habitacle avoisinait les 40 degrés.

— Lieutenant, qu'est-ce que vous en pensez ?

Elle n'obtint comme réponse qu'un haussement d'épaules et une grimace de la lèvre inférieure du lieutenant. Elle ne s'en offusqua pas. C'était souvent comme cela. Le lieutenant attachait une grande importance à la réflexion autour des faits et des protagonistes lors d'une enquête. Elle apprenait beaucoup à son contact. Elle prit tout de même soin de s'assurer du regard que son passager n'eût pas l'un de ses moments d'absence ou de retrait. Son doigt glissait de haut en bas sur l'écran de son smartphone afin de se remémorer les détails de l'interrogatoire.

Au vu des éléments en sa possession, il avait la quasi-certitude que Joachim Streiner n'avait rien à voir avec la mort de Liliane Charpentier. En tout cas, pas directement. L'homme qu'il avait questionné apparaissait brisé, comme s'il se contentait de survivre, mais n'éprouvait plus vraiment de plaisir à être en vie. Il avait sur les yeux comme une pellicule de désespoir. Il s'était sans doute raccroché à son travail afin de combler le temps trop long de ses journées. Une telle détresse intérieure ne pouvait être simulée. Pour le bien de l'enquête, mais aussi pour préserver la santé mentale du témoin, le lieutenant Breuil avait préféré taire ce qu'ils avaient découvert dans le grenier du domicile de Liliane Charpentier.

Tandis qu'elle enclenchait le clignotant vers la sortie rejoignant l'autoroute traversant la Belgique, la brigadière continuait de chercher l'attention du lieutenant :

— Ce type, vous êtes sûr qu'il est directeur de recherche ? Je crois qu'il a moins d'allure que mon beau-frère… et ce n'est pas rien !

La remarque fit sourire le lieutenant.

— Je crois qu'il a des circonstances atténuantes, ce qui n'est pas vraiment le cas de ton beau-frère ! Ce type-là est en deuil. Il ne se remettra jamais de la perte de sa fille.

Le lieutenant avait potassé son profil avant de venir. Joachim Streiner avait 35 ans. Il était chercheur en neurobiologie et génétique à l'université de Lille 2 depuis 2012. Il fut nommé très jeune professeur d'université et directeur de laboratoire au CNRS en 2014. Marié en 2006, bien que séparé depuis, avec Justine Streiner née Jung. Une fille, Romane. Disparue en 2010 alors qu'elle avait 7 ans. Une enfance *a priori* sans histoires. Père et mère enseignants. Pas de frère et sœur. Une scolarité classique, puis des études de biologie à l'université de Strasbourg. Major de sa promotion en licence et master. Père décédé en 2003 d'un cancer.

Le lieutenant n'avait relevé aucune contradiction dans les réponses de Joachim Streiner avec les informations qu'il avait déjà collectées sur lui. Le souvenir de Liliane Charpentier avait rallumé quelque chose dans ses yeux. Rien cependant qui pourrait en faire le bourreau de la défunte. D'autant que le lieutenant avait fait vérifier que le portable de Joachim Streiner n'avait pas borné en Alsace le 8 juin, jour de sa mort. Mais Justine Streiner, elle, restait suspecte.

Pour le lieutenant Breuil, il y avait un truc qui clochait. Les constatations sur le lieu de la mort de Liliane Charpentier avaient bien confirmé que la balle avait percuté sa tempe à bout pourtant, et quelques résidus de poudre avaient été retrouvés sur sa manche et sa main. Le revolver avait été retrouvé à quelques centimètres de la main de Liliane Charpentier, dans une orientation compatible avec le scénario selon lequel elle se serait tiré une balle en étant debout. L'arme n'était pas déclarée. Les empreintes de Liliane avaient été retrouvées sur la crosse. Aucune autre empreinte. Aucune trace d'effraction n'avait pu être constatée et aucun signe de lutte n'avait pu être décelé sur le corps lors de l'autopsie. Beaucoup de policiers se seraient contentés de ce faisceau solide de preuves matérielles pour clore le dossier. Mais quelques détails avaient fait naître le doute dans l'esprit du lieutenant Breuil. Le premier fut découvert dans une poutre de la charpente. Un impact de balle. Une balle logée à l'intérieur. Après expertise en balistique, celle-ci se révéla être issue de la même arme que celle qui avait tué Liliane Charpentier. Toutes deux tirées à partir de l'arme retrouvée près du corps. Pourquoi deux balles ? Une tentative ratée ou avortée peut-être ? Quelqu'un aurait-il réussi à esquiver une première balle tirée par Liliane, à récupérer l'arme et à appuyer sur la détente ? Cela paraissait peu probable. Liliane Charpentier était agile et physiquement affûtée, et son corps ne présentait pas de signes de lutte. Ses ongles étaient intacts. Aucune contusion n'avait été relevée sur ses poignets ou ses mains.

Les analyses des relevés d'empreintes mirent en évidence un second fait troublant. Si les empreintes digitales de la défunte avaient bien été retrouvées sur la crosse, celle de son index n'avait pas été clairement observée sur la gâchette de l'arme, comme si on l'avait nettoyée. On ne pouvait toutefois pas exclure que l'empreinte se soit effacée lors de la chute du corps.

La dernière fois que le lieutenant Breuil avait été confronté à une telle configuration, il s'agissait bien d'un meurtre. Il avait bouclé cette affaire, il y avait presque quatre ans. Le coupable avait tenté de maquiller le meurtre en suicide. La victime avait été droguée à l'aide d'un somnifère et placée sur une chaise. Le tueur avait placé l'arme dans sa main, l'avait entrée dans sa bouche puis avait lui-même pressé la détente en prenant soin de porter des gants. L'enquête fouillée du policier avait mis la pression pendant des semaines sur le meilleur ami du mort. Après cette lutte psychologique avec le suspect, il craqua au cours d'un interrogatoire et le lieutenant Breuil obtint ses aveux. Cependant, rien ne prouvait qu'un stratagème similaire ait pu être utilisé dans le cas de Liliane Charpentier. Mais le doute planait.

Tous les indices, additionnés à l'appel passé à Justine Streiner le jour de la mort et la preuve de la présence de celle-ci sur les lieux grâce aux cheveux retrouvés sur place, constituaient un faisceau de présomptions qui obligeait le lieutenant à poursuivre ses investigations. Pour ne rien arranger, Justine Streiner était injoignable et avait disparu en emportant ses affaires et de l'argent. L'histoire familiale de cette femme ne plaidait pas non plus en sa faveur. Par le passé, son père avait été condamné à quatre années de prison ferme pour délit d'initiés dans une affaire financière douteuse, dont toutes les ficelles n'avaient pas été démêlées et tous les coupables n'avaient certainement pas été épinglés. Le lieutenant Breuil savait qu'il était encore bien trop tôt pour tirer des conclusions formelles sur cette enquête.

Ils étaient encore à trois heures de route de Strasbourg. Le lieutenant ferma un œil en se demandant toujours s'il avait bien fait de cacher des pièces à conviction, comme celle du carnet, à Joachim Streiner. Il avait surtout choisi de taire des éléments sur la disparition de sa fille huit ans plus tôt. Des preuves qui enterraient définitivement Romane…

LE FUNAMBULE

Il n'y a si grand malheur que l'avenir qui me guette.
Entre m'ouvrir les veines ou me pendre, j'hésite.
« Il n'est si grande douleur qu'une douleur muette. »
La mienne n'aura donc plus aucune limite.

Chapitre 6
23 septembre 2010, Illkirch-Graffenstaden / Joachim (27 ans)

Le mois de septembre en Alsace réservait parfois de belles surprises climatiques. La présentatrice météo avait insisté sur le fait qu'aucun nuage ne devrait traverser le ciel de la région aujourd'hui. Elle avait dit vrai. Il faisait plein soleil. J'avais passé une journée compliquée et fatigante au travail.

Celle-ci avait débuté à l'aube vers six heures du matin. Mon métier, chercheur en biologie, paraissait de l'extérieur fascinant, mais pouvait l'être un peu moins lorsqu'on le vivait en réalité, en particulier pour les jeunes chercheurs cantonnés au travail à la paillasse. C'était passionnant de disséquer et décrypter les labyrinthes du vivant et d'en déceler ses secrets les plus infimes et les plus intimes. Toutefois, au quotidien, les expériences pouvaient souvent être répétitives, voire rébarbatives. C'était le lot de tout projet de recherche qui tournait en rond pendant des mois avant de pouvoir enfin réussir à publier ses découvertes. Puis un nouveau projet arrivait, le cerveau se remettait en marche, et le plaisir revenait. Cependant, il était évident que j'étais, à cette période, plutôt dans une phase où mon projet piétinait et où chaque journée ressemblait trop à la précédente. Je retentais, une énième fois la même expérience en changeant un détail dans le protocole initial en espérant, cette fois, un résultat positif ou, tout du moins, encourageant. La veille, c'était le volume d'un réactif qui avait été divisé par deux, demain le temps d'incubation serait augmenté de dix minutes.

Au programme du jour, je devais purifier une protéine recombinante produite à partir de bactéries transgéniques. Vive la magie de la biologie moléculaire ! La procédure nécessitait toutefois que je passe la majorité de la journée dans une pièce réfrigérée afin que la protéine tant convoitée reste intacte.

Mes problèmes avaient commencé dès le matin lorsque je m'étais renversé l'erlenmeyer contenant ma culture bactérienne sur ma blouse, faisant pénétrer un milieu malodorant jusqu'à mes vêtements. Je m'étais ensuite énervé et avais poussé de grands râles d'agacement contre les autres membres de mon laboratoire :

— Oh, c'est qui le gros dégueulasse qui a pourri la balance de précision ?

Quelqu'un l'avait laissée dans un état lamentable, salie par une poudre jaunâtre de nature indéterminée et donc potentiellement toxique. Évidemment, personne n'avait daigné me répondre. Il ne valait mieux pas quand j'étais contrarié. J'admettais avoir une maniaquerie au travail qui était poussée à l'extrême. J'avais dû encore une fois nettoyer la balance moi-même. Je reçus aussi un appel de Justine vers midi. Elle devait assister à un conseil pédagogique imprévu à 18 h 30 et ne pouvait pas aller récupérer notre fille chez la nourrice. J'étais donc obligé d'accélérer le rythme de mes expériences pour finir un peu plus tôt. Je n'en voulais pas à ma femme. J'avais beaucoup d'admiration pour la passion qu'elle mettait dans son travail d'enseignante afin d'intéresser une masse d'élèves en pleine crise d'adolescence et de leur faire apprécier la biologie. Justine savait captiver les gens autour d'elle, quel que soit le contexte. Elle était belle, cultivée, mais surtout elle avait un entrain communicatif. Je l'aimais. Je l'aimais aussi pour m'avoir donné notre petite fille, Romane.

Pour conclure en apothéose ma journée de labeur, je pus constater, après onze heures de travail dont six passées dans une pièce à 4 °C, que ma foutue protéine était dégradée et qu'elle s'était agglutinée au fond du tube. Ce revers ne m'affecta en rien. J'avais le moral tenace et comme le disait souvent ma directrice de laboratoire :

— La recherche, c'est 95 % d'expériences qui échouent et 5 % qui ne marchent pas vraiment.

Ce fut donc sur les coups de 18 heures, et après avoir consigné mes travaux du jour dans mon cahier de laboratoire, que je quittai l'institut de recherche. J'avais marché jusqu'à l'arrêt de bus le plus proche.

J'arrivai avec quinze minutes de retard chez la nourrice qui gardait ma fille après l'école depuis quatre ans. Madame Jantsen aimait les enfants et mettait tout en œuvre pour leur faire découvrir toutes sortes d'activités ludiques et artistiques. Très appréciée des plus jeunes, elle représentait aussi, pour les parents, l'exemple d'une personne conservatrice, aux idées nationalistes. Elle était également très à cheval sur les règles, *a fortiori* sur les horaires. Une caractéristique fréquente chez les gens ayant des racines germaniques. C'était pourquoi, avant de pouvoir m'intéresser à ce qu'avait fait Romane au cours de sa journée, je dus me coltiner un léger sermon au sujet de mes quelques minutes de retard. Des minutes de retard qui me seraient évidemment facturées.

Après que Romane eut dit au revoir à sa nounou et que j'y ajoutai un sourire de façade, nous repartîmes tous les deux. Nous avions ensuite emprunté le bus pour rejoindre l'immeuble dans lequel nous habitions depuis environ huit ans. Nous étions d'humeur joyeuse, Romane et moi. Nous étions heureux de nous retrouver.

— Alors, qu'est-ce que tu as fait à l'école aujourd'hui ?

— J'ai eu dix sur dix à ma dictée. L'après-midi, on a fait des poèmes.

— De la poésie ? Et qu'est-ce que tu as raconté ?

— J'ai fait un poème sur les bonbons.

— Les bonbons… mouais, OK…

— Ouais, et un autre sur les acrobates du cirque, et encore un autre sur maman.

— Waouh ! Je peux les voir ?

— Non, pas encore. Je ne les ai pas terminés. On doit faire un dessin à côté.

— Et tu n'en as pas fait sur papa ?

— Nan, pas assez d'inspiration.

Les enfants sont cruels.

— Merci ma chérie. D'accord, et chez ta nounou ?

— J'ai fabriqué un détecteur de mensonges pour interroger Gus !

Gustave avait 4 ans et était lui aussi gardé par la même nounou. C'était sûr qu'il devait garder un sacré paquet de secrets d'État. Dans le bus, je ne pus m'empêcher de jouer à Romane la scène mythique de l'homme qui descend un faux escalier, ou de celui qui prend un ascenseur imaginaire. Il n'existait pas de ridicule quand ce que l'on fait déclenchait l'hilarité de sa fille. À cet instant, je ne savais pas encore que quelques heures plus tard, je ne la reverrais plus jamais.

Nous voyagions dans le bus depuis dix minutes environ et avions déjà passé six arrêts. J'étais content de pouvoir souffler un peu, d'autant plus que Romane, fatiguée, se laissait aller contre moi. Je me laissai envahir par le bercement du véhicule, prêtant une attention distraite aux bruits de la circulation et laissant mon regard se perdre dans le vague. Le bus s'était doucement vidé, notre arrêt étant l'avant-dernier avant le terminus. Il ne restait qu'un jeune couple fricotant sur la banquette arrière, une vieille dame assise à l'avant du bus sur l'une des places réservées avec à ses pieds des sachets de courses, une femme élancée en robe à fleurs cachée derrière de trop larges lunettes de soleil et qui ne faisait que fixer le paysage urbain, et un homme qui semblait peu commode. Son physique pouvait lui ouvrir des portes à Hollywood tant il ressemblait à un mafieux de films de gangsters avec son chapeau de feutre, ses verres fumés, sa barbe mal rasée, sa bouche trop fermée et son bâton de sucette au coin des lèvres. Son habit de travailleur manuel contrastait avec le personnage. Je lui trouvai un air familier. Il existait toujours des gens que l'on pense avoir déjà croisés au cours de son existence. Je souris bêtement, car des petits jeux de mots trottaient dans ma tête : *le De Niro des transports urbains*, *bus driver*, ou encore *Mon répare et moi*.

Ce fut à cet instant que monta, par la porte à l'arrière du bus, un homme, la cinquantaine, de toute évidence éméché. Il était clair qu'il n'avait pas l'intention de se munir d'un titre de transport valide pour son trajet. Il portait une veste de jogging Adidas modèle année 1990 sale, et un pantalon côtelé dont la couleur d'origine ne ferait plus jamais surface, même avec les meilleures lessives du marché. Lorsque le chauffeur redémarra, le resquilleur commença à s'adresser à chaque passager afin de soutirer, dans l'ordre des doléances, une cigarette, cinquante centimes ou un ticket restaurant. J'étais moyennement à l'aise lorsqu'il s'approcha de moi et de ma fille. Je répondis à l'homme que je ne fumais pas, mais je me décidai à lui donner la pièce de deux euros que je trouvai au fond de ma poche. Le clochard ne me remercia pas et en profita plutôt pour tenter de me subtiliser mon téléphone qui dépassait de la poche arrière de mon jean. Je m'en étais rendu compte à temps et le repoussai d'un geste un peu brusque, ce qui eut le don de rendre le sans-abri plus agressif. Les autres passagers feignaient de ne rien voir et détournaient le regard. Heureusement pour ma fille et moi, le bus stoppa arrêt Cours de l'Illiade, où nous devions descendre. Nous sortîmes à la hâte.

J'aperçus, en jetant un œil par-dessus mon épaule, la femme à la robe fleurie et le mafioso en bleu de travail qui sortaient par la porte arrière du car, et je fus soulagé de voir que le clochard n'était pas descendu à cet arrêt. Malgré une certaine connaissance des gens de ce quartier résidentiel, je n'avais reconnu aucune des personnes présentes dans le bus et espérais ne plus recroiser le chemin du pauvre homme qui m'avait agressé.

Ma fille me demanda quelques explications sur l'épisode qui venait de se dérouler :

— Papa, c'était qui le *monsieur qui sentait pas très bon dans le bus ?*

J'aurais pu reprendre mon rôle de papa en utilisant un de mes nombreux filtres *contes de fées* dont je disposais pour donner une vision édulcorée et magnifiée du monde, mais je résistais rarement à un petit brin d'humour :

— C'était le père Noël. Il est triste maintenant que tu sais qu'il n'existe pas !

— Papaaaa !

— OK, c'est sûrement un monsieur qui n'a pas beaucoup d'argent et qui ne doit pas avoir une vie facile. Ça te dit une glace ?

— Oh oui !

— Une douze boules ?

— Papaaaa !

— OK, OK. Tu veux quoi comme parfum ?

— Vanille ! Et toi tu prendras chocolat ! Comme ça, j'aurai mes deux glaces préférées !

Un glacier se trouvait sur le chemin pour rejoindre notre immeuble. Ce n'était plus vraiment l'heure pour manger des cochonneries, mais ma fille avait le sourire jusqu'aux oreilles. On avait dévoré chacun nos cornets, ce qui finit de faire oublier à Romane le petit incident survenu lors du trajet en bus.

Notre appartement était au quatrième étage d'un immeuble récent situé dans une rue parallèle à la rue principale et ses commerces. La localisation jouissait donc de la proximité du centre-ville sans que nous ayons à subir la cacophonie liée à la circulation aux heures de pointe. Après une montée par les escaliers, l'ascenseur de la résidence étant à nouveau en panne, ma fille et moi avions passé la porte de notre appartement. Je la refermai comme à l'habitude sans donner de tour de clé. En entendant la porte claquer, je me remémorai un matin où Justine et moi étions très pressés. Nous devions emmener Romane à l'école puis nous rendre à nos lieux de travail respectifs. Nous nous étions réveillés avec vingt minutes de retard, en ignorant par deux fois les alarmes de nos téléphones portables posés sur nos tables de chevet. La soirée de la veille avait été parfaite. Petit dîner *sushis* sur la terrasse après le coucher de Romane vers 21 heures, suivi d'une tisane dont la note de jasmin était dominante, puis on s'était laissé aller l'un à l'autre et avions fait l'amour sur le canapé du salon. La magie fut d'autant plus grande que le sexe en semaine devenait un plaisir de plus en plus rare. La fatigue de la journée, accumulée au laboratoire pour l'un, au lycée pour l'autre, à laquelle s'ajoutait celle due aux responsabilités parentales de début de soirée, avait souvent comme conséquence de repousser les sessions de câlins au week-end. Nous avions donc accusé le coup, le lendemain matin. On avait dû presser Romane pour accélérer le rythme, bien qu'elle ne soit aucunement responsable du retard de ce jour. Nous avions rassemblé dans la précipitation les sacs et cahiers indispensables au bon déroulement de la journée à venir de Romane. Puis, sur le palier, après que Justine eut fait claquer la porte, je lui avais dit :

— Ju, t'as récupéré les clés sur la porte ?

— Jo, c'est toi, tu as dit que tu prenais les clés !

L'image mentale de la petite poupée russe montée en porte-clés qui pendait au bout de la clé encore dans la serrure à l'intérieur me frappa l'esprit. Malheureusement, le souvenir du fait que j'avais bien dit à Justine que je m'occupais de récupérer les clés aussi.

— OK, j'avoue, j'ai merdé. C'est bon, j'appellerai un serrurier dans la matinée.

Le soir même, celui-ci me délestait de 150 euros pour quelques mouvements verticaux à l'aide d'un film radiographique, présentant l'image d'un poignet gauche fissuré au niveau du scaphoïde, dans l'espace entre la porte et le cadre.

Il fallait que j'arrête de me perdre dans mes souvenirs, car la suite de la soirée sans maman relevait d'une organisation militaire : quelques minutes pour regarder les devoirs, suivies d'une douche pour Romane et de sa mise en pyjama, un ensemble blanc avec des liserés roses à l'effigie de la princesse Disney du moment dont je ne connaissais pas le nom. L'autonomie de ma fille me permit de lui préparer son repas, un reste de ratatouille et de gratin aux épinards préparé la veille par Justine, pendant qu'elle lisait tranquillement dans sa chambre une histoire de la princesse du pyjama. Pendant qu'elle mangeait, nous reçûmes un texto de Justine : Bonsoir, mes amours. Je rentre bientôt mais tard quand même. Romy, j'espère que tu as passé une bonne journée et que ça s'est bien passé à l'école. Tu me feras lire tes poésies, hein ? Ce serait cool si on allait au ciné demain soir. Jo, ne m'attends pas pour manger. Et ne te gave pas de cochonneries. Je vous aime. Biz. Maman (voire plus si affinités).

Je passai le message à ma fille et répondis ensuite : Tu veux bien passer chercher des cacahuètes en rentrant ? Merci Ju. Sois prudente. Je te kiffe. En guise de réponse, un message laconique : Tu m'agaces beau gosse !

Romane se jeta sur moi et me fit son regard de chaton. Elle avait une idée derrière la tête.

— Papa, on fait une partie de *Mr. Jack* ?

— Non, désolé ma choupette. Pas ce soir. Il est déjà tard. En plus, il faut absolument que je prenne une douche. Je te promets que je viendrai te faire un câlin avant d'aller dormir.

— Mouais, OK. Mais demain on joue alors ?

— Ça marche. Tope là !

Je retirai ma main et la passai dans mes cheveux avant que sa main ne claque la mienne.

— Papaaaa ! Elles sont pourries tes blagues !

Je la pris dans mes bras et lui fis un bisou dans les cheveux.

— Allez, à tout de suite. Je prends une douche *express*.

Je devais vraiment me débarrasser des odeurs qui retraçaient les faits marquants de ma journée, un mélange d'effluves de milieu de culture fermenté, de transpiration et de démêlés avec un clochard aviné. Je m'étais délecté de l'eau fumante sur mon corps courbaturé et usé. Sans le savoir, ces quelques minutes de bien-être seraient les dernières que je ne vivrais jamais. Ce moment de délivrance me condamnerait à une peine de souffrance infinie dans une prison de remords… À l'avenir, juste le sentiment de vide.

LE FUNAMBULE

Comme il existe des clowns blancs, je suis un funambule noir.

Je suis seul. Prisonnier du chemin qu'il me reste à parcourir.

Ma vie ne tient pourtant qu'à ce fil. Il faut que je garde l'espoir.

J'ai peur. De ce que je veux lui faire, de ce que je vais devenir.

Chapitre 7
17 juin 2018, La Madeleine / Joachim (35 ans)

Cela faisait près de deux heures que les policiers étaient partis de mon appartement, avenue de la République. La conversation m'avait vidé de toute énergie et j'étais resté immobile et le regard fixe sur mon canapé convertible, pendant tout ce temps.

Je ne comprenais pas comment Justine avait pu être mêlée à toute cette histoire. J'étais anxieux, inquiet pour elle surtout. Apprendre tout cela par ce lieutenant Breuil, sans qu'elle eût cherché à me joindre pour m'expliquer la situation, ne faisait que matérialiser la distance qui s'était installée entre nous depuis notre séparation. Les sentiments, qui m'avaient assailli à l'époque, me tenaient toujours compagnie. Ils revenaient à la surface car quelqu'un avait tapé dans la fourmilière.

Je n'ignorais pas que notre couple allait mal. Malgré tout, ce fameux soir, celui où elle m'avait demandé de partir, je l'avais pris en pleine figure. Comme si je m'étais autopersuadé que j'étais essentiel dans sa vie. Essentiel pour survivre. En rentrant du laboratoire, j'étais passé chercher un repas libanais ainsi qu'une bouteille de Lambrusco. Elle était allongée sur la méridienne, son téléphone sur l'accoudoir et ses bras maintenant un coussin qu'elle avait, comme à son habitude, sur le ventre. Justine paraissait étonnamment calme comparé aux mois précédents. Presque ailleurs.

— Salut mon amour. As-tu pu les joindre aujourd'hui ? Qu'est-ce qu'ils t'ont dit ?

Elle releva l'un de ses genoux puis se tourna légèrement, son coude prenant appui sur les coussins du canapé.

— Est-ce que ça t'intéresse vraiment ?

Elle savait qu'elle n'aurait pas dû. Son regard se radoucit un peu.

— Ju, tu n'as pas le droit de... Laisse tomber. Tu as vu, je t'ai ramené des *mezzes* !

Mon sachet déposé sur la table, je m'approchai d'elle pour l'embrasser. Une attention classique pour des milliers de couples qui vont bien. Si le contact de ses lèvres fut chaud, je ressentis pleinement la froideur du moment. Je fus surpris quand elle me prit la main.

— Jo, je t'aime, tu sais. Mais...

Il y avait un *mais*.

— Mais ça ne suffit plus. Je ne peux plus t'aimer comme avant... J'arrive plus à supporter... enfin j'arrive plus à te comprendre. Je sais que c'est réciproque. On ne peut pas continuer à se broyer l'un l'autre.

Je ne pouvais rien faire. Elle essayait simplement d'être sincère. Son regard n'était pas fuyant. Elle ne baissait pas la tête. C'était moi qui avais commencé à pleurer.

— Tu sais que cela n'a rien à voir avec le fait que je ne suis plus heureuse avec toi. Je ne suis juste plus heureuse. Je n'y arrive pas. On ne peut même plus parler d'elle sans se prendre la tête...

— Ju, je t'aime. C'est avec toi que je veux être. S'il le faut, je peux faire gaffe à ce que je dis et faire en sorte de me mettre plus à ta place.

— Non Jo, ce n'est pas vrai et tu le sais. Tu es incapable de taire ce que tu penses au fond de toi, incapable de faire ce que tu crois irrationnel de faire !

Elle avait pris sa décision. Je savais que pour son bien, pour réussir à faire face à sa peine, elle avait raison. Pour mon bien à moi, elle avait tort. J'allais être seul.

— Je ne peux vraiment rien faire pour changer les choses ?

La question était totalement idiote. Changer les choses aurait nécessité de remonter le temps, pour empêcher que je fisse la pire erreur de ma vie.

— Tu ne peux plus rien y faire... On a déjà tout perdu. J'ai besoin de dépasser la rancœur que j'ai envers toi. Je n'y arriverai pas si tu es là.

— Tu veux que je parte ?

La réponse fut oui. Ma famille était définitivement partie en miettes. L'espoir d'être heureux à nouveau brisé en particules encore plus fines. En vidant mon armoire et mes étagères le lendemain matin, c'était bien plus que des vêtements et des babioles qui remplissaient ma valise. Les regrets allaient faire le voyage avec moi.

Il me fallait remettre de l'ordre dans mes idées, devenues plus sombres encore après les révélations qui venaient de m'être énoncées. Il y avait de nombreuses incohérences dans le récit des faits rapportés par le lieutenant Breuil. Justine ne connaissait pratiquement pas Liliane. Elle ne connaissait d'elle que quelques rares détails de notre histoire passée. Ceux que j'avais dû relater au cours de nos soirées confession sur nos ex et nos relations antérieures. Bien que ces discussions puissent faire vaciller bien des couples lorsque l'un se rendait compte du nombre de conquêtes qu'avait pu connaître l'autre, Justine et moi pouvions échanger à ce sujet pendant des heures. Justine n'avait connu que deux histoires avant moi, dont l'une avait duré près de quatre ans, ce qui était une éternité pour une jeune fille de 20 ans. Il s'appelait Xavier, mais je préférais lui donner le petit sobriquet de *l'ourson*, du fait de son visage rondouillard et de son allure pantouflarde. D'un soupçon de jalousie inavouée, aussi. Quant à moi, j'avais accroché à mon tableau de chasse trois conquêtes, dont deux histoires réellement sérieuses. Liliane et Justine occupaient évidemment les deux premières marches du podium complété par une amourette d'adolescent avec Ève, la sœur de l'un de mes meilleurs amis de l'époque, à qui j'avais dû cacher notre brève idylle pour ne pas me faire refaire le portrait. J'avais toujours assumé l'existence de ma relation avec Liliane. Justine ne pouvait donc pas l'ignorer. Cependant, elle n'avait jamais eu de réels contacts avec elle. Liliane avait beaucoup souffert après notre rupture, mais elle n'avait jamais montré la moindre animosité envers Justine, malgré leur relative proximité dans les allées de la faculté. De son côté, Justine n'avait jamais affiché la moindre jalousie envers mon ex. Je devais cependant avouer que je n'avais jamais réellement assumé l'ampleur des sentiments qui nous avaient liés tous les deux, Liliane et moi.

Le policier avait fait mention d'un échange téléphonique entre Liliane et Justine. Laquelle avait appelé l'autre ? Je m'en voulus à cet instant de ne pas lui avoir demandé cette précision. Justine avait-elle pu découvrir que l'histoire que j'avais vécue avec Liliane allait au-delà de simples sentiments amoureux ? Avait-elle pu découvrir que je lui avais caché une partie de la vérité ? Aurait-elle pu s'en prendre à Liliane ? Cela aurait-il pu suffire à être la goutte d'eau qui avait fait déborder le vase de sa dépression ? Un vase déjà trop rempli du drame que nous avions vécu.

LE FUNAMBULE

« Il faudrait essayer d'être heureux, ne serait-ce que pour donner l'exemple. »
Je tuerai pour prendre de la hauteur, dompter mon vertige.
Je promets de la faire entrer dans la boîte, retrouver la magie, l'évanescence.
Enfin réapparaitre au loin. À la fin du tour, au prestige.

Chapitre 8
2000, autour de Strasbourg / Lily et Joachim (17 ans)

C'était au cours de leur année de terminale au lycée Jean Rostand de Strasbourg que l'idylle entre Joachim et Lily avait débuté. Une relation amoureuse qui s'opposait à l'adage *qui se ressemble s'assemble*, tant les physiques des deux tourtereaux étaient dépareillés. Joachim avait traversé ses années dans le secondaire presque incognito, la puberté ingrate. Il n'était qu'os et n'avait de Don Juan que le livre rangé dans sa bibliothèque. Liliane, quant à elle, était très populaire. Elle était la plus belle fille du lycée et représentait le trophée que tous les garçons auraient voulu épingler à leur tableau de drague. Ses longs cheveux lisses et châtains brillaient d'un reflet acajou. Elle pouvait enflammer une pièce lorsqu'elle y pénétrait. Les robes légères qu'elle pouvait porter, lorsque revenait la douceur du printemps, mettaient en valeur son corps si joliment sculpté. Liliane était sportive et affûtée. Elle avait une passion pour les acrobaties du cirque. Discipline dans laquelle elle excellait. Depuis qu'elle avait 10 ans, elle s'adonnait à la gymnastique. Elle avait en outre rejoint une troupe d'acrobates de cirque deux ans plus tard. Ses agrès favoris étaient le funambulisme et le saut périlleux au trapèze. Inutile de préciser que les qualités de souplesse de Liliane ne faisaient qu'attiser encore plus les glandes salivaires des jeunes puceaux gonflés d'hormones du lycée.

Pourtant, cette athlétique jeune fille, sur laquelle se posaient plus de deux cents paires d'yeux chaque jour dans les couloirs du lycée, avait jeté son dévolu sur Joachim. Mais personne ne savait réellement la raison pour laquelle les tourtereaux étaient autant liés l'un à l'autre.

À une époque marquée par Internet, par l'émergence des *tchats* et des téléphones portables, Joachim cultivait un côté légèrement rétro. Il vouait une adoration au cinéma d'Hitchcock et aux épisodes de la série *Columbo*. Il s'adonnait aussi à son passe-temps favori, les jeux de société, une passion, qui, si elle avait été connue des quelques camarades proches du garçon au lycée, lui aurait valu d'être catalogué comme *ringard officiel*. C'était pour cette raison que Joachim n'en avait jamais parlé à personne, excepté à ses parents. Ces derniers avaient plutôt vu cet attrait pour cette activité comme une chance de voir leur enfant s'intéresser enfin à quelque chose, et qui pouvait lui permettre de se faire quelques amis autour de parties endiablées. Après s'être renseigné, le père de Joachim avait découvert, dans la ville d'à côté, un petit club de passionnés qui organisait des parties de jeux de plateau et de jeux de rôle régulièrement, ouvertes à tous à partir de 15 ans. Pour les quatre premières fois et pour mettre à l'aise son fils, le père de Joachim l'accompagna, ce qui n'était pas pour lui déplaire. Joachim et lui avaient pu participer à plusieurs parties des jeux *Puerto Rico* et *Scotland Yard*. Joachim se prit au jeu de ces rendez-vous hebdomadaires et suggéra, non très subtilement à son père, qu'il préférerait à l'avenir pouvoir y aller seul. Bien que d'abord touché dans son ego paternel, son père accepta et comprit le besoin d'indépendance de son fils. En contrepartie, Joachim dut accepter qu'une soirée par mois soit réservée à une partie familiale d'un des jeux de plateau qu'il possédait à la maison.

Après quelques semaines d'acclimatation au sein de son nouveau club, à prendre de plus en plus de plaisir à jouer, à rencontrer quelques copains qui se réjouissaient de le voir chaque semaine, un événement changea complètement l'équilibre ludique qu'il s'était créé. C'était le premier mercredi des vacances de la Toussaint, en pleine partie d'*Intrigues à Venise*, qu'elle entra dans la pièce. Elle se présenta timidement :

— Bonjour à tous, je m'appelle Lily et j'aimerais faire partie du club, est-ce encore possible de s'inscrire ?

Ludovic, le président du club, se leva et l'accueillit avec cet élan de bonne humeur qui le caractérisait. Il y avait quelques mois, c'était avec le même enthousiasme et le même sourire qu'il avait accueilli Joachim et son père lorsqu'ils étaient entrés pour la première fois dans le local. Depuis que Lily avait franchi le seuil de la porte, les sept garçons présents avaient tous changé d'expression. Leur concentration pour chaque tour de jeu s'était vue nettement diminuée. Lily s'était installée à la gauche de Joachim car, lorsque Ludovic avait demandé si elle connaissait quelqu'un dans la salle, elle avait désigné Joachim en indiquant qu'ils fréquentaient le même lycée. C'était ainsi que Joachim et Lily avaient sympathisé. Ils avaient pu mieux se connaître, d'autant plus que pour rentrer chez eux, après les séances de jeux, ils empruntaient le même bus, Lily sortant un arrêt plus loin que celui de l'adolescent.

La semaine suivante, lors de ce retour en bus, Joachim, un peu gêné, avait fait une demande embarrassante à Lily :

— Dis Lily, je peux te demander quelque chose ?

— Bien sûr ! Qu'est-ce qu'il y a ?

— Tu sais, le club, les jeux tout ça... heu, les potes du bahut, ben ils me mettraient la misère s'ils apprenaient que je fais mumuse avec des jeux de plateau. Que j'suis un geek, tu vois ?

Le regard de la jeune fille s'attendrit et un petit sourire coquin se dessina sur ses lèvres. Elle posa sa main sur celle de Joachim.

— Ce sera notre petit secret alors ! lui glissa-t-elle à l'oreille, assorti d'un clin d'œil malicieux lorsqu'elle se redressa.

Joachim se surprit à apprécier le souffle chaud et humide de la bouche de Lily sur le lobe de son oreille et à la base de son cou lorsqu'elle prononça les quelques mots scellant leur accord. Ils partageaient désormais un secret et une certaine intimité.

Quelques semaines plus tard, ils auraient en commun un secret plus inavouable et qui les lierait à tout jamais.

LE FUNAMBULE

Combien de temps reste-t-il à l'espoir qui subsiste ?
Je ne dois pas regarder en bas. L'ombre, je crois, a disparu.
Il fait peut-être trop sombre pour qu'elle existe.
Ces cris sont-ils réels ? Les miens peuvent-ils être entendus ?

Chapitre 9
17 juin 2018, La Madeleine / Joachim (35 ans)

— Se peut-il qu'un jour je reprenne pied ? Les sables mouvants dans lesquels je m'enfonce depuis des années reposent-ils sur du vide ? Quand on perd l'être qui nous est le plus cher au monde, on nous fait croire que le temps fera son œuvre et que l'on apprendra à vivre avec. On lit des livres sur la gestion du deuil, on regarde des émissions où des gens témoignent, on va consulter des psychologues, on tente d'en parler. Mais tout ça, c'est du vent. Perdre quelqu'un de si proche, c'est comme être amputé. Il manque une partie de soi, qui fait qu'on ne sera plus jamais pareil. Même si l'ablation ne concerne pas un organe de sa propre anatomie. J'ai beaucoup étudié ce qu'on appelle les membres fantômes. La personne qui a perdu une jambe ressent toujours une douleur horrible, même si elle n'a plus qu'un moignon. Il lui arrive même de tenter de se lever et de marcher, oubliant son handicap. Et bien sûr, elle se rétame sur le sol. Moi aussi, quand je tente de me relever, de relever la tête, je m'écrase à nouveau comme une merde. Je me lamente et je chiale comme une merde. Je suis si minable. Sans elle, je crève doucement, à petit feu. Au quotidien, oui, on fait bonne figure, on affiche un sourire de façade. Mais la façade se lézarde et les fissures grandissent. Je ne compte plus les nuits où je me réveille paniqué et en sueur. Ça, c'est quand j'arrive à dormir. Je n'arrive plus à contrôler mes sanglots, pourtant je pleure sec. Les larmes, même elles, m'abandonnent. Elle me manque tellement. Elles me manquent toutes les deux. Ma fille et ma femme. J'ai comme un point dans l'abdomen, une douleur sourde. Ça me hante, me détruit. Je suis une coquille vide et pitoyable qui surnage et survit. Je suis pitoyable parce qu'elle m'aurait trouvé pitoyable si elle m'avait connu comme ça. Une ombre, un suiveur, un passager.

Je faisais souvent des crises d'angoisse pendant lesquelles je me parlais à moi-même. Pour réussir à en sortir. Je faisais des crises d'angoisse et des crises de nerfs. J'avais pété ma télévision l'autre jour en balançant mon verre dans l'écran. J'étais tellement pitoyable que maintenant ma télé était morte, mais je n'avais même pas réussi à casser le verre en le projetant dessus. J'ouvrais parfois ma fenêtre, puis je criais comme si elle pouvait m'entendre, comme si elle pouvait savoir à quel point je souffrais, à quel point j'en voulais à la vie. À quel point je m'en voulais à moi ! Je pensais bien que Béatrice et Gérard m'avaient déjà entendu et ils devaient se demander ce qu'il m'arrivait. Je les remerciais intérieurement de la décence dont ils faisaient preuve à mon égard, en faisant mine de ne rien savoir de mon mal-être. Quand je me regardais dans le miroir à côté de la porte, tout ce que je voyais m'inspirait de la pitié. Père nul, père puéril, père insouciant et inconscient. Mais surtout père meurtrier, assassin. Homicide involontaire certes, par négligence, mais ma fille en était pourtant morte. Le pardon était exclu. Le pardon ne s'était même jamais présenté à ma porte. Je souffrais. Mais j'en avais besoin. Souffrir, c'était continuer à me souvenir d'elle. Ne pas l'oublier, la sentir avec moi.

La venue des policiers avait remué pas mal de boue dans mon passé. Lorsque j'avais repris mes esprits et ma contenance, je m'étais remis à réfléchir posément à la situation. J'étais capable de ce genre d'exploit, une sorte de don pour feindre le calme alors que tout bouillait à l'intérieur. Une pseudo-schizophrénie protectrice. Un dédoublement de personnalité sous contrôle.

Je tentai de joindre Justine sur son portable. Mais l'appel ne tomba même pas sur le répondeur. L'appareil et la carte SIM avaient dû être détruits. L'avait-elle fait délibérément ? Se pouvait-il qu'elle soit en danger ? Les questions se multipliaient et se percutaient dans ma tête à mesure que je retournais le problème dans tous les sens.

Le lieutenant Breuil avait dit vrai, Justine était injoignable. Même sur sa ligne fixe, le téléphone sonnait en vain, sans que personne ne décroche. Il fallait me rendre à l'évidence, ma femme avait disparu et il fallait que je comprenne ce qui avait pu se passer.

D'après le lieutenant Breuil, la dernière trace de Justine remontait à la semaine dernière. Des retraits d'argent. Pourquoi Justine avait-elle besoin d'argent ? Pour fuir ? Ces retraits bancaires ne plaidaient pas en faveur de l'innocence de Justine. Il m'était cependant inconcevable de croire qu'elle puisse être impliquée dans la mort de Liliane. Et pourquoi des banques à Sarreguemines ? Je décidai d'envoyer un texto innocent à ma mère afin de savoir si elle avait vu Justine ce jour-là : Salut Maman.

J'espère que tu vas bien. Justine devait passer près de chez toi pour une réunion pédagogique. Est-ce qu'elle est venue te voir la semaine dernière ? Comment va le chat ? Bisou.

La réponse de ma mère arriva vingt minutes plus tard : Alut Schnappy. Figaro va bi&n. Il adore lir e mon journàl avec ses griffes. Nonn. Je n'ai pas JUstine. M-

Je savais qu'écrire et réussir à envoyer ce message lui avait demandé un effort incroyable. Cela avait dû lui prendre tout le temps écoulé entre mon message et sa réponse, étant donné qu'elle n'était pas à l'aise avec les technologies modernes. Excepté ce défaut, sa tendance à toujours mettre les pieds dans le plat et sa propension à toujours trop faire à manger, j'adorais ma mère. Je n'avais pas toujours été facile à élever, notamment lors de ma crise d'adolescence. Elle avait réussi à bien tenir la barre. Je m'étais promis de toujours pouvoir l'épauler quand mon père nous avait quittés. J'avais failli à cette promesse, trop occupé à essayer moi-même de remonter une deuxième fois la pente. Perdre mon père m'avait écorché, mais m'avait fait réaliser qu'il était essentiel de profiter au maximum de ceux qu'on aimait. Perdre Romane avait malheureusement balayé tout cela. Jusqu'à négliger mes proches, même si ma mère ne m'en avait jamais tenu rigueur. Cela m'embêtait de la déranger, sans trop pouvoir lui en dire plus pour l'instant, mais il fallait que je sache. Je savais qu'elle ne me mentirait pas. D'après sa réponse, ma femme n'était pas allée à Sarreguemines pour faire un crochet chez son ancienne belle-mère. Il n'y aurait pourtant rien eu d'étonnant. Justine et ma mère étaient restées très proches après notre rupture, ma mère l'ayant toujours considérée comme la fille qu'elle n'avait jamais eue. Ce sentiment resta inaltérable, malgré la petite-fille qu'elle n'avait plus. Ma mère vivait au quotidien les mêmes deuils que moi, en souffrait pour sûr autant que moi, mais avait su faire preuve de plus de dignité et de force que moi.

Ma tentative auprès de ma mère semblait comme un coup d'épée dans l'eau, mais à peine deux minutes après avoir reçu son SMS, mon téléphone se mit à vibrer. En me penchant, je vis *Maman* affiché sur l'écran. Je n'avais ni l'envie, ni l'influx nerveux pour une conversation psychodramatique. J'étais conscient aussi que mon message allait l'inquiéter puisqu'elle se rongeait les sangs pour tout et n'importe quoi. Je décrochai.

— Salut Maman, ça va ?

— …

Je n'entendis rien de distinct. Juste des sons comme des feuilles de papier que l'on froisse. Suffisamment forts et dérangeants qu'ils m'obligeaient à écarter le téléphone de mon oreille.

— Maman ?

— Bonjour Schnappy. Désolée, Figaro s'est couché sur le cordon du téléphone.

— Tu as le droit de le pousser…

— Non, je ne veux pas le déranger. Il a l'air bien là où il est.

Encore des bruits de froissage.

— Maman, là j'ai pas mal de choses à faire…

— Tu travailles trop mon Schnappy. Tu as une petite voix. Non, je ne te dérange pas longtemps. C'est parce que je viens de me rappeler que Justine…

Bruits de froissage insupportables.

— … Elle est passée à la maison. Elle m'a laissé des clés et un mot disant qu'elle les déposait au cas où tu voudrais passer les récupérer pour dormir à l'appartement la semaine prochaine pour ton congrès…

Je n'avais aucune conférence prévue à Strasbourg. De plus, Justine savait que je possédais encore mon jeu de clés.

— Dis-moi Schnappy… Est-ce que ça veut dire que vous vous êtes remis ensemble ?

Ma mère dans toute sa délicatesse. Elle n'avait pas l'air si inquiète après mon message. Plutôt piquée de curiosité.

— Mais non, Maman ! Elle a déposé les clés et n'a rien mentionné d'autre ?

— Non, comme je te l'ai écrit, je ne l'ai pas vue. Au fait, tu as vu comme ta mère est *connectée*. Pour le texto, j'entends…

— Heu, oui Maman, c'est fantastique. Il faut que je te laisse. En plus, je t'entends assez mal. Merci de ton appel. Je t'aime. Prends soin de toi. Je passe te voir bientôt.

Ma mère m'envoya quelques bisous au milieu d'un océan de papier froissé avant de raccrocher.

Je ne savais pas quoi penser. Je n'avais ni piste, ni idée constructive. Aucun moyen de contacter Justine. Une absence totale d'éléments à analyser, si ce n'était que ma femme, avant de disparaître dans la nature avait déposé pour moi chez sa belle-mère des clés que je possédais déjà. Je décidai de me rendre en Alsace. Avait-elle laissé pour moi quelque chose chez elle ? Les policiers seraient sans doute déjà tombés dessus lors de leur perquisition. Il fallait que j'y aille simplement pour tenter de la trouver, être sûr qu'elle aille bien. Je ne voulais pas, encore, perdre quelqu'un de cher. Je ne pouvais pas, encore, perdre un être cher.

LE FUNAMBULE

Je désespère de connaître la fin de l'enfer. Je suis seul, pathétique, épuisé.
Aujourd'hui, je n'ai rien mangé. Je n'accepte plus de sortir, de rêver.
De colère, j'ai hurlé des insultes à travers la porte. Il est trop tard.
Je fais des rêves où je la tue, j'ai la crainte qu'ils soient prémonitoires.

Chapitre 10
23 septembre 2010, Illkirch-Graffenstaden / Joachim (27 ans)

J'avais passé une quinzaine de minutes sous la douche. Après m'être séché, je voulus vérifier si j'avais pris quelques grammes. Pour essuyer la buée du miroir, je dus déplacer du rebord le pot à brosses à dents et les matriochkas de Justine, souvenir de nos quatre jours passés à Moscou en 2005. Un voyage particulier pendant lequel j'avais demandé sa main. À notre retour, ces poupées russes devinrent l'objet d'un petit jeu rituel entre nous. Je déclipsai les plus grandes têtes afin d'accéder à la dernière. À l'origine, celle-ci en contenait une plus petite que nous avions retirée pour en faire un porte-clés, nous laissant ainsi un espace secret dans lequel nous nous laissions des petits mots doux. J'avais oublié le matin même de vérifier si Justine y avait déposé quelque chose. Je trouvai le papier plié en quatre avant de découvrir son message : *Donne-moi ton cœur baby, donne-moi ton corps, baby… Je veux un homme like you (K-Maro)*. Il faudrait que je trouve une idée pour demain, un simple *je t'aime* ne suffirait plus après cela.

Avant de ressortir de la salle de bains, j'avais enfilé un short large mi-long noir et un polo gris clair. Il était environ 21 heures et j'allai vers la chambre de ma fille qui était éclairée. Ma fille n'y était pas. Le livre qu'elle lisait un peu plus tôt traînait sur le parquet à côté de son lit. Elle avait déjà sorti la boîte du jeu de société prévu pour la partie du lendemain sur le tapis. Je l'appelai :

— Romane, ma choupette, t'es où ?

Il n'y eut aucune réponse. Alors je me dirigeai vers le salon, mais ma fille n'y était pas. Je criai une deuxième fois :

— Romane chérie, tu es où ? Allez c'est pas drôle, je suis crevé…

Toujours pas de réponse. Mes tempes se mirent à battre. Cela ne ressemblait pas au comportement habituel de ma fille. Mon pouls s'accéléra immédiatement, mes gestes aussi. Je parcourus frénétiquement l'appartement de long en large, du salon aux chambres. J'inspectai le balcon, en passant par la porte-fenêtre de la cuisine. Elle n'était pas là. Mes gestes devenaient saccadés et incohérents. J'avançai dans le salon, regardai sous la table, sous le bureau. Je courus dans le couloir puis revins en arrière pour regarder derrière la porte du salon, qui était une autre cachette potentielle. Elle n'était pas là. Je vérifiai dans les toilettes puis la salle de bains, bien que je vienne d'en sortir après ma douche. Elle n'était pas là. Elle n'était plus là. Je paniquai et j'eus l'impression que mes jambes pouvaient se dérober. C'est alors que je m'aperçus que la porte d'entrée n'était plus claquée et qu'elle était entrouverte d'un centimètre. Étrangement, ce détail me procura, l'espace d'un instant, un soulagement. Romane avait dû sortir pour s'amuser dans la rue ou dans le garage. Il faudrait que je la punisse pour avoir désobéi. Elle n'avait sous aucun prétexte le droit de sortir de l'appartement sans me prévenir. De plus, elle était déjà en pyjama.

Je dévalai les quatre étages par les escaliers au pas de course. J'avais emprunté la cage d'escalier machinalement, sans même me souvenir que l'ascenseur était de toute façon en panne. J'arrivai au rez-de-chaussée dans le hall de l'immeuble. Elle n'était pas là. Je me précipitai dans la rue et avançai jusqu'au trottoir.

— Romane, *ROMANE* ?

Personne. Après 21 heures, les Alsaciens appréciaient d'ordinaire la tranquillité de leur intérieur. Je revendiquais d'ailleurs en temps normal ce même côté casanier. J'inspectai l'avant de l'immeuble et courus jusqu'au coin de la rue. J'interpellai, en vain, deux adolescentes qui riaient bruyamment sur leur terrasse pour savoir si elles avaient aperçu ma fille. Je me ruai ensuite dans le parc situé à l'arrière du bâtiment, au cœur des résidences du quartier. Elle n'était pas là.

— Putain, mais où est-ce qu'elle est ? Merde !

Je retournai dans l'entrée de mon immeuble. J'étais essoufflé et transpirais à grosses gouttes. J'eus une douleur grandissante au ventre et sentis mon cœur tonner à l'intérieur de ma cage thoracique. C'était peut-être une image de mon esprit, mais j'eus l'impression que mon cœur avait commencé à se déchirer dans sa partie supérieure, entre les deux oreillettes. J'ouvris la porte qui menait aux garages, mais ne vis ni lumières ni trace de quelqu'un. Je me dirigeai vers le couloir abritant les caves, mais elle n'était pas là. Sans pouvoir le contrôler, je me mis à pleurer et mon nez coula. Je dus prendre plusieurs secondes pour souffler, courbé en deux, les mains au-dessus de mes genoux. Quelques gouttes, mélange de larmes et de sécrétions nasales, tombèrent sur le sol. Les gouttes qui s'écrasaient par terre se colorèrent progressivement d'un rouge sombre. Je m'essuyai en saisissant le bas de mon polo que je plaquai sur mon nez qui saignait. Comment avait-elle pu se volatiliser en moins de dix minutes ?

Je décidai de remonter dans l'appartement, montant les marches quatre à quatre. J'avais tambouriné à toutes les portes de mon palier. Ma voisine d'en face, la seule qui daigna ouvrir sa porte, eut d'abord un mouvement de recul en me voyant avant de me répondre qu'elle était désolée mais qu'elle n'avait rien entendu. Je retournai chez moi sans attendre la fin de sa dernière phrase. Je me dirigeai vers la salle de bains. Tout en bourrant, dans ma narine droite, un disque de coton dont Justine se servait pour se démaquiller, j'attrapai mon téléphone. Je pris une grande respiration et, dans la panique, appelai ma femme :

— Ju, est-ce que tu es en route ou tu es encore au lycée ?

— Oui, je sais, je sais, il est tard mais je vais partir. Ma réunion vient juste de se finir. J'ai cru que cela ne se terminerait jamais ! Je suis vraiment désolée de vous avoir abandonnés mes chéris. Romane est déjà allée se coucher ?

Le son de ma voix fut comme étouffé au fond de ma gorge.

— Je ne la trouve pas, je ne sais pas où elle est…

— Allez arrête, ce n'est pas drôle ! Je n'ai pas envie de plaisanter après les deux heures fabuleuses que je viens de vivre. Vas-y, passe-la-moi que je lui fasse un bisou avant qu'elle aille au lit !

— Ju, je ne déconne pas, elle a disparu…

— Tu as l'air bizarre Jo, tu es sûr que ça va ?

— Heu non, je ne suis pas bien, pas bien du tout. Je ne sais pas où est Romane, je n'arrive pas à la trouver. Je...

— Qu'est-ce que tu racontes ? T'es sérieux ? Elle n'était pas avec toi ?

Les bruits de frottement dans le téléphone m'indiquèrent qu'elle commençait à accélérer le pas dans la résonance d'un couloir. Sa respiration devenait plus saccadée. Sa voix plus tranchante. À cet instant précis, elle prit conscience.

— Elle n'a pas pu disparaître comme ça. Elle était avec toi, oui ou non ?

— Oui, mais elle lisait dans sa chambre, et là je ne la trouve nulle part !

— Mais qu'est-ce que tu as foutu, Jo ?

— Rien, je te dis. Je suis allé prendre une douche et quand je suis ressorti... elle n'était plus là. Elle n'est plus dans l'appartement. La porte d'entrée était ouverte.

— Tu dois la retrouver, va la chercher !

— J'ai essayé, j'ai fait le tour du quartier, des voisins... Il y a un truc qui cloche. Ce n'est pas normal. Ça n'arrête pas de tourner dans ma tête et je ne comprends pas ce qui a pu se passer.

— On s'en fiche de tout comprendre ! Ce n'est pas le moment de tout cérébraliser ! Ça fait combien de temps ?

— ...

— Jo !

— Je ne sais pas, vingt minutes, peut-être trente. Ju, j'ai peur, je suis mort de trouille !

Je n'avais jamais pleuré en présence de ma femme. Avant.

— T'as prévenu la police au moins ?

— Pas encore, mais... Ju, je...

— Fais-le tout de suite ! Moi, je fais au plus vite. J'arrive !

Je raccrochai puis composai le 17.

Lorsque la communication fut terminée et qu'une équipe fut dépêchée à me rejoindre, je fondis en larmes. J'avais rappelé Justine. La conversation fut compliquée, entremêlée de cris, de questions appuyées et de stress non contenu. Je crus que mon cœur s'était cette fois déchiré de part en part en deux parties disjointes. Les deux hémicœurs comme étrangers l'un de l'autre. Comme si la cicatrisation ne serait plus jamais possible. J'étais traversé de très mauvais pressentiments. Tout à coup, je vomis sur le sol de ma salle de bains. Mes entrailles se vidèrent et mon corps me lâcha. Je m'écroulai par terre, sous l'œil inquisiteur et culpabilisateur de la plus grande des figurines de Moscou. Mon polo déjà maculé de sang et de sueur s'imprégnait peu à peu de gerbe. J'étais resté ainsi jusqu'à l'arrivée des policiers. Bien qu'immobile, j'étais déjà loin… en enfer. Ma vie allait être transformée, métamorphosée. Le décor perdait déjà ses couleurs.

LE FUNAMBULE

« Je donne à mon espoir tout l'avenir qui tremble comme une petite lueur. »
Je me sens vulnérable. Piégé dans les griffes du mal, du noir, du malheur.
Ces derniers temps, ma solitude grandit, ma torture empire.
J'ignore ce qu'il reste avant que je craque et commette le pire.

Chapitre 11
18 juin 2018, La Madeleine / Joachim (35 ans)

Dès le lendemain de ma rencontre avec les policiers, je pris le train direct de 8 h 02 en gare de Lille Europe pour Strasbourg. J'emportai tout de même mon ordinateur dans un sac à dos, pour donner le change et effectuer les corvées minimales qu'impliquait ma position de chef d'équipe. C'était en passant devant le relais de presse dans le hall de la gare que j'appris que la France avait vaincu l'Australie 2 buts à 1 lors de son match d'ouverture de la Coupe du monde de football en Russie. Grâce aux concerts de klaxons que j'avais entendus du haut de mon appartement, il y a deux jours, j'avais déjà compris qu'ils avaient gagné le match, mais je n'avais pas du tout connaissance du score. Je ne pris pas la peine d'acheter un exemplaire d'un des magazines sportifs qui relataient le contenu du match avec les interviews des joueurs et du sélectionneur. Je n'avais ni la tête, ni le cœur à lire les journaux.

Mon train était annoncé partant et à l'heure, ce qui me rassura. Le mode de grève inédit que les cheminots avaient mis en place depuis quelques mois, nommé *grève en pointillé* par les médias, perturbait fortement les déplacements au sein du pays. Les trois heures de voyage passèrent plus vite que je ne l'aurais imaginé. Comme à l'habitude, l'odeur des banquettes, qui me dérangeait à l'entrée dans le wagon, s'estompait au fil du trajet. Je ressassai de vieux souvenirs, tantôt joyeux, tantôt sombres. Au milieu du trajet, je me déplaçai jusqu'en voiture 14 pour m'acheter un café expresso allongé, ainsi qu'un cookie. Le prix exorbitant que l'on m'avait demandé signifiait probablement que le chef étoilé, dont la photographie était affichée au bar, avait personnellement préparé et réalisé la cuisson de mon biscuit. Je pris le temps de joindre mon collègue CR (chargé de recherche) au laboratoire :

— Salut Arnaud, c'est moi.

— Salut *boss*. Tu vas venir plus tard ce matin ?

Ce n'était pas classe, mais je décidai de prolonger le mensonge que Justine avait inventé pour ma mère.

— En fait, c'était pour te prévenir. Je suis dans le train, là. Je vais voir un collaborateur sur Stras' en marge d'un congrès.

— Ben, tu ne m'en avais pas parlé, non ?

— Non, ça s'est décidé hier soir… Excuse-moi, mais je ne capte pas super bien. Juste, je ne sais pas quand je rentre, alors tu t'occupes bien de la *famille*. Il faut que tu rappelles à Olivia qu'elle envoie sa demande de financement aujourd'hui pour sa quatrième année de thèse. Demande aussi à Charlie de m'envoyer les résultats des injections, je les regarderai. J'ai pris mon ordi.

— C'est noté !

— Ah oui ! Et bon courage pour supporter Mini-L.

— Il va en falloir, elle a déjà fait une crise ce matin.

— T'as qu'à la coller avec le stagiaire !

— Ha ha, elle va être ravie !

— Allez, je te laisse, travaillez bien, à plus !

Je regagnai ensuite ma place, tout en essayant de remettre de l'ordre dans mes idées et dans les éléments que les policiers avaient accepté de me céder la veille.

Une fois arrivé à quai dans la capitale alsacienne, je traversai la grande verrière à l'avant de la gare, puis descendis les escalators afin d'atteindre l'arrêt souterrain pour emprunter le tram A direction Graffenstaden. Je comptais me rendre, sans attendre, à l'appartement de ma femme, ou plus exactement notre appartement puisque Justine ne s'était jamais résolue à quitter les murs au cœur desquels sa fille avait vécu.

Après avoir dépassé la station Langstross Grand'Rue, j'aperçus, dans le champ de vue d'une allée perpendiculaire aux voies de tram, la cathédrale de Strasbourg. Cette construction majestueuse et gigantesque, au clocher unique mesurant plus de 142 mètres, était toujours d'une beauté éblouissante. Frappée par les rayons de soleil, sa façade m'apparaissait d'un ocre subtil qui me plut beaucoup. Il m'arrivait, malgré un esprit cartésien d'homme de sciences, de concevoir que des forces divines pouvaient parfois agir sur le monde. Cependant, l'idée qu'un Dieu bienfaiteur existait était pour moi très compliquée à avaler. Encore plus depuis le 23 septembre 2010. Si ce Dieu existait vraiment, alors il s'était bien planté ce jour-là. Personne, ni même ce foutu Dieu, n'avait le droit de me prendre ma petite Romane.

Je me souvins qu'initialement la cathédrale avait été construite sur un lieu de culte situé au-dessus de nappes phréatiques. Elle avait donc dû être érigée sur des fondations reposant sur des pilotis de chêne. Au XIVe siècle, une croyance avait émergé qu'un lac souterrain existait sous le sol de la cathédrale. Un lac doté de pouvoirs mystiques et sillonné de barques à voile. Un lac où certains curieux seraient morts également en voulant percer ses secrets. On soupçonnait aussi certains d'y avoir déposé et dissimulé des cadavres. Quelques siècles plus tard, au début du XXe, on remarqua qu'une partie des pilotis de bois se désagrégeait. Afin d'éviter que la construction ne s'affaisse, la nappe avait dû être comblée par du béton. Comme un cercueil de pierre pour les corps qui s'y trouvaient peut-être. J'avais du mal à comprendre ces gens qui tuaient puis qui cachaient les cadavres. À part pour les psychopathes et les fous, quel pouvait être l'intérêt de vouloir tuer quelqu'un si l'on ne voulait pas que les autres le sachent ? Par exemple, si je faisais face au meurtrier de ma fille, je voudrais sans doute le tuer. Et si je le tuais, je voudrais faire savoir à tout le monde qu'il était mort !

Le tram s'était progressivement vidé à mesure que j'approchais de l'arrêt situé à proximité de mon ancien domicile, presque au bout de la ligne. Un habitant de l'immeuble que je ne connaissais pas m'avait, de manière très serviable, maintenu la porte de l'immeuble afin que je puisse accéder au hall. Je ne fus pas surpris, voire presque amusé, de constater que l'ascenseur était en panne. Je n'imaginais plus revenir un jour dans notre appartement, encore moins dans le cadre d'une enquête pour meurtre, dans laquelle ma femme serait considérée comme la principale suspecte.

J'avais d'abord frappé à la porte au cas où mon ex-femme y serait présente. J'imaginais bien entendu que ce n'était pas le cas, si je me fiais au discours de la veille du lieutenant Breuil. Je possédais toujours un double des clés de l'appartement. Un détail me perturba instantanément.

Je remarquai que la porte n'était pas verrouillée, simplement claquée. Le lieutenant Breuil m'avait parlé d'une perquisition. Cela signifiait que les policiers n'avaient pas eu besoin de fracasser la serrure, donc que la porte n'était pas fermée à clé. Simplement claquée, comme aujourd'hui. Cela sonnait bizarrement dans mon crâne. Cela semblait vouloir dire que la fouille de l'appartement n'avait peut-être pas été commandée de manière officielle, par voie hiérarchique classique. Aucun scellé n'était placé sur la porte. L'obtention d'une commission rogatoire aurait sans doute nécessité des éléments d'enquête plus solides que ce que le lieutenant m'avait rapporté. Celui-ci pouvait avoir ses petits secrets et n'avoir peut-être pas tout dit.

Un élan douloureux de nostalgie me replongea huit ans plus tôt et je me repassai en boucle les détails de cette journée maudite. C'était cette même négligence, de ne pas fermer la porte à clé, qui avait probablement permis au ravisseur et meurtrier de Romane de pénétrer dans le logement et d'emporter le plus précieux des trésors qui s'y trouvait. Je jugeai très surprenant et inquiétant que Justine eût oublié de le faire, surtout après les reproches et insultes que j'avais subis et encaissés les mois qui suivirent le drame, cela plusieurs soirs par semaine.

Lorsque je pénétrai dans l'appartement, je m'étais retrouvé brutalement plongé dans un univers familier. Certaines odeurs, presque imperceptibles, mais tenaces, me donnèrent l'impression de revivre des moments douloureux. Peu de choses avaient bougé, mais le temps avait quand même fait son œuvre. Le canapé semblait plus terne et élimé, certaines photographies au mur avaient jauni. Excepté ces aspects d'usure et de vécu, peu d'objets nouveaux attrapaient mon regard. Un tableau abstrait, composé d'une mosaïque irrégulière de formes géométriques de couleurs différentes avait trouvé sa place au-dessus du canapé. Un autre tableau, qui aurait pu être du même artiste, avait été accroché dans l'entrée. Je me fis la réflexion que la perception de ce qu'était l'art était propre à chacun. De toute évidence, l'artiste coupable d'avoir réalisé ces toiles et moi n'étions pas sur la même longueur d'onde pour reconnaître ce qui était beau ou ce qui ne l'était pas.

En continuant mon inspection, je remarquai que le tapis du salon avait changé, pour un autre d'une teinte qui se voulait sûrement en accord avec la nouvelle décoration contemporaine du séjour. J'empruntai le couloir et gagnai la chambre principale. Cela me confirma, une fois encore, que Breuil ne m'avait pas menti. Les placards de vêtements semblaient avoir été partiellement vidés, comme si Justine était soit partie en voyage, soit en fuite. Je m'arrêtai quelques secondes devant la porte de la chambre de ma fille, et sentis ma respiration s'accélérer et mon souffle se faire plus court. Je ne fus pas surpris, en poussant la porte, de constater que, dans cette pièce, le temps s'était arrêté net, comme si la chambre entière avait été recouverte d'un fixateur chimique, tel que du paraformaldéhyde, pour la figer et optimiser sa conservation. Comme si cette chambre était l'unique endroit du monde où le temps n'aurait eu aucun effet, ni aucune emprise. Une larme perla sur ma joue quand je fixai la photographie accrochée au-dessus de la commode qui montrait l'image délavée de notre bonheur passé. Sur ce cliché, Romane, allongée sur le ventre sur une couverture bariolée et constellée d'animaux multicolores, était entourée par les visages radieux de ses deux parents. Je faisais tellement jeune à l'époque ! Mon regard était habité. Cette différence était encore plus flagrante concernant Justine. Je n'avais pas vu un tel éclat, déterminé et incisif, chez ma femme depuis longtemps. Son regard accusateur et empli de mépris était en revanche toujours présent et gravé dans mon esprit. Celui qu'elle portait sur moi depuis fin septembre 2010. Je fis quelques pas jusqu'au lit où je m'assis doucement. Je pris dans ma main Géraldo, la peluche préférée de Romane. Ce chat en peluche avait reçu beaucoup d'amour, même si son apparence suggérait le contraire. Il n'avait plus qu'un œil et le coton à l'intérieur faisait saillie au niveau de la jonction de sa patte arrière droite. La couture avait lâché lors d'une dispute entre lui et Opossum le pingouin. Les deux animaux en peluche n'étaient pas en phase. Ils se disputaient sans doute l'attention de Romane. Malgré leur senteur poussiéreuse, des effluves de ma fille y étaient encore perceptibles. Mes yeux se posèrent sur l'étagère. Devant sa collection de livres se trouvait une photographie de Romane. Sur celle-ci, Romane bébé faisait la chipie en costume de princesse en jouant avec un faux téléphone.

Puis, j'eus comme un déclic. Il y avait une chance que cela marche. Si je voulais savoir si c'était bien Justine qui avait appelé Liliane, le dernier numéro devait encore être en mémoire dans le téléphone. Je m'approchai du combiné et appuyai sur le bouton pour rappeler le dernier numéro. Lorsque celui-ci s'afficha sur l'écran, j'eus l'impression de l'avoir, moi-même, déjà composé par le passé. Une pointe d'adrénaline commença à stimuler mes neurones lorsque les premières sonneries résonnèrent dans mon oreille. Quelqu'un décrocha et enchaîna de manière assez sèche :

— *Japan Sushi*, bonjour. C'est pour une commande en livraison ?

Je fus surpris par la sonorité alsacienne de la voix à l'autre bout du fil. L'Orient n'avait apparemment infiltré que le nom de ce restaurant de la Route de Lyon. Justine et moi avions pour habitude d'en commander régulièrement pour nos soirées. Le restaurant s'appelait à l'époque le *Seazon Sushi*. Je compris pourquoi le numéro me disait quelque chose. J'ai toujours eu une très bonne mémoire photographique. Sans même m'en rendre compte, je raccrochai au nez de mon interlocuteur alsaço-nippon.

À bien y réfléchir, c'était probablement le soir précédant sa disparition que Justine avait dû commander un plat pour le dîner. À moins qu'elle n'ait appelé de son portable. Je m'étais tout de même fait mon opinion. Ce n'était pas Justine qui avait contacté Liliane, mais bien le contraire. Quel intérêt avait Liliane de téléphoner à Justine après tant d'années ? Était-il possible qu'elle cherchât à me joindre moi, et non Justine ?

LE FUNAMBULE

En me rongeant les ongles, l'un d'eux s'est détaché.
En passant ma langue, une de mes dents a bougé.
Comme si des miettes de moi souhaitaient partir en avance.
Je me languis que mon corps entier connaisse cette chance.

Chapitre 12
2000, autour de Strasbourg / Lily et Joachim (17 ans)

Cela faisait plusieurs semaines maintenant que Joachim et Lily vivaient leur petit rituel du mercredi après-midi. Ces journées cependant ne se ressemblaient pas. Lily n'était pas toujours d'humeur égale.

Les bonnes semaines, elle arborait un sourire sublime et était très volubile. Elle enchaînait les sujets de conversation divers et variés, pouvant y mettre tant de conviction pour défendre une opinion, ou bien du romantisme pour décrire ce qui avait pu la séduire dans un panorama, un film ou un livre. Elle adorait les livres. Les moins bonnes semaines, elle semblait ailleurs, le regard morne et fuyant. Elle n'adressait alors la parole à Joachim, dans le car, que pour lui souhaiter une bonne fin de journée. Ce lunatisme avait des conséquences sur le moral du jeune homme, qui à ce jour ne pouvait plus s'empêcher de l'aimer. Chaque fois qu'elle mettait de la distance, cela lui faisait comme un poignard que l'on enfonçait dans son cœur d'adolescent sentimental.

Il se persuada que quelque chose clochait dans le comportement de la jeune fille, ou plutôt que quelque chose d'anormal se passait dans sa vie. Il se surprit alors de ne rien vraiment savoir de sa vie personnelle. Où habitait-elle exactement ? Vivait-elle avec ses deux parents ? Avait-elle des frères et sœurs ? Toutes ces questions n'avaient à cet instant aucune réponse dans la tête de Joachim.

La seule personne que Liliane lui avait un jour présentée était Jean-Eudes. Plus exactement, le sort avait voulu qu'il fût là par hasard. Ils avaient rencontré Jean-Eudes, un mercredi après-midi dans le bus.

— Eh ! Salut Liliane, ça fait plaisir de te voir. Quoi de neuf depuis la dernière fois ?

Il s'exprimait tout en mâchant un chewing-gum la bouche grande ouverte. Il saisit Liliane à la taille des deux mains pour lui faire la bise.

— Salut. Ça va, merci. Et toi ? Et tes parents ?

— Ouais. Ça gaze. Faut qu'on se refasse une soirée. C'était sympa. Tu vas où comme ça ?

— Je vais rendre un livre à la bibliothèque.

Lily avait tenu la promesse faite à Joachim et avait menti sur leur destination. Liliane et Jean-Eudes semblaient assez proches, ce qui irritait déjà Joachim. Celui-ci trouvait que les gestes de ce gars étaient trop appuyés. Liliane ne semblait pourtant pas lui en tenir rigueur.

— Joachim, je te présente Jean-Eudes. Jean-Eudes, je te présente Joachim, un ami.

— Mouais, salut. Tu es au lycée Rostand aussi, j'crois ?

Joachim fit un signe de tête en guise d'acquiescement.

— Je connais Euddy depuis toute petite. Nos pères se connaissent bien. Ils travaillent souvent ensemble, sur les mêmes dossiers. On a souvent dîné l'un chez l'autre. Alors on est devenus très bons amis.

— Ouais, c'est vrai qu'on se connaît bien. On passe vraiment des bons moments ensemble.

La proximité de Lily avec son ami, leur familiarité et surtout le fait qu'elle le surnomme *Euddy* avaient le don d'exaspérer Joachim.

Le garçon était un fils de notables alsaciens dont le père était notaire, engagé politiquement, et la mère avocate au barreau de Strasbourg. Jean-Eudes avait le type méditerranéen, pas très grand, assez trapu, une raie sur le côté du crâne et les cheveux plaqués au *pento*. Joachim trouvait qu'il se donnait un genre. Il n'avait ni le charme, ni le flegme dont il semblait se satisfaire. Il jouait les *kékés*, la tête légèrement rentrée entre ses épaules. Joachim ne l'appréciait pas. La réciproque était sans doute vraie également. Joachim ne supportait pas la façon qu'il avait de regarder Lily. On aurait dit qu'il bavait des yeux, l'air lubrique, faussement désintéressé. L'air du mec qui draguait les filles comme s'il se demandait déjà à quelle heure il arriverait à dégrafer leur soutien-gorge.

Heureusement cette fois-là, Jean-Eudes ne pouvait pas rester et dut les abandonner dès le troisième arrêt du bus.

— *Ciao bella* Liliane. *Arrivederci* !

Joachim et Lily continuèrent leur trajet jusqu'au club de jeux. Il ne put réfréner sa curiosité :

— Vous vous voyez souvent ?

— Avec Euddy ? Oui, au moins une fois par mois. Nos parents organisent des bons repas et du coup on se retrouve toujours tous les deux, on discute, on regarde des films…

— Ah… OK, c'est cool.

Joachim était clairement jaloux, mais essayait de ne pas le montrer.

Les semaines suivantes, il arrivait toujours à Liliane d'être lunatique, parfois éteinte. Suivant son intuition, celle qui lui intimait que Lily pût avoir des problèmes au sein de sa famille, Joachim décida que, chaque semaine, il prolongerait son voyage retour d'un arrêt afin de la raccompagner jusque chez elle. Cette décision avait également l'avantage de nourrir sa curiosité, devenue maladive, d'en connaître davantage sur la vie privée et familiale de son amoureuse.

La maison de Lily était une magnifique bâtisse des années 1930 avec un très grand terrain arboré, un porche orné de vitraux colorés sur le côté pour entrer et une dépendance à l'arrière. Le bâtiment avait l'architecture caractéristique d'une maison alsacienne avec ses poutres à colombages visibles sur les façades, et était recouvert presque pour moitié de lierre grimpant jusqu'au toit. Malgré les habitations voisines, la maison semblait comme isolée, tant la profusion d'arbres et de thuyas ainsi que la largeur de la parcelle limitaient tout vis-à-vis. Joachim fut surpris de la hauteur des murs. La maison devait compter au moins trois étages. La peinture était jaune tirant sur le beige et semblait en bon état et bien entretenue. Les volets des fenêtres étaient peints en bleu. Le quartier semblait calme, le silence n'étant brisé que par quelques voitures qui remontaient la rue à sens unique.

En la raccompagnant un après-midi, il allait assister à une scène dont les répercussions allaient transformer leur vie à tous les deux.

— J'ai trouvé qu'il était super le jeu *Carcassonne*. J'ai bien envie de l'acheter !

La jeune fille répondit en souriant :

— C'est vrai, il était pas mal. Mais je suis sûre que tu dis ça juste parce que tu as gagné.

Elle lui fit un clin d'œil.

— Même pas vrai. En plus, tu n'as pas eu de chance sur le dernier coup.

Ils furent interrompus dans leur conversation. Le très bon ami de Lily, *Euddy*, avait compris que la belle prenait le bus tous les mercredis à la même heure et y retrouvait Joachim. Il les avait rejoints et s'imposa jusqu'au bout du trajet. Toujours sans demander la moindre permission, il les accompagna jusque chez Lily. Il connaissait de toute évidence l'itinéraire par cœur.

Ils poussèrent le portail en fer forgé, qui couina comme pour supplier d'avoir de l'huile, et s'engagèrent dans la cour intérieure en gravier blanc. Après quelques pas qui froissèrent les cailloux, Lily se tourna vers les deux garçons et les salua en les gratifiant d'un baiser sur la joue, chacun. Cette attention suggérait à Joachim que c'était le moment de s'en retourner chez lui. Pareillement pour Jean-Eudes, bien heureusement.

Soudain, un bruit de vitre brisée les alerta, suivi de cris de panique. Joachim et Lily, sans même réfléchir, se précipitèrent dans la maison, suivis de Jean-Eudes, un temps de latence en plus.

Le spectacle offert dans la cuisine de la demeure de Lily était effroyable. Un tri d'informations se fit automatiquement dans la tête de Joachim. L'homme saoul devant lui était probablement le père de Lily et la femme au sol qui saignait à la tempe, sa mère. Joachim aurait sans doute préféré rencontrer les parents de Lily dans d'autres circonstances.

— Papa, arrête ! Laisse maman tranquille et va-t'en maintenant ! cria Lily en se ruant sur sa mère à terre sur le carrelage.

Malgré son jeune âge, Joachim n'appréciait déjà pas les excès liés à l'alcool. Il était d'ailleurs l'un des rares garçons du lycée qui n'en buvait pas la moindre goutte. L'ivrogne qu'il avait devant lui mesurait environ un mètre soixante-dix et avait le dos légèrement voûté. Sa carrure n'avait rien de celle d'un culturiste. Son visage aurait pu avoir du charme s'il avait été soigné, avec une barbe mieux taillée, des yeux moins vitreux et les cheveux ordonnés et dégraissés. Sa tenue était une caricature du *beauf*, associant un marcel blanc auréolé de sueur à un jogging bientôt vintage et des charentaises en tweed. Cela contrastait avec l'image que Joachim s'en était faite. En effet, Lily avait mentionné que son père était un notable. Il existait aussi une certaine incohérence entre le côté bourgeois chic de cette cuisine à l'ancienne et l'allure négligée de son propriétaire éméché.

Le père de Lily avança, bien qu'en titubant, avant de beugler :

— Te mêle pas de ça ou j'te dis qu'tu vas avoir droit à la même raclée !

— Papa, ne fais pas ça, ARRÊTE !

Au moment où son bras levé amorçait une descente rapide vers le visage de sa fille, il fut stoppé net. Une main avait sèchement attrapé son poignet, puis le repoussa en arrière. Joachim n'avait pas pu rester inactif face à ce geste de maltraitance. Il n'était d'ordinaire pas très courageux. Les sentiments amoureux qu'il nourrissait pour Lily avaient sans doute surmotivé son intervention et lui avaient donné le courage d'intervenir.

— Qu'est-ce que tu fous là, dégage ! Tu es qui toi d'abord ? Dégage de là ou j'te fume ! grogna le père de Lily en tentant de reprendre une posture verticale pour se rediriger vers le garçon.

Jean-Eudes, resté spectateur de la scène, avait les jambes qui flageolaient. Il était transi de peur face au père de Lily qui s'approchait de manière belliqueuse. Le jeune homme, qui ne voulait pas d'histoires, craignant surtout le sermon et la réaction de son propre père, prit ses jambes à son cou et détala hors de la maison puis de la propriété, sans se soucier de ce qui pourrait arriver de fâcheux à Liliane ou à sa mère. Le père de Lily serra son poing dans l'intention de frapper son opposant. Le combat était perdu d'avance tant il chancelait. Joachim le ceintura, le déséquilibra et le projeta contre le mur.

— LAISSEZ-LES TRANQUILLES ! Allez-vous-en ! Partez, partez tout de suite ! hurla-t-il.

Comme un animal pris au piège, le père de Lily se releva, non sans mal, en prenant appui sur le coin du buffet style Louis XVI, et sortit de la cuisine puis de la maison en bousculant au passage dans le couloir une chaise et une desserte dont le plateau était en marbre. Lily était toujours aux côtés de sa mère, mais son attention était absorbée par la bagarre avortée entre son père et Joachim. Elle resta là, à contempler bouche entrouverte son ami qui s'était interposé face à celui qui les terrorisait, elle et sa mère, depuis plusieurs années. Cet odieux personnage, qui parce qu'il faisait vivre sa famille grâce à son salaire confortable, se permettait de passer ses nerfs sur les femmes qu'il trouvait à domicile. La moindre contrariété, la plus petite excuse engendraient les insultes, les menaces, les humiliations puis les coups. L'alcool comme cerise sur ce gâteau indigeste.

Bien sûr, cela n'avait pas toujours été comme cela. Au début de leur mariage avec la maman de Liliane, l'homme était aimant et à l'écoute, presque tendre, quoiqu'un peu dirigiste et autoritaire. Puis les qualités s'étaient estompées et les défauts s'étaient révélés, les affres du quotidien accélérant les choses.

Un jour, il avait porté la main sur sa femme. Un autre, il le refit. Puis, cela devint l'habitude. Alors il s'en était aussi pris à sa fille. Il faisait cela discrètement, en évitant le visage pour que les ecchymoses fussent dissimulées sous les vêtements. Puis, comme tout pervers narcissique, il se posait en martyr, en culpabilisant Liliane et sa mère, qui par suggestion se croyaient alors responsables de tout. Un cercle vicieux qui légitimait les agressions physiques et les comportements obscènes qu'elles subissaient.

Joachim se mit à genoux auprès de la mère de Lily et s'assura qu'elle allait bien. Avec Lily, ils l'accompagnèrent dans sa chambre pour qu'elle puisse se reposer et se calmer. Joachim prit la main de Liliane. Ils se posèrent dans le salon où il faisait meilleur. La chaleur d'un *Kachelofe* s'y répandait. Assis sur le canapé, il se rapprocha de Lily et la prit dans ses bras. Ils restèrent ainsi et ne se parlèrent pas pendant de longues minutes.

C'était comme si une case s'était ouverte dans le cerveau de Lily. Comme si un voile de soie s'était posé sur ses yeux. Elle ne percevait plus Joachim comme le partenaire de jeux de société ou le confident du mercredi. Il était un homme. Le seul homme qu'elle pourrait aimer. Le héros qui délivrait de la menace, qui sauvait la vie. Elle sentit comme une chaleur au creux des reins, dans son bas-ventre. Une vague de désir puissante, un émoi inattendu. Avec Joachim à ses côtés, plus jamais son père ne leur ferait de mal, ni à elle, ni à sa maman. Joachim était là maintenant ! Elle l'aimait, elle en était certaine. Ce serait lui et personne d'autre. Sans lui, elle était fragile et vulnérable. Elle le voulait à ses côtés pour toujours. Pour toujours…

C'était ainsi qu'une semaine plus tard, à l'arrêt de bus situé à trois cent cinquante mètres du local du club de jeux, Lily embrassa Joachim pour la première fois. Ce baiser chaud et intense fit sauter le premier cadenas du pucelage du jeune garçon. Il avait attendu ce moment depuis plusieurs mois et la sensation fut au-delà de ses espérances. Pour ne rien gâcher, ce moment ne fut pas perturbé par la présence envahissante de Jean-Eudes. *Euddy* s'était fait discret ces derniers temps, ce qui n'avait rien d'étonnant. Il ne devait pas se sentir très fier de ce qu'il avait fait. De ce qu'il n'avait pas fait plus exactement, en étant si lâche.

Embrasser Lily était à la fois déstabilisant et réconfortant, aussi bien tendre que fougueux. Ils étaient amoureux et formaient maintenant un couple officiel au lycée. Il était difficile de comprendre le *crush* de la sublime Lily pour ce garçon d'un physique, somme toute, banal. Lily, elle, savait que Joachim était là pour la protéger. Évidemment, jamais ils ne parlèrent à quiconque de ce qui s'était passé. Jean-Eudes n'allait pas s'en vanter non plus.

Dans les mois qui suivirent, la situation familiale de Lily évolua. Le père de Lily avait quitté le domicile conjugal, avait accepté de signer les papiers du divorce aux conditions demandées par Émeline, la mère de Lily. Il s'était engagé à lui verser une pension alimentaire et s'y tenait. De manière non officielle, il avait promis à sa femme de se faire soigner pour son problème d'alcoolisme et de violence. La mère de Lily était devenue une autre personne depuis la première fois que Joachim l'avait rencontrée. Il fallait dire que les yeux rougis et la plaie ouverte qu'elle arborait ce jour-là ne l'avaient pas mise en valeur. La vie avait repris son cours. Liliane connaissait moins de sautes d'humeur, sa mère et elle sortaient à nouveau ensemble. Elles profitaient de la vie : après-midi shopping, cinéma, piscine. Sa mère allait également souvent la voir, le samedi matin, à son cours de cirque. Elle aurait pu passer des heures à regarder sa fille, plus agile qu'une panthère dans les airs et plus à l'aise perchée sur un fil que n'importe quel oiseau majestueux. Joachim y assistait le plus souvent possible avec elle. Le directeur du centre avait même glissé à Émeline que sa fille pourrait bien intégrer la troupe en tant que funambule tellement Lily excellait dans ce domaine. Émeline se surprit à trouver le physique de cet homme bien agréable et le ton de sa voix vraiment charmant et réconfortant. Elle crut bien déceler dans l'attitude de son interlocuteur qu'elle non plus ne le laissait pas indifférent. L'homme avait le teint hâlé et un accent qui trahissaient une origine hispanique.

Au fil des semaines, les sorties au restaurant d'Émeline se faisaient de plus en plus fréquentes. Elle était sans nul doute accompagnée de son directeur de cirque, ce qui laissait le champ libre à Joachim et Lily pour des soirées, seuls à la maison.

C'était au cours d'une de ces soirées que Lily décrivit plus en détail ce que son père faisait subir à sa mère et à elle. Les coups, les humiliations, les injures. Elle raconta ce jour où, quand il la bouscula dans l'escalier, Lily tomba et se fractura le bras droit. Heureusement, une fracture fermée avec un léger déplacement de l'os. Les médecins avaient tout de même préféré opérer et poser une plaque pour favoriser la consolidation. Ils avaient longuement interrogé les parents aux urgences. La version du père de Liliane était trop incohérente pour expliquer la gravité de la cassure subie par sa fille, en plus des ecchymoses que la chute avait laissées sur le bas de son visage et son arcade sourcilière. Ce jour-là, le calvaire que vivaient Lily et sa mère aurait pu être découvert, mais il n'y eut finalement pas de signalement, donc pas de poursuites judiciaires. La stratégie de l'esquive, de l'omerta et de la dissimulation avait permis au père de Lily de ne jamais être inquiété.

Elle confia également à Joachim un sentiment paradoxal. Elle en voulait plus à son père de les avoir abandonnées, sa mère et elle, que de les avoir maltraitées. Les annales de psychologie regorgeaient de ce genre de cas. Joachim pouvait comprendre cette réaction. Le comportement de son père et son incapacité à se raisonner l'avaient amené à les quitter. Il n'avait donc pas trouvé la force ni l'amour pour agir autrement et se battre contre lui-même pour rester auprès de sa famille. Liliane se sentait à la fois délivrée, mais aussi orpheline de son père. Elle digérait très mal ce sentiment d'abandon.

LE FUNAMBULE

Il ne reviendra pas me chercher, ni m'aimer. J'accuse le coup.

Je ne sais plus quoi faire, les aiguilles tournent, mais au ralenti.

Le temps n'a plus prise sur moi. Quel mois sommes-nous ?

Il fait plus froid à l'étage. L'hiver est une belle saison pour mourir.

Chapitre 13
25 septembre 2010, Illkirch-Graffenstaden / Joachim (27 ans)

— Papa ? Tu es où, je suis rentrée !

Je fus comme électrisé de bonheur en entendant sa voix provenant de l'entrée. Je bondis hors de mes draps et me précipitai dans le couloir. Elle était là, plus merveilleuse que jamais. Plus attendue que jamais. Je m'agenouillai et la pris dans mes bras. Je la serrai si fort qu'elle en eut presque mal. Je collai mon visage sur son épaule et me délectai de son odeur retrouvée d'amande douce envoûtante. Elle était revenue.

Je ressentis un soulagement comme jamais je n'en avais vécu. Romane était revenue, on ne lui avait pas fait de mal. J'aurais voulu évidemment lui poser des milliards de questions. Où était-elle partie ? Avec qui ? Pourquoi ? Mais après avoir reculé mon visage, je plongeai dans ses yeux couleur bleu azur et m'y noyai. Je baignais dans un contentement indescriptible. Elle portait sa petite robe blanche ornée d'une fleur bleue majestueuse sur le côté et ses petites sandales blanches avec une fleur stylisée sur l'avant.

La dernière fois qu'elle avait été habillée comme cela, c'était pour le mariage de Guilhem et Sidonie, un couple d'amis de Justine, devenus les miens avec le temps. Cette journée de noces avait été magnifique. Les tourtereaux avaient loué un château dans le pays bordelais dont était originaire Guilhem. La journée n'avait pas été assombrie par le moindre nuage et la température extérieure avoisinait les 35 degrés à l'ombre. Après une cérémonie laïque en extérieur, tout le monde avait pu profiter d'un apéro à l'ombre des chênes du domaine, dans une ambiance décontractée qui caractérisait bien les jeunes mariés. Il y avait une quinzaine d'enfants qui jouaient ensemble à différentes activités qui avaient été imaginées spécialement pour eux : jeu de palets, minigolf, tapis de jeux et voitures, château de princesse et poupées, ou encore match de foot. Les pères, pourtant en costumes trois-pièces et chaussures cirées, n'avaient pas hésité à intégrer l'une des équipes et à taquiner le ballon en mousse.

Je ne voulais même pas essayer de comprendre comment ma fille de 7 ans avait réussi à enfiler cette robe qu'elle portait à ce mariage lorsqu'elle en avait 5 et bien dix centimètres en moins. C'est ma fille qui me donna la réponse :

— Papa, tu sais bien que je ne vais pas rester longtemps !

J'avais commencé à entendre un bruit sourd d'eau qui ruisselle. Quelqu'un avait ouvert le robinet de la douche dans la salle de bains.

— Qu'est-ce que tu racontes Romane, où voudrais-tu aller ?

— Je retourne là-haut, Papa !

Le bruit d'eau se faisait plus distinct. Le jet de la douche frappait plus fort sur le rideau en plastique.

— Quoi ? Viens plutôt te coucher, il est tard. Viens dormir avec nous, j'ai besoin de te serrer fort contre moi. Tu m'as tellement manqué. J'ai eu tellement peur de t'avoir perdue.

— Papaaaa ! Je ne peux pas…

— Mais ne raconte pas de bêtise, pourquoi tu ne viendrais pas ?

— Parce que je suis morte !

Sa réponse claqua comme un coup de fouet et je me réveillai en sursaut. Je me redressai brutalement, réveillant au passage les stigmates d'une ancienne hernie discale. La box Internet indiquait *25 septembre / 4 h 21*. J'avais donc réussi à fermer les yeux pendant presque deux heures. Je m'étais allongé sur le canapé après avoir pris un cachet de Doliprane. Ma femme avait préféré pleurer seule dans le lit conjugal.

Une trentaine d'heures s'étaient déjà écoulées depuis la disparition de Romane. Nous n'avions pas réussi à avoir une vraie conversation. J'étais sûr qu'elle se chargeait lentement de ressentiments à mon égard. Je me sentais coupable de ce qui était arrivé. J'étais convaincu qu'elle aussi me tenait pour responsable de la disparition de notre fille. Elle me reprochait souvent mon insouciance et mon immaturité sur de nombreux aspects de la vie quotidienne. Ironie du sort, c'était bien ce côté rêveur presque poétique qui l'avait séduite quelques années plus tôt. « *Souvent femme varie.* » Mais un couple, aussi solide fût-il, pouvait-il résister à un tel drame ?

À mes yeux, Romane était la petite fille rêvée. Un visage de poupée. Des cheveux d'or. Elle avait un caractère facile, bien que déterminé. Elle était bonne élève, brillante et dotée d'un esprit vif et curieux. Elle n'avait pas froid aux yeux. Des yeux d'un bleu pur. Elle excellait aussi dans diverses activités sportives. Elle pratiquait régulièrement la gymnastique et la danse. Elle avait de l'équilibre, de la grâce. Sa professeure de danse ne s'y trompait pas en la plaçant chaque fois au premier rang face au public pour chacun de ses spectacles. Je lui avais offert une *slackline* dont elle était devenue experte au bout de quelques semaines. Nous allions régulièrement au parc de la citadelle en plein cœur de Strasbourg afin de l'installer toujours entre les deux mêmes arbres. Je me prenais aussi au jeu, même si je devais m'incliner face à l'aisance de ma fille sur le dispositif. Elle appréciait aussi les activités artistiques. Elle écrivait et aimait lire. Elle dessinait superbement bien. Elle souhaitait même apprendre à réaliser des esquisses au fusain. Elle avait toutefois hérité du défaut typique des Streiner. Elle était d'une mauvaise foi exacerbée et dotée d'un esprit de contradiction d'un niveau exceptionnellement élevé. En plus d'un côté mauvais perdant totalement assumé. Même ses défauts me manquaient aujourd'hui. Je l'aimerais même s'il ne restait d'elle que ses défauts. Je souhaitais juste qu'elle revienne.

Qu'avait-il bien pu se passer ? Les premières hypothèses des enquêteurs étaient difficilement supportables pour nous, ses parents. Ils émirent la possibilité d'une fugue. Bien que blessante, cette explication sur la disparition d'une jeune fille était aussi celle qui offrait le plus de chances de la retrouver saine et sauve, qui plus est dans un temps relativement court. La seconde hypothèse était un enlèvement. Elle était basée sur un élément de ma déposition. En effet, j'avais retrouvé la porte entrouverte au retour de ma douche alors que j'étais certain de l'avoir claquée en rentrant. Le profil psychologique équilibré de ma fille donnait aussi du poids à la seconde option.

Une enquête de terrain réalisée par les policiers s'était montrée infructueuse. Quelques voisins déclarèrent avoir vu, par la fenêtre, un homme mal rasé, sortir de la résidence en compagnie d'un enfant aux alentours de l'heure de la disparition. D'autres témoins étaient certains d'avoir aperçu une fillette seule vêtue d'un jean rouge dans la rue, ou encore une femme en tenue colorée et sa fille entrer dans un véhicule en marche une centaine de mètres plus loin. Bref, bien que chacune de ces pistes ait été explorée, il n'y avait rien eu de concret. Pas de témoignages concordants. Un autre indice étayait la thèse de l'enlèvement. Un cliché radiographique avait été retrouvé au matin dans les fourrés au bas de l'immeuble. L'image, qui montrait l'humérus fissuré d'un patient, aurait pu servir au ravisseur pour forcer la porte de l'appartement à la manière d'un serrurier. Cette hypothèse était d'autant plus plausible que tout numéro ou élément d'identification du patient concerné ou du centre d'imagerie éditeur avait été soigneusement découpé, rendant impossible de remonter l'origine du cliché. Dans les circonstances du drame que nous vivions, cette précaution semblait plutôt suspecte.

Le procureur de la République n'avait pas déclenché le plan Alerte Enlèvement dans les premières heures après la disparition de Romane. En effet, ce dispositif ne pouvait se mettre en place que si l'acte d'enlèvement était avéré ou défini comme l'hypothèse la plus probable. Les policiers avaient d'abord dû écarter d'autres pistes, comme la fugue. Mon état lamentable à l'arrivée des autorités, et surtout les traces de sang abondantes sur mon tee-shirt avaient fait naître une idée glauque dans la tête des enquêteurs. Celle d'une déviance infanticide d'un père que la vie avait poussé à bout de nerfs. Les inspecteurs, après les premiers interrogatoires, s'étaient vite rendu compte que la détresse infinie dans laquelle je me trouvais ne pouvait s'expliquer que par la version que je leur soutenais. L'analyse du sang sur mon tee-shirt avait fait le reste.

Les premières heures suivant une disparition étaient les plus cruciales pour l'enquête. Le temps de latence nécessaire aux premières constatations et aux premières décisions avait certainement été responsable de l'absence de résultats. L'unique conséquence de l'annonce télévisuelle tardive de l'Alerte Enlèvement avait été d'épuiser mes larmes et celles de Justine. En apercevant l'image de ma fille sur l'écran, si radieuse et paisible, je n'avais pu m'empêcher de l'imaginer seule et perdue, voire en compagnie d'un pervers. Je faillis régurgiter le verre d'eau que j'avais réussi à avaler, en étant frappé d'images atroces d'un homme abusant de ma fille à l'orée d'un bois.

Moins de quarante-huit heures après la disparition de ma fille pourtant, j'étais déjà possédé par un sentiment inavouable et dépourvu de toute combativité. J'étais persuadé que je ne reverrais plus jamais ma fille.

LE FUNAMBULE

J'ai passé la journée, recroquevillé, contre le mur,
Parce que j'ai eu très peur de cette énorme araignée.
De nerfs, j'ai éclaté de rire tant je suis ridicule.
Avoir de la compagnie devrait pourtant me soulager.

Chapitre 14
18 juin 2018, Strasbourg / Lieutenant Breuil (49 ans)

Le lieutenant Breuil était assis en tailleur dans l'herbe devant le commissariat pour reprendre certains éléments de ses dossiers en cours. Une habitude singulière dont la hiérarchie s'était acclimatée au regard des bons résultats obtenus lors des enquêtes, aujourd'hui classées, qui lui avaient été confiées par le passé. Il était adepte de yoga et de méditation et profitait, en général, de cette petite pause pour s'offrir quelques minutes de relaxation. Un esprit encore sain dans un corps sain. Parfois, il se servait du prétexte de la méditation pour s'isoler lorsqu'il refaisait surface après un moment de confusion. Aujourd'hui était un peu différent. Il avait consacré sa pause à la lecture. Il tenait dans sa main une des pièces à conviction majeure du dossier Charpentier. Le carnet de Liliane retrouvé sur le sol du grenier. Un carnet dont il n'avait pas voulu, la veille, mentionner l'existence à Joachim Streiner.

Ce carnet contenait un recueil de textes manuscrits, rédigés comme des vers de poésie. La défunte y décrivait de manière abstraite la prison et la solitude dans laquelle elle vivait. Les textes reflétaient les pensées d'une personne torturée, fourmillant de regrets, de remords et isolée de tous. Tous les textes étaient signés « Le funambule ». Sur la dernière page figurait le numéro de téléphone du domicile de Justine Streiner, griffonné en diagonale. Le lieutenant Breuil, en bon flic consciencieux, avait tenu à lire son contenu en intégralité et il y avait consacré deux nuits entières depuis le début de l'enquête. Il voulait réellement démêler les fils de noirceur qui y étaient crayonnés. Il remarqua que plusieurs pages avaient été arrachées. Sur les pages restantes, l'écriture était belle et ronde, mais un expert en graphologie aurait sans doute souligné l'aspect enfantin de certaines courbes sur les lettres *b* et *p*. La lecture de ce document ne l'avait pas ennuyé, bien au contraire. Le style était certes un peu simpliste et trop imagé, mais l'auteure n'était pas dénuée d'une certaine plume. Liliane avait sans doute vécu des drames dans sa vie pour exprimer tant de larmes au travers de ses mots. Nul doute que sa rupture d'avec Joachim Streiner était l'un des événements déclencheurs de son état dépressif. Elle faisait même référence, dans une strophe, à Justine et Joachim, en citant leurs prénoms ensemble, une seule et unique fois. Un passage dans lequel elle suggérait qu'elle oubliait ses souvenirs et qu'elle voudrait qu'il revienne vers elle. Elle précisait aussi que leur vie avait basculé à cause d'un simple oubli. Un autre passage au milieu des textes résonnait particulièrement dans la tête du lieutenant Breuil :

« Je lui ferai payer toute ma solitude,
Même si de mes mains doit couler le sang.
J'entends déjà du requiem, son prélude,
Quand fuira le diamant de son propre sang. »

Associé aux autres preuves qu'avait découvertes le lieutenant Breuil, ce texte sonnait comme un aveu de l'horrible acte qu'avait commis Liliane Charpentier. Ce carnet contenait sans doute les raisons expliquant les faits graves qui s'étaient déroulés dans cette maison campagnarde près du centre-ville d'Illkirch.

Pour certains collègues du commissariat, ce carnet représentait une preuve solide que Liliane Charpentier s'était effectivement suicidée. Les mots sonnaient comme une lettre de confession d'une personne qui veut se donner la mort. Le passage le plus accablant restait le dernier qui avait été rédigé :

« Je te vois sans vie, morte. J'ai commis l'irréparable, l'impardonnable.
Ton visage, si jeune, tes yeux bleus me hantent. Je t'ai tuée.
Il faut que tout se finisse, sans dignité possible. La suite est inéluctable.
Je suis une âme morte depuis des années, mon geste sera juste une continuité. »

Suivant son instinct, quelques jours plus tôt, le lieutenant Breuil avait demandé à sa collègue de faire des recherches sur la famille Streiner. Le lendemain, la brigadière De Boer était entrée dans son bureau avec empressement, avec le résultat de ses recherches. Bizarrement, il ne se souvenait plus d'avoir demandé ce travail à sa collègue. Toujours était-il qu'elle avait découvert leur nom cité dans un dossier de disparition en 2010. Joachim et Justine Streiner avaient eu une fille en 2003, mais celle-ci avait été portée disparue et n'avait jamais été retrouvée. Le ravisseur, s'il existait, non plus.

C'était ainsi que la preuve de la présence de Justine sur les lieux du crime se fragilisa. En effet, une autre explication était désormais possible. Il demanda et obtint une commission rogatoire pour perquisitionner dans les règles de l'art l'appartement de Justine Streiner afin d'étayer sa nouvelle hypothèse. Un autre scénario macabre commençait à se dessiner dans le labyrinthe du cerveau de l'enquêteur.

C'était ce que le lieutenant Breuil regrettait d'avoir caché la veille à Joachim Streiner. Il préférait faire des vérifications supplémentaires avant de tout lui déballer. Il devait aussi faire la demande auprès du procureur pour perquisitionner à nouveau le domicile de Liliane Charpentier.

Après tant d'années, il semblait toujours exister un lien, bien qu'effroyable, entre Joachim, Liliane et Justine.

LE FUNAMBULE

Justine et Joachim, vous avez donné une vie.
Une poussière, un oubli, et tout a basculé.
À l'horizon se trouble le précieux souvenir.
Je veux que tout redevienne, pour encore aimer.

Chapitre 15
2000-2002, autour de Strasbourg / Lily et Joachim (17 à 19 ans)

L'hiver bas-rhinois s'accompagnait souvent d'épisodes neigeux. La campagne alsacienne se parait de sa plus belle robe blanche et s'illuminait pour Noël. Cette fête à l'origine religieuse s'était trouvé une raison d'exister dans cette région de France. Les marchés de Noël y pullulaient et réchauffaient le cœur des gens à grandes rasades de vin chaud et dégustations de *bredele* et autres pains d'épices.

Les récents tourtereaux, qui appréciaient, tous les deux, la magie de Noël, affichèrent leur amour dans les plus beaux lieux de villégiature pour les lutins, rennes et personnages de Noël. Des escapades romantiques pour ces deux lycéens au cœur de l'Alsace en tram, en TER ou véhiculés par le père de Joachim. Ils s'embrassèrent ainsi à Riquewihr, Ribeauvillé, Haguenau, Eguisheim, Kaysersberg, Colmar et bien entendu à Strasbourg sur le parvis de sa cathédrale illuminée. C'était pendant les congés, entre Noël et Nouvel An, qu'ils allèrent plus loin dans leur relation et consommèrent leur amour.

Cet instant magique s'était passé dans la chambre de Lily, une fin d'après-midi où Émeline était sortie *prendre un café* avec Alberto, le directeur de la troupe de cirque. Joachim n'avait pas d'expérience dans ce domaine. Lily, ce n'était pas un secret entre eux deux, avait déjà couché avec deux garçons. Ceux-ci, malheureusement, ne s'étaient pas bien comportés avec elle. Après quelques parties de jambes en l'air, dénuées de romantisme, ils avaient pris leurs propres jambes à leur cou.

Lily avait pris les choses en main. Elle avait encouragé le jeune homme et accompagné ses gestes. Elle n'atteignit pas l'orgasme physique ce jour-là, elle ne l'avait jamais connu encore d'ailleurs, mais elle ressentit un sentiment de plénitude et de bien-être qui fit de ces quelques minutes une parenthèse magique et inoubliable. Du désir, une alchimie. Pour Joachim, ce fut l'extase. La peau de Lily était douce, légèrement humide et salée. Il était maladroit, un peu trop fougueux en embrassant les seins de sa partenaire. Lily lui susurra à l'oreille de prendre son temps, d'être plus délicat. Joachim ne s'en était pas offusqué, car il appréciait d'être dirigé pour sa première fois. Il prit de l'assurance et couvrit ensuite le corps de Lily de baisers plus tendres. Elle l'invita à s'allonger sur elle. La chaleur entre ses cuisses avait excité le jeune homme comme jamais il n'avait réussi à l'être par ses caresses solitaires. Puis, au même moment où il sentait les ongles de Lily s'enfoncer dans son dos, une vague de plaisir l'envahit. Joachim resta béatement allongé sur le lit. Lily prit une douche et revint se blottir nue contre lui. Après quoi, ils recommencèrent. Elle l'aimait comme jamais elle n'avait aimé, comme jamais elle n'avait pensé aimer. Elle l'aimait aussi, comme personne ne devrait jamais aimer.

Les mois passèrent. Le manteau blanc du décor se fondit en une cape colorée de fleurs et d'arbres feuillus. Les touches de jaune, de rouge, d'orange des pétales qui se mêlaient aux couleurs vives des maisons alsaciennes dans certains quartiers donnaient une poésie propre au charme de cette région traditionaliste, mais néanmoins progressiste. Les cygnes repeuplaient l'Ill et donnaient la becquée à leurs petits, de même pour les familles de canards. Les cigognes réinvestissaient leurs nids laissés vides pendant leur migration vers la chaleur africaine.

La fin de l'année scolaire approchait. Au lycée, personne ne pouvait plus ignorer l'existence du nouveau couple. Plusieurs garçons, qui avaient des vues sur la belle acrobate, nourrissaient d'ailleurs une certaine jalousie envers Joachim. Ils lui lançaient des regards noirs, certains se permettaient même les insultes. L'un des plus véhéments restait Jean-Eudes. L'ancien meilleur ami de Liliane ne digérait pas d'avoir perdu sa *meilleure amie,* mais surtout celle à laquelle il pensait en secret quand il se masturbait dans sa chambre.

Au mois de juillet, Lily et Joachim firent partie de la cohorte des premiers bacheliers du nouveau millénaire. Il s'inscrivit en DEUG sciences de la vie à l'université Louis Pasteur et elle en faculté de lettres à l'université Marc Bloch, toutes deux localisées sur le campus de l'Esplanade et regroupées au sein de l'actuelle université de Strasbourg. La semaine suivant leur diplôme, ils fêtèrent leur réussite dans le jardin d'un ami autour d'un feu de camp. Au cours de cette soirée qui n'aurait dû être que du bonheur, Jean-Eudes fit reparler de lui.

Joachim et d'autres garçons s'étaient regroupés pour une partie de volley-ball. Lily s'était éloignée du groupe pour aller au petit coin. Seule dans la maison, en refermant la porte des toilettes, elle se retrouva nez à nez avec Jean-Eudes, passablement défoncé, mélange de fumette et d'un peu d'alcool assurément.

Le salopard l'agrippa fermement et la plaqua contre le mur. Elle sentit contre son bas-ventre qu'il bandait à l'intérieur de son pantalon.

— Qu'est-ce qu'il te prend Euddy ? Tu as sûrement trop bu… Écarte-toi s'il te plaît, il faut que j'aille retrouver les autres.

— Voilà qu'elle se souvient de mon nom ! Tu sais quoi ? Ton *Euddy* est trop serré dans son calbut. Mets-toi à genoux et fais-moi une pipe !

Le geste joint à la parole, il forçait avec sa main droite sur l'épaule de Lily pour l'obliger à s'agenouiller. De l'autre main, il lui serrait fermement le poignet.

— Allez salope, je t'ai dit de me sucer ! M'oblige pas à abîmer ta jolie petite gueule, *ragazza* !

Lily était en larmes. Elle tentait de se dégager de son emprise et de trouver une échappatoire malgré l'étroitesse du couloir. Elle commençait à transpirer à force de se débattre. De panique aussi. Jean-Eudes suait abondamment. De la buée s'était formée sur le miroir accroché au mur.

— Laisse-moi, je t'en prie. Laisse-moi partir. Tu me fais mal ! *Arrête* !

Il ignora ses supplications, déboutonna son jean d'une seule main et resserra l'autre autour du poignet de Lily.

— NON, s'il te plaît, *ARRÊTE* !

Elle comprit qu'elle n'avait plus d'autre choix que de se soumettre à son agresseur.

Alors que celui-ci venait à peine de sortir son sexe de son caleçon, Joachim, accompagné de deux camarades, arriva et se rua sur Jean-Eudes. Ils avaient été alertés par les cris de la jeune fille. Le violeur prit cher et se fit cogner par les trois garçons. Ils le rouèrent de coups puis le relevèrent de force et le balancèrent dans la rue, le haranguant de ne même plus essayer de s'approcher de Lily.

En revenant, Joachim était resté auprès de Lily, encore choquée. Elle frissonnait.

— Merci, je…

Elle ne put finir sa phrase.

— Chut, je suis là. Tu n'as plus rien à craindre. Il ne s'en tirera pas comme ça. Je m'occuperai de lui.

— Non mais je ne voulais pas… Je te jure, je n'ai rien pu faire…

Il mit son doigt sur sa bouche. Il n'avait pas besoin qu'elle se justifie.

Des images de sa mère meurtrie et bafouée par son père flashaient dans l'esprit de Lily. Sa respiration encore haletante reprenait doucement un rythme normal. Le pire avait été évité. Il faudrait tout de même qu'elle dépasse les tourments liés à ce nouveau traumatisme. Mais elle y arriverait, puisque Joachim était à ses côtés. Le temps fit son œuvre.

Ils validèrent leur première année d'université, Lily avec les honneurs, Joachim à l'arraché, ce qui n'avait rien de surprenant. Il faisait partie de ces individus naturellement doués. Ceux qui captaient plus vite que les autres malgré une carence évidente de travail. Pour les grandes vacances, Lily accepta une place de serveuse dans un bar strasbourgeois afin de gagner de l'argent de poche. Nul doute que le physique avantageux de la jeune fille propulsa sa candidature en haut de la pile. Joachim, quant à lui, préféra s'en tenir à sa fainéantise et profita de ses deux mois de congé pour jouir de son temps libre. Ils se voyaient les midis et trois soirées par semaine et leur relation était au beau fixe. Un soir, ils venaient de faire l'amour et tous les deux avaient atteint la jouissance. Ils étaient blottis dans le lit une place de Joachim. Il s'était assuré de disposer de quelques heures seul avec Lily en suggérant à ses parents de profiter d'une soirée au restaurant suivie d'un cinéma. Lily lui murmura à l'oreille :

— Je voudrais que l'on fasse un bébé tous les deux !

Cette phrase engendra presque par réflexe un geste de recul chez lui. Une attitude défensive qui n'échappa pas à Liliane.

— Tu n'en as pas envie ? Cela concrétiserait notre amour !

— C'est que… on est encore un peu jeunes, tu ne crois pas ? balbutia le garçon.

Joachim était comme la plupart des jeunes hommes. Il savait qu'il voudrait des enfants, mais il ne se projetait pas avec des enfants. Il voulait encore profiter de sa jeunesse.

Pourtant, Joachim deviendrait père à peine un an plus tard. En vérité, nul n'était jamais vraiment prêt à être père. La réalité, c'était souvent que cette paternité, c'était l'inconnu. L'inconnu faisait peur parce que l'on ne maîtrisait pas chaque paramètre, parce que l'on n'avait plus le contrôle. C'était pourtant lorsque l'on surmontait les difficultés de l'inconnu que l'on connaissait ses plus belles réussites et les plus grands bonheurs. Joachim le comprendrait quelques années plus tard, tant sur le plan professionnel que sur le plan personnel. Il apprendrait les troubles, les inquiétudes d'un père et les exigences de ce rôle. Il découvrirait aussi un sentiment de plénitude. Le Joachim du futur se fendrait sans doute d'un petit rire moqueur en contemplant les craintes de son lui du passé.

Lily rit de l'air intimidé de sa moitié et fit mine de ne pas s'offusquer de la réponse effrayée qu'elle avait obtenue à sa demande.

— Oublie ça, je plaisantais c'est tout... Regarde-toi, t'as l'air tout paniqué !

Ils rirent tous les deux de cette situation compromettante. Cependant, en une phrase s'était immiscée, en chacun d'eux, une faille. Une faille d'où ferait saillie le doute dans leur relation. Chez le jeune garçon, ce fut sous la forme d'une peur de l'engagement qui l'éloignerait peu à peu d'elle. La passion pouvait-elle durer ? Quant à elle, le doute fit naître l'insécurité de le perdre. Cette pensée lui était insupportable. Il était à elle, elle avait besoin de lui. Sans lui, elle n'avait plus d'armes, elle était à la merci des démons qui la hantaient. Elle ne lui laisserait pas le choix, il devait rester auprès d'elle.

La faille était là, insignifiante et pourtant... Il ne manquait plus qu'un léger tremblement de terre pour qu'elle devienne un fossé, un précipice. Ce séisme s'appellerait Justine Jung. Il détruirait leur histoire moins de deux mois plus tard.

LE FUNAMBULE

Je ne vois plus personne à l'horizon. Ni amour dans mes ténèbres.
L'espoir n'est presque plus qu'un vague mirage.
Je ne vois même pas d'horizon. Je prépare ma propre oraison funèbre.
Car mon souvenir s'évapore et personne ne viendra.

Chapitre 16
18 juin 2018, Illkirch-Graffenstaden / Joachim (35 ans)

Dans un souci de vérifier chaque mètre carré de l'appartement de Justine, je poussai la porte de la cuisine indépendante. Un haut-le-cœur me souleva lorsque je découvris du sang sur le sol carrelé blanc. Je fus pris d'un pic de panique.

Je repris mes esprits assez vite en observant que seulement quelques gouttes étaient visibles et que quelques petits morceaux de verre les entouraient. Quelqu'un avait dû casser quelque chose et s'y couper. Il y avait dans l'évier la vaisselle qui aurait pu servir à un repas asiatique livré à domicile, ainsi qu'à déguster un bon verre de vin. Deux assiettes, deux verres, deux paires de baguettes. Je n'étais pas détective, mais ces détails suggéraient que ma femme avait sans doute passé la soirée avec quelqu'un. J'en ressentis immédiatement de la jalousie. L'imaginer avec un autre homme demeurait compliqué pour moi. Connaissant la maniaquerie de Justine et au vu de la vaisselle sale, des copies étalées sur la table et des taches de sang, elle avait dû quitter l'appartement dans la précipitation.

C'était lorsque je fouillais plus en profondeur sa chambre, anciennement notre chambre conjugale, que j'avais repensé au coup de téléphone de ma mère. Justine y avait déposé ses clés. Elle voulait m'attirer ici. Pourtant, je ne trouvais rien. Qu'est-ce que je croyais ? Être le sauveur de je-sais-pas-quoi. Quel con ! Pour ne rien arranger, en ouvrant le premier tiroir de son chevet, je tombai sur l'alliance de ma femme. Mon ex-femme plus que jamais à cet instant. L'image de ce petit anneau en or blanc surmonté d'un diamant, posé négligemment au fond d'un meuble en kit, me renvoya à mon quotidien de chercheur névrosé et seul. C'était comme si ce bijou me narguait. C'était le symbole de notre couple, de notre mariage, tout comme Romane était le fruit de notre amour sincère. Comme si Justine avait classé définitivement notre histoire. Je n'étais pas prêt à cela, même après huit ans. Des *flash-backs* de moments importants entre elle et moi défilaient dans ma tête, comme le jour de la naissance de Romane, le jour de l'annonce de ses résultats d'agrégation, le jour où je l'ai demandée en mariage agenouillé sur la place Rouge, ou encore celui où j'ai eu le coup de foudre et que je suis tombé amoureux d'elle dans ce bar. Ce fut alors que je compris. Je me précipitai vers le couloir et ouvris la porte de la salle de bains. Elles trônaient, fidèles au poste, toujours devant le miroir. Emboîtées, les unes dans les autres. Sauf la plus petite qui, je le savais, n'était pas à l'intérieur car elle attendait, en ce moment même, au bout d'un porte-clés attaché à des clés qui se trouvaient chez ma mère.

Je décapitai à la hâte les plus grandes poupées gigognes jusqu'à celle dont Justine et moi nous servions pour nous échanger des mots doux ridicules. Je sus sans même l'ouvrir que j'avais raison. Les deux parties tête et corps avaient été soigneusement collées l'une à l'autre. Si bien que quelqu'un qui n'aurait jamais vu ces dames russes auparavant n'aurait jamais pu deviner qu'il restait un espace à l'intérieur. Le ressenti de cette connexion mentale, toujours vivante, entre Justine et moi me contenta. Il fallait maintenant que j'opère la patiente soviétique pour l'ouvrir et récupérer le message contenu dans ses entrailles.

Je fus interrompu par un bruit de clé. Quelqu'un tentait d'ouvrir la porte. Comme j'avais laissé la clé dans la serrure à l'intérieur, la personne n'arrivait pas à la débloquer. Je glissai la poupée russe dans la poche de mon jean puis me hâtai en avançant sur la pointe des pieds jusqu'au judas que j'ouvris discrètement pour observer le couloir. Une jeune femme, plutôt jolie, coiffée à la garçonne, une mèche de cheveux noirs en diagonale sur le visage, s'impatientait sur le palier. Elle portait un piercing à la narine droite et un tatouage dans le creux du cou dont la moitié inférieure se dissimulait sous sa veste. Elle décida de sonner mais semblait contrariée d'avoir à le faire.

En d'autres circonstances, je n'aurais jamais ouvert à cette inconnue alors que je n'avais rien à faire dans cet appartement. Mais je voulais comprendre les moindres détails de l'affaire dans laquelle s'était fourrée Justine. Je m'étais mis en tête de tout faire pour démontrer l'innocence totale de mon ex-femme dans la mort de mon amour de jeunesse. J'avais donc ouvert la porte, bien que mon acte me mît dans une situation inconfortable.

— Qui êtes-vous et qu'est-ce que vous faites là ? lança la jeune femme, en reculant d'un pas à l'ouverture de la porte.

— Bonjour. Eh bien, je suis chez moi, rétorquai-je d'un ton presque trop sûr de moi. À qui ai-je l'honneur ?

— Vous n'êtes pas chez vous; c'est chez Justine !

Tout en finissant sa phrase, elle s'avança dans l'entrée de l'appartement en me bousculant.

— Qui êtes-vous ? me demanda-t-elle de manière appuyée, tout en continuant à se déplacer à l'intérieur de l'appartement.

Elle balaya du regard la chambre, la salle de bains puis elle s'arrêta net à l'entrée de la cuisine. Ses yeux restèrent rivés plusieurs secondes sur les traces de sang visibles sur le carrelage de la cuisine. Pour éviter qu'elle ne se posât trop de questions, je décidai spontanément de passer à table.

— Je suis Joachim Streiner, le mari de Justine. Je suis arrivé ici il y a environ une heure et je la cherche. Vous savez où elle est ?

La révélation de mon identité avait bouleversé la jeune femme. Elle continuait de me fixer d'un air suspicieux. Il était évident que la confiance ne s'était pas encore installée entre nous.

— Non, je ne sais pas où elle est. Vous ne devriez plus être ici ! enchaîna-t-elle. Vous êtes son ex-mari, pas son mari, c'est bien ça ?

Je fus surpris que les interrogations de mon interlocutrice soient plus portées sur la relation légale qui existait entre Justine et moi que sur ma présence anormale au sein de l'appartement. Justine, qui était d'un naturel discret, n'avait probablement pas étalé sa vie privée. Ses amis ou ses collègues ne pouvaient ignorer le drame personnel que cette professeure de sciences de la vie sans histoires avait vécu avec la perte de sa fille unique, mais n'avaient certainement pas voulu être trop intrusifs. Il aurait été de mauvais goût de lui demander des trucs du genre « *Alors, comment ça se passe avec ton mari depuis la disparition de ta fille ?* », ou même « *Vous arrivez toujours à faire l'amour, malgré ce qui s'est passé ?* ». Tout le monde n'était pas aussi indiscret que ma mère.

La punkette pouvait être une collègue de ma femme, bien que son look changeât totalement la vision que je pouvais me faire de l'Éducation nationale. Le *mammouth* aurait subi un sacré *lifting* ! Peut-être une prof d'arts plastiques. Cette supposition basée sur des *a priori* discutables pouvait toutefois être compatible avec le personnage.

— Et vous, qui êtes-vous, mademoiselle ? repris-je, en omettant volontairement de répondre à sa dernière interrogation sur mon statut marital. Et comment se fait-il que vous ayez les clés de l'appartement ?

— Je suis…

J'eus l'impression que le temps de réflexion entre la fin de ma question et sa réponse avait été anormalement long.

— … sa femme de ménage. Je viens ici tous les lundis pour nettoyer. Et d'ailleurs, c'est quoi ce bordel que vous m'avez mis dans la cuisine ? demanda-t-elle avec un aplomb soudain.

— Mais je n'ai touché à rien depuis que je suis arrivé, j'ai trouvé l'appartement en l'état !

— Écoutez, je crois que vous devez partir d'ici. Vous n'avez plus rien à faire chez Justine. Je suis à deux doigts d'appeler la police.

J'eus un petit frisson qui me parcourut le dos. Je n'avais rien trouvé d'autre que la matriochka qui puisse me servir à comprendre ce qui était arrivé à Justine. Cela ne valait pas le coup que je me braque avec la femme de ménage. Je me fis tout de même la remarque que si Justine et moi avions dû recevoir des candidates pour faire notre ménage, j'aurais eu quelques réticences à engager celle-là. Elle n'avait pas vraiment le physique de l'emploi. *Madame Doubtfire* était certes moins mignonne, mais inspirait davantage l'honnêteté et le sérieux.

Je chassai ces préjugés mal placés et décidai de lui souhaiter une bonne journée et de partir. Je remis ma veste, passai la lanière gauche de mon sac à dos sur mon épaule et quittai l'appartement. S'il lui prenait l'envie d'appeler la police, celle-ci verrait sans doute d'un mauvais œil ma présence ici. Cela ne plaiderait pas en faveur de Justine, et elle n'avait sûrement pas besoin de ça. Ce Breuil la suspectait tout de même de meurtre. Ce n'était pas le moment d'aggraver son cas et d'enrichir le dossier à charge. Je n'avais effectivement rien à faire là et j'aurais eu du mal à justifier mon besoin de collecter des indices et de mener mon enquête parallèle. Justine avait disparu, peut-être aurais-je dû faire totalement confiance à ce policier pour mener l'enquête. Cependant, je sentais la petite poupée presser le tissu de mon pantalon contre ma cuisse. Elle me chuchotait qu'elle avait un secret à me dire.

Cette petite visite au goût de nostalgie avait fait revivre quelques souvenirs en moi. J'avais retrouvé un peu de son odeur. La senteur de Romane tapissait mes narines pour encore quelques instants magiques.

LE FUNAMBULE

J'avance sur un fil, et perds toujours plus l'équilibre.
Mon ombre me fait peur et fait des choses horribles.
Je maudis d'avance ce jour où ma conscience se sera éteinte,
J'aurais préféré pour ma mort connaître une autre étreinte.

Chapitre 17
2014, La Madeleine / Joachim (31 ans)

Je pensais que je m'en souviendrais toujours, que je n'oublierais rien. J'imaginais que ma mémoire saurait redessiner les contours de chaque trait de son visage, les changements infimes propres à chacune de ses expressions et de ses réactions du quotidien.

C'était faux et j'en culpabilisais. Romane nous avait quittés il y avait quatre ans et je me sentais coupable d'oublier, coupable d'essayer de vivre malgré tout. Je portais cette culpabilité chaque jour, car chaque jour, j'avais cette impression d'oublier quelque chose d'elle en plus. Cela faisait de moi une mauvaise personne, un mauvais père, qui voyait l'image précise de sa fille s'estomper au fil du temps. J'étais convaincu que les autres papas, les bons, n'auraient jamais pu autant laisser les choses s'en aller et se troubler dans leur esprit. J'étais également certain que ma femme, elle, saurait redessiner, les yeux fermés, les traits de Romane dans leurs moindres détails, jusqu'à ses grains de beauté, celui sur le front, celui sous le menton, celui près du nombril et celui sur l'aine gauche. Je me surpris à sourire d'avoir encore à l'esprit l'emplacement exact de ces quatre marques distinctives sur le corps de ma fille. Toutefois, je n'arrivais à me remémorer que de trop rares moments avec elle. Je tentais de contrer l'amnésie en me noyant chaque semaine dans les photographies de ma fille prises depuis sa naissance jusqu'à ses 7 ans.

La dernière photo de ma fille avait été prise une semaine avant sa disparition tragique. Cela avait été une journée magnifique. Romane avait repris l'école depuis le début du mois de septembre. Pour profiter d'un moment en famille, nous nous étions levés aux aurores ce samedi matin. Un crochet par le marché hebdomadaire sur la place du forum de l'Ill avait permis l'achat d'un sachet de viennoiseries où chacun trouverait son bonheur. Les filles, Justine et Romane, avaient un faible pour les pains au chocolat et les brioches au sucre. Quant à moi, je salivais d'avance pour un escargot aux raisins saupoudré de cannelle. Nous arborions tous des chaussures de randonnée et une veste polaire. La douceur de l'air pouvait être trompeuse à l'automne haut-rhinois. En effet, nous avions pris le large vers la vallée de Munster afin de crapahuter sur quelques sentiers des Vosges. La Peugeot 207 garée sur une aire de parking, nous commençâmes une légère ascension sur des chemins caillouteux. Après une heure trente de marche, nous contemplions un magnifique panorama sur la vallée et les collines. Nous nous étions posés là, entre deux rochers, pour savourer nos viennoiseries accompagnées d'un thé bouillant. L'horizon vallonné, les nuances de vert et de couleurs ambrées donnaient à ces paysages montagneux et forestiers une noblesse et un certain prestige. Ces qualités environnementales expliquaient en partie pourquoi les Alsaciens de souche tenaient tant à leur patrimoine et se complaisaient dans une certaine sédentarité. Le site était localisé non loin du Champ du Feu, une immense étendue verdoyante et pentue. L'hiver, lorsque la neige était au rendez-vous, elle devenait une piste de ski pour athlètes du dimanche, préférant sa proximité à la contrainte de devoir partir une semaine pour rejoindre les plus hautes stations du massif des Vosges, ou celles plus huppées des Alpes.

Nous effectuâmes la descente plus vite que nous n'avions gravi la montée grâce à des pistes de luges d'été. Deux sillons en pierre étaient tracés sur le sol et partaient en ligne presque droite jusqu'en contrebas vers le pied des collines. Une descente de près de deux minutes sur une luge à roulettes, que l'on ne contrôlait qu'avec une barre qui permettait de modérer l'allure. Je simulais une peur panique de l'engin à roulettes, en faisant des grimaces, et ma fille riait de bon cœur. Justine, quant à elle, avait réellement quelques sueurs froides et se retenait fermement à sa fille, les bras enroulés autour de sa taille. En bas, un petit chalet-auberge, dont la cheminée fumait, accueillait les randonneurs pour finir le circuit en beauté avec une boisson chaude et une note sucrée. C'était peut-être la meilleure tarte aux myrtilles faite maison que Justine et Romane n'avaient jamais mangée. Je m'étais empiffré d'une gigantesque part de tarte meringuée à la rhubarbe accompagnée d'un jus de prune.

Nous avions ri, profité de ces instants magiques, ensemble. Nous nous étions mitraillés de photographies prises avec nos téléphones mobiles afin d'immortaliser le moment. Sans savoir que ce seraient les dernières où nous poserions tous les trois, ensemble. Ces clichés respiraient le bonheur. Les filles arboraient des bouches violacées comme un maquillage de clown, et j'avais été tartiné de meringue sur le nez et le front. Le soir, nous étions rentrés fatigués, mais comblés. Romane avait filé au lit tout de suite après le dîner et s'était endormie rapidement. Justine sommeillait déjà dès la première demi-heure du téléfilm policier de France 3. Je m'étais extirpé des bras de ma femme pour aller voir si ma fille dormait paisiblement. J'avais ouvert la porte de sa chambre doucement et l'avais refermée derrière moi. L'obscurité dans la chambre n'était pas totale. Romane avait pris l'habitude depuis son plus jeune âge de dormir avec une petite veilleuse. Je m'étais installé en tailleur au pied du lit de ma fille et l'avais observée. J'étais resté là, longuement, à la regarder dormir. Les enfants n'étaient jamais plus beaux que quand ils dormaient. Même si cette phrase était un classique des parents épuisés à la fin de la journée, elle n'était que pure vérité. Romane semblait si paisible, calme et tranquille. Une mèche dorée de ses longs cheveux lui retombait sur le visage. L'un de ses coudes écrasait ce pauvre Géraldo. Les sons divins de sa respiration étaient perceptibles quand je faisais l'effort de retenir mon propre souffle pour mieux l'entendre. J'avais observé la finesse de ses lèvres et sa peau si lisse. Chaque grognement qu'elle pouvait émettre, quand elle se retournait ou gigotait pour changer de position, développait un certain charme. J'aurais voulu qu'elle ne grandisse plus, ou au moins que le temps de l'enfance durât plus longtemps. Je me demandais si cela me procurerait la même émotion, si j'éprouverais cette même fascination lorsque arriverait mon deuxième enfant avec Justine. Ce serait bien que ce soit un garçon. Le choix du roi. Justine et moi en parlions régulièrement les derniers temps. Il aurait fallu bientôt mettre les choses en route. Je savais que j'aimerais toujours Justine, tant elle était solaire à mes yeux. J'étais ressorti de la chambre, avais déposé une couverture sur mon épouse qui à l'évidence passerait la nuit sur le canapé, puis m'étais couché, des images et du bonheur plein la tête.

Après le deuil et malgré la volonté de vouloir tout conserver de la personne disparue, je me souvenais que la première chose que l'on oubliait, c'était l'odeur. Ensuite, on oubliait la voix. On perdait le son exact, le son réel. Bien sûr, de nos jours, on filmait notre quotidien avec nos smartphones en tentant de capter des bribes de bons moments. Mais les vidéos n'imprimaient pas les sensations et ne restituaient qu'une version biaisée du vécu. Je m'étais écroulé un soir en larmes dans ma voiture en essayant de me souvenir du son que faisait le rire de ma fille, ou comment elle me rabrouait après une de mes blagues vaseuses. Je n'y arrivais pas, je n'y arrivais plus, je n'y arriverais plus jamais. Cette incapacité me laissa dans le cœur une impression de vide. Plus profond encore que le gouffre qui s'était déjà creusé en moi.

Quelques mois après le drame, il n'y avait toujours aucune trace de Romane. Le zèle des policiers commença à s'estomper, leur emploi du temps se remplissant d'affaires plus récentes et sans doute plus faciles à résoudre. De temps en temps, un type appelait le commissariat pour signaler qu'il avait aperçu une fille qui répondait à la description de Romane. Les pistes ne menaient jamais très loin et s'arrêtaient souvent à l'analyse de l'état psychologique du témoin, qui trop souvent formulait des déclarations peu fiables. La dernière en date provenait d'un SDF qui avait ses habitudes le long de la route de la Plaine des Bouchers qui reliait Illkirch-Graffenstaden à Strasbourg. Il racontait avoir aperçu

Romane faire le trottoir. Cette seule affirmation était déjà tellement glauque et absurde que les enquêteurs auraient pu s'arrêter là. Romane avait moins de 10 ans. Par conscience professionnelle, ils avaient pris la peine de parcourir le chemin afin que le témoin identifiât la jeune fille. Après plusieurs tentatives, un soir, il affirma la reconnaître. Elle s'appelait Joanna, avait 25 ans, des bas résille et du fard à paupières noir dont elle abusait sans doute pour dissimuler, sans que personne ne fût dupe, le cocard qu'elle avait sous l'œil gauche. Elle reconnut le clochard et précisa aux gendarmes que celui-ci la harcelait depuis plusieurs semaines. Le SDF, déficient mental, s'était évadé du centre psychiatrique d'Erstein un mois plus tôt. Sa mythomanie n'était donc ni une volonté de nuire, ni un délire sadique de donner de faux espoirs à un couple en détresse. L'individu était malade et devait simplement retourner dans son unité afin d'être repris en charge.

Justine et moi avions tenté de relever la tête, chacun de notre côté. En effet, même si nous étions restés en couple, celui-ci ressemblait à une cohabitation entre deux personnes dévastées. Nous ne savions pas ce qu'il était arrivé à notre fille. L'incertitude était pire que tout, comme une torture fourbe. Le doute empêchait toute acceptation, toute résilience. Il nous rendait fous. À l'inverse des personnes, qui, ayant vécu les mêmes épreuves, se rapprochaient, les sentiments amers liés à la disparition de notre fille commençaient à grignoter méthodiquement chaque morceau de nos liens amoureux. On ne se prenait plus jamais dans les bras. On n'avait plus de paroles réconfortantes l'un pour l'autre, et *a fortiori* ne nous touchions plus. Nous nous éloignâmes petit à petit, sans pouvoir revenir en arrière, inéluctablement.

Cette situation dégénérative était d'autant plus cruelle que je n'avais jamais aimé quelqu'un autant que Justine. J'avais aimé Liliane passionnément mais Justine, elle, avait transformé ma vie et ma vision de la vie. Elle était inspirante, belle. Les gens l'adoraient. Elle était volubile, volontaire, dévouée et avait le cœur sur la main. Elle savait organiser le quotidien. Moi, j'étais plus taiseux. Elle me trouvait brillant. Elle appréciait mon côté ingénieux et créatif. Des idées à revendre, le plus souvent stériles, mais qui me donnaient parfois l'impression de la fasciner. Du désir dans ses yeux. Du désir en retour dans les miens. Un accord presque parfait.

Notre séparation définitive eut lieu au bout de onze mois, presque un an jour pour jour après la perte de Romane. Il existait des divergences d'opinions sur lesquelles on ne pouvait passer outre, ou que l'on ne pouvait surmonter pour faire tenir le couple. Le décalage entre nous deux, sur la façon de réagir à la perte de notre fille, était un fossé trop grand pour se réunir à nouveau. Depuis près de douze mois, il n'y eut pas un jour sans que Justine n'ait appelé les enquêteurs, sans qu'elle n'ait imaginé qu'elle reverrait sa fille le soir même. Pour moi, c'était différent, je tentais de faire mon deuil. Je ne me sentais pas mieux mais je croyais au fond de moi, que ma fille était morte. Cette seule idée suffisait à me faire me précipiter au-dessus des toilettes pour y déverser mes entrailles. Une sensation de vide plus vidée encore. Justine ne pouvait pas supporter cet acte d'abandon de la part de son mari, comme une trahison, comme un manque d'amour. Pour elle, je n'avais pas le droit de croire notre fille dans l'au-delà. *Salaud*, *immature*, *lâche* ou *mauvais père* étaient les termes qui lui venaient à l'esprit pour me décrire, et ceux que j'entendais le plus, au quotidien. Puis, chaque jour un peu plus, elle me tenait pour responsable de la disparition de Romane. C'était à moi de la surveiller. J'en étais responsable ! C'était surtout *ma* faute ! Cependant, derrière les insultes et les reproches ouvertement déversés à mon encontre, elle s'en voulait inconsciemment, car c'était elle qui devait initialement récupérer Romane chez la nounou. Elle se reprochait sans doute de m'avoir prévenu à la dernière minute à cause d'une foutue réunion dont l'objet lui paraissait aujourd'hui encore plus futile que ce fameux jour. Au fond d'elle, elle se sentait tellement responsable. Ses mots acerbes envers moi et la faute impardonnable que j'avais commise lui conféraient sans doute une protection et une immunité contre le dégoût qu'elle ressentait pour elle-même. La vérité était ailleurs. En réalité, aucun de nous n'était coupable. Le psychopathe qui avait fait ça aurait pu frapper à n'importe quel moment. Rien ne contrôlait ni la haine, ni la folie. Presque tout s'éteignait dans la mort.

Quoi qu'il en soit, elle ne me donnait pas le droit d'oublier Romane et de l'enterrer. Je me faisais trop de mal à l'imaginer perdue quelque part dans un squat ou dans une cave sombre à la merci de quelqu'un. Justine en était sûre, sa fille était toujours vivante. Elle s'en prenait même régulièrement aux policiers qui avaient le culot de lui conseiller d'aller consulter une psychanalyste pour l'aider à faire son deuil. Avec moi, il devenait impossible d'évoquer la disparition de notre fille. Il était impossible dans un esprit humain de concevoir que quelqu'un puisse être vivant ou peut-être mort. Le fonctionnement du cerveau imposait une réponse blanche ou noire à ce type d'interrogation. Rester ensemble devenait néfaste. Comme si chacun devenait le poison spécifique de l'autre. On se détruisait réciproquement. Il était devenu préférable de nous séparer. Quand Justine me demanda de m'en aller, il n'y eut que très peu de mots prononcés après. Je quittai l'appartement et la vie de ma femme dès le lendemain.

Après quelques mois, passés chez ma mère en Lorraine, je rebondis en décrochant un poste de chercheur à Lille, grâce à quelques contacts, et déménageai dans le Nord. Une fois là-bas, je m'étais noyé dans le travail. J'avais intégré une unité de recherche dont je pourrais bientôt devenir le directeur. Un rôle que je jouerais à merveille chaque jour avant de m'écrouler dans ma solitude lorsque je franchirais la porte de mon minuscule appartement. Presque personne ne pouvait imaginer que moi, élégant et brillant scientifique, je jonglais avec une telle déchéance intérieure. Je ne fis pas la place à une autre femme dans ma vie. Pourtant, certaines étudiantes, fascinées par le personnage et son statut, se seraient laissé tenter. Cette porte ne serait jamais rouverte. Pour moi, il n'y avait que la science le jour, les larmes la nuit. Je n'avais jamais cessé de l'aimer.

Avec Justine, nous n'avions jamais perdu totalement le contact. Pendant les années qui suivirent, on s'appelait pour nos anniversaires respectifs, lorsque j'avais publié un nouvel article, les soirs de déprime accrue et bien sûr tous les 23 septembre. Malgré les rancœurs, il restait de la tendresse. Nous seuls pouvions partager cette tristesse associée au jour d'anniversaire de la disparition de Romane. Ces jours-là, on pouvait rester plusieurs heures à pleurer tous les deux accrochés au téléphone sans prononcer un mot. Ce lien entre nous expliquait aussi pourquoi nous n'avions jamais, ni l'un ni l'autre, émis le besoin d'entamer une procédure de divorce pour concrétiser notre séparation.

J'appréhendais le jour où elle rencontrerait quelqu'un. Le jour où elle referait sa vie avec un autre. Le jour où je ne pourrais plus affirmer la connaître mieux que personne. Le jour où elle m'oublierait.

LE FUNAMBULE

Que restera-t-il de moi ? Quelqu'un m'attend-il encore ?
La vie continue toujours comme si de rien n'était au-dehors.
La solitude me ronge, l'oubli me fait terriblement peur.
Je regrette ce que j'avais, parce que j'en ai perdu sa valeur.

Chapitre 18
18 juin 2018, Cassis / Justine (36 ans)

Le soleil tardait à pointer son nez sur la Côte d'Azur, en cette matinée du mois de juin pourtant. Il ne faisait pas gris, mais les nombreux nuages cotonneux qui traversaient le ciel limitaient la diffusion des rayons lumineux. Elle fit tout son possible pour faire le minimum de bruit en nettoyant la vaisselle de la veille, qui se limitait à une assiette et quelques *mugs*. Elle fit aussi attention, en sortant de la salle de bains, à ne pas faire claquer la porte en la refermant. Elle avait pris soin de changer le bandage à sa main droite. La plaie mettait un peu de temps à cicatriser car elle avait tardé à la soigner correctement. Les événements de la semaine passée ne lui avaient pas laissé une minute à elle. Sa blessure ne pouvait pas être une priorité. Elle avait maquillé le meurtre en suicide puis organisé sa fuite. Elle savait bien que la police remonterait jusqu'à elle. Elle avait tout de même du mal à estimer le temps que cela prendrait, et si le plan qu'elle avait échafaudé suffirait à terme à la faire disculper.

Pour elle, cela faisait huit ans qu'une autre blessure était à vif. Elle s'était obstinée à refuser tout ce qui pouvait l'aider à faire son deuil. Les psychologues, les amis qui en faisaient trop, pour occuper l'espace et vous empêcher de penser, les antidépresseurs. Faire son deuil, c'était exécuter Romane. C'était se convaincre de sa mort. Faire face à une vérité qui ne devait pas devenir une vérité. Elle ne voulait pas de ça. Son refus de se résigner était viscéral. Jusqu'à harceler les enquêteurs plusieurs fois par semaine. Toutes les semaines.

L'absence de Romane dans sa vie avait fait s'effondrer le doux équilibre qu'elle s'était créé. L'amour qu'elle portait à son mari ne se résumait pas à ce qu'il fût le père de Romane. Pourtant, sans elle, le ciment du couple s'était érodé. Les défauts de Joachim, ses certitudes, qui lui donnaient du charme, avant, étaient devenus toxiques au quotidien. Elle savait au fond qu'il était aussi malheureux qu'elle, mais leurs malheurs respectifs étaient incompatibles.

Bien entendu, pendant tant d'années, la vie avait dû reprendre une certaine forme de normalité. Sans l'envie. Elle continuait de rendre visite à ses parents, mais moins souvent. Son père ne s'était jamais vraiment remis de son incarcération. Elle se devait de lui montrer qu'elle était là. Elle allait encore au cinéma de temps en temps, s'accordait quelques sorties mais n'était jamais retournée à la danse. Elle continuait de prendre soin d'elle. Elle restait une très belle femme, même si elle faisait son âge quand auparavant on lui donnait toujours cinq ans de moins qu'en réalité. Elle avait repris son métier. Enseigner. Voir grandir des gamins sous ses yeux. Les voir s'épanouir. Elle avait été en arrêt de travail à six reprises. Pendant plusieurs semaines, parfois plusieurs mois. Solide, mais pas inébranlable.

Les images lui frappaient l'esprit par vagues. Elle avait fait face à celle qui avait ruiné sa vie, à celle qui lui avait enlevé sa fille. Liliane. Aujourd'hui, elle n'était plus de ce monde. Une balle dans la tête. Tout avait dû se faire très vite. Il avait fallu fuir sans laisser de traces compromettantes. Elle avait eu besoin d'aide. Alors, elle avait appelé. Personne, à sa connaissance, ne connaissait leur relation. Il lui fallait quelqu'un de confiance. Quelqu'un qui comprendrait, quelqu'un qui pardonnerait. De plus, quelqu'un qui n'était pas émotionnellement impliqué, ce qui excluait Joachim. Quelqu'un qui ne poserait pas de questions, qui n'essaierait pas de tout analyser, ce qui excluait encore une fois son mari.

Elle avait eu raison, Alex n'avait posé aucune question, n'avait presque pas dit un mot et avait simplement obéi aux consignes de Justine. Pour la destination, c'était Alex qui avait émis l'idée. Sa grand-mère possédait cette propriété sur les hauts de Cassis. Elle la lui avait léguée à sa mort, n'ayant plus d'enfants ou d'autres petits-enfants. La maison était certes dans un état de dégradation avancé, mais présentait un potentiel incroyable. Le terrain d'une superficie de quinze ares, à lui seul, valait une petite fortune. Lorsqu'on avançait vers le fond du jardin, on avait une vue plongeante sur la baie de Cassis. La demeure comptait deux étages, près de 150 mètres carrés habitables et une architecture du début du XXe siècle. Une maison de famille dont le charme n'avait pas de prix et que l'on n'envisageait pas de vendre, même si l'on imaginait ne jamais avoir les fonds pour la faire correctement restaurer. À l'étage, une seule chambre était en suffisamment bon état pour permettre d'y dormir. Alex et Justine dormirent sur le canapé du salon et y avaient fait l'amour, tant la décompression émotionnelle de la journée de cavale avait créé une sensation de bien-être intérieur et de complicité intense.

Justine connaissait Alex depuis le lycée, les deux élèves ayant été dans les mêmes classes de première et terminale. Une amitié de longue durée, qui pour Alex avait toujours été ambiguë. La frontière entre amour et amitié est mince. À cette époque, il existait alors encore trop de barrières. Alex avait été à ses côtés et l'avait soutenue quand le père de Justine avait été écroué et envoyé en prison. Justine aurait sombré sans son épaule compatissante. Leurs chemins s'étaient séparés après le baccalauréat pour concrétiser leurs projets respectifs : enseignante pour Justine, tour du monde pour Alex. Puis dix-neuf ans passèrent. Ce n'était qu'au courant de l'année dernière qu'Alex avait refait surface dans la vie de Justine. Grâce à Facebook. Leur histoire d'amitié avait repris comme deux êtres qui ne s'étaient jamais quittés. Justine avait tant besoin de légèreté et d'insouciance. De renouer avec des choses de sa vie d'avant. Une vie tout de même plus simple, une vie pleine et entière avant qu'une partie d'elle meure à jamais. Alex avait alors assumé son attirance pour Justine. Celle-ci s'était alors laissé séduire.

Justine avait besoin de contacter son mari sans éveiller les soupçons. Il était préférable qu'elle ne se montrât pas. Même l'esprit le plus méthodique du monde demeurait faillible. Alex avait dû se charger de déposer le message à l'attention de Joachim. Quatre jours après leur arrivée à Cassis, juste avant qu'Alex ne reparte, Justine avait aussi pris le temps de lui remettre une enveloppe qu'elle avait rédigée pour son ex-mari. Justine n'avait jamais réellement parlé avec Alex de son histoire avec Joachim. Elle avait même refusé de lui montrer des photos pour voir à quoi il ressemblait. Justine n'avait même pas abordé qu'elle et lui étaient toujours officiellement mariés, même si cela faisait sept ans qu'ils étaient séparés. Ce n'était de toutes les façons pas le moment d'aborder ce sujet. Alex avait pour consigne de ne pas poster la lettre ici, mais de faire un détour dans un village de la région lyonnaise pour déposer le pli dans une boîte jaune, de façon discrète. Le courrier devait mettre trois ou quatre jours pour arriver à destination. En comptant la pause du week-end, il devrait le recevoir aujourd'hui, lundi. Elle espérait aussi que son mari avait gardé ce défaut terriblement agaçant de tout vouloir vérifier par lui-même, de tout vouloir comprendre. Ainsi, Joachim se rendrait en Alsace et trouverait ses instructions. Elle espérait qu'il les verrait le plus vite possible. Elle s'impatientait déjà. Il fallait qu'il vienne. Ils avaient trop attendu. Ce qu'elle ne maîtrisait pas non plus, c'était le moment où il trouverait le message. Elle savait que la police avait probablement mis la main sur son ordinateur et traquerait ses courriels. Il fallait brouiller les pistes, trouver un mode de communication discret et difficilement traçable. Il comprendrait ce qu'elle attendait de lui. Le contenu de l'enveloppe et le message suffiraient. Elle était également convaincue qu'il lui pardonnerait tout. Le sang, la mort, la cavale. Même s'il grognerait comme à son habitude lorsqu'il était angoissé et inquiet. Il aurait sans doute fait la même chose. Lui non plus n'aurait pas une seconde regretté son geste.

LE FUNAMBULE

Aujourd'hui, en me passant la main dans les cheveux,
Une mèche tout entière m'est restée dans la main.
Je plains le miroir, il va devenir bien malheureux.
Le sombre sur ma vie fait que je n'attends rien du lendemain.

Chapitre 19
18 juin 2018, Illkirch-Graffenstaden / Joachim (35 ans)

Après avoir été chassé de mon ancien appartement par la femme de ménage, je me précipitai au-dehors et me hâtai quelques rues plus loin du centre-ville. Je cherchai un endroit plus calme pour lire le message laissé par ma femme. Je mis la main dans ma poche pour en ressortir la précieuse poupée. Je saisis les parties supérieures et inférieures et tentai de les détacher l'une de l'autre avec des petits mouvements de friction. Les deux morceaux étaient vraiment bien collés. Je n'eus pas la patience d'attendre de me procurer un outil pour l'ouvrir. Je déposai ainsi l'objet sur le bitume et mon pied s'écrasa dessus. J'entendis un petit craquement avant de retirer mon pied de la scène du matriochka-cide. Au milieu des débris de bois se trouvait une petite clé USB. Je la ramassai puis me dirigeai vers un parc dans lequel nous venions souvent lorsque Romane était petite. Je repérai un banc un peu à l'écart de la structure centrale où les enfants pouvaient faire du toboggan, grimper dans des cordages et se balancer sur des abeilles ou des coccinelles à ressort. Je m'installai puis ouvris mon PC. Je trouvai le temps de chargement plus long qu'à l'habitude et la clé ne fut pas détectée lorsque je l'insérai la première fois. À la seconde tentative, je vis apparaître l'onglet et cliquai dessus. À l'intérieur, un fichier texte et un fichier .jpg.

Je tentai d'ouvrir immédiatement l'image, mais celle-ci était cryptée et nécessitait d'entrer un mot de passe pour la visualiser. Code que je ne connaissais pas. Je cliquai donc sur le document Word en espérant l'y trouver. Il s'ouvrit et l'écran afficha une page blanche sur laquelle une dizaine de lignes étaient tapées. Une dizaine de lignes commençant chacune par un tiret, comme une liste de courses. Pas de sentiments. Juste des instructions. Précises. Concises. *« - Viens en train, paye en liquide, ne donne pas ton nom »*, *« - Message 1/2 »*, *« - Plus tard pour les détails »*, *« - Je t'ai envoyé une lettre à La Madeleine . »* Au bas de la feuille, une adresse à Cassis. Personne parmi mes proches n'y résidait ou ne m'avait déjà parlé du fait qu'il y possédait une propriété. Je lus et relus et rerelus. Tout n'était pas clair. Mais l'organisation de mes prochaines heures se *bookait* petit à petit. Lorsque je regardai autour de moi, la luminosité était forte, il restait encore quelques heures avant que le soleil ne commence à se coucher.

Dès le lendemain, je retournai dans mon appartement dans le Nord, exécutant l'une des premières injonctions de ma femme. Les voyages en train ne se ressemblaient pas tous. J'avais réussi à monter dans le premier TGV direct pour Lille. Je trouvai ma place, dans la voiture 17, côté fenêtre et dans un carré famille. Les trois autres places étaient occupées par une mère et ses deux enfants. Le petit garçon devait avoir 4 ans et la fille devait avoir le même âge que Romane, la dernière fois que l'on était ensemble. Je savais combien il pouvait être compliqué de prendre le train avec des enfants. Afin de soulager cette courageuse maman, j'acceptai de jouer avec eux. Il m'aurait été difficile de refuser, car ils m'interpellaient à voix tellement haute que certains passagers du wagon commençaient à soupirer et à se plaindre du bruit. Ces compagnons de route, ceux qui soupiraient j'entends, n'avaient, j'en étais presque convaincu, pas d'enfants. Ils ne pouvaient pas comprendre. Cela me fit du bien de participer à quelques parties de *Fort comme un dragon* avec Enzo sur la petite tablette en damier devant nous. Cette parenthèse ludique et insouciante me procurait comme une bouffée d'air, au moins pour quelques heures. Cela me plongeait des années en arrière, au cœur de mon club de jeux avec Liliane ou d'une soirée jeux avec mes deux parents.

Peu après, je m'éloignai dans la zone entre deux wagons. Je saisis mon téléphone et composai le numéro inscrit sur la carte.

— Allô, inspecteur Breuil ?

J'avais décidé ce coup de téléphone car ce que Justine mettait en place nécessiterait sûrement que l'on eût des informations sur l'enquête sur la mort de Liliane.

— Oui, lieutenant Breuil. Qui est à l'appareil ?

— C'est Joachim Streiner. Le mari de Justine Streiner. Vous m'aviez laissé votre numéro.

— Heu oui, je m'en souviens, bien entendu. Votre femme vous a-t-elle contacté ? Avez-vous du nouveau pour moi ?

— Pas vraiment. Mais je voulais vous signaler que Justine a déposé les clés de son appartement chez ma mère à Sarreguemines le 8 ou 9 juin. Ma mère me l'a confirmé par téléphone.

— Votre mère a donc pu lui parler ?

— Non. Apparemment, Justine les aurait déposées dans la boîte aux lettres sans grandes explications. Il y a un congrès de génétique à Strasbourg cette semaine, elle voulait sans doute me laisser l'opportunité d'y dormir au cas où j'y participerais.

— Vous a-t-elle contacté pour vous le dire directement ?

— Non. Vous savez, la communication est compliquée avec ma femme depuis… enfin bref. Je voulais juste vous en faire part…

— Merci. C'est tout de même bizarre…

— Un peu c'est vrai, mais comme vous m'aviez parlé d'un retrait bancaire à Sarreguemines, cela m'a fait tiquer et j'ai passé un coup de fil à ma mère.

— Bien… Merci… Pardon, vous avez bien dit Sarreguemines, c'est cela ?

J'entendis à travers le combiné le bruit d'un stylo qui grattait sur le papier. La réaction du policier me troublait. C'était comme si j'avais prononcé un nom de ville qu'il n'avait jamais entendu de sa vie.

— Oui, ma mère habite un village juste à côté. Mais je vous appelais surtout pour savoir si vous aviez du nouveau dans votre enquête ?

— Rien de concret. Des analyses sont en cours.

— Vous savez, plus je retourne les éléments dans ma tête, plus cela me confirme que Justine ne peut pas avoir fait cela…

— Monsieur Streiner, je l'espère sincèrement, mais je dois m'en tenir aux faits. Votre femme avait un mobile solide…

— De quoi parlez-vous ? Quel mobile ? L'hypothèse de la jalousie n'a pas lieu d'être. C'est absurde !

— Non, cela n'est pas... Enfin, tout porte à croire que...

Joachim sentit que le lieutenant en savait plus qu'il ne le disait. Il détestait cette sensation d'impuissance.

— Vous ne pouvez pas ne rien me dire si vous savez quelque chose ! De quel mobile parlez-vous ?

— Pardon. Je ne peux rien vous communiquer d'autre pour le moment. Tout ce que je peux vous dire, c'est que nous prévoyons une nouvelle perquisition au domicile de Liliane Charpentier dans la journée de vendredi... ou samedi. Je suis sûr qu'il en ressortira quelque chose. Dès que je peux vous en dire plus, je vous contacte immédiatement. En attendant, ne faites rien d'inconsidéré et restez en dehors de l'enquête. Bonne journée, monsieur Streiner.

— Oui, c'est ça, bonne journée !

Je raccrochai, contrarié. Je savais des choses que le lieutenant Breuil ne savait pas, mais il était clair qu'il me cachait également des choses. Cette tentative pour obtenir des informations sur l'enquête restait infructueuse. Dans le fond, il avait raison, ce n'était pas vraiment à moi de faire avancer l'enquête. Me soupçonnait-il de m'être rendu en Alsace ? Ces non-dits du lieutenant me poussaient davantage à suivre mon instinct. Quelque chose de subliminal me troublait, me hantait. Un ou deux détails clochaient. Un biais dans l'analyse. L'attitude de Breuil n'avait fait que confirmer mes intuitions.

Justine n'aurait pas pu tuer Liliane juste par jalousie. C'était plutôt Liliane qui aurait pu être jalouse de Justine. Maintenant, elle n'était plus de ce monde. Je savais qu'elle n'avait pas digéré facilement notre rupture. Cela devait être encore plus dur du fait qu'elle nous voyait parfois à l'université dans les allées de l'Esplanade, Justine et moi.

Peut-être même qu'elle savait que nous attendions un enfant. On avait vécu une belle histoire avec Lily, mais j'étais peut-être trop jeune pour m'engager sur le long terme, avoir des enfants. La vérité, c'était que ce n'était pas la bonne. Après tout, mon histoire avec Justine avait commencé juste après celle avec Liliane. Et Romane avait frappé à la porte seulement quelques mois après le début de notre relation.

Avec Justine, nous n'étions pas prêts, c'était évident. Justine avait eu un retard de règles. Quelques jours. Nous avions paniqué d'abord, discuté ensuite. Nous nous aimions et s'il s'avérait qu'elle était effectivement enceinte, nous assumerions. Nous avions pris le temps de nous faire à l'idée jusqu'à être désireux finalement que cette idée soit vraie. Je me souvenais encore très bien quand elle me l'avait annoncé. J'avais senti le monde tourner, l'espace de plusieurs secondes, mais je ne m'étais pas enfui pour autant. Le soir de la Saint-Valentin, Justine avait glissé un test de grossesse dans un petit sachet d'une marque de vêtements masculins. Je m'attendais à une écharpe rayée et j'étais tombé sur le petit objet en plastique blanc, qui dégageait encore des effluves d'urine, sur lequel apparaissaient deux bandes rosées. Positif. J'étais tellement surpris que je pense ne pas avoir eu la réaction que Justine attendait. Peu importe, nous avions tout de même fêté cela. Je ne buvais jamais d'alcool et Justine ne pourrait plus en boire pendant quelques mois. Alors nous avions débouché une bouteille de jus de pomme pétillant. Même si la paternité m'angoissait, je voulais profondément de cet enfant avec elle. L'annonce de l'arrivée de Romane avait aussi eu le mérite de mettre des idées plus positives dans ma tête quand, à la même période dans ma vie, mon père tombait malade et allait bientôt décéder d'un cancer foudroyant. Il n'eut pas la joie de faire la connaissance de sa petite-fille.

En sortant du tram 2 à l'arrêt Romarin à La Madeleine, je gagnai l'entrée de mon immeuble dont je gravis les cinq étages, montant les marches de l'escalier deux par deux. Je tentai de ne pas me faire remarquer par Béatrice et Gérard. Je n'avais aucune envie de parler, encore moins de justifier mon absence, *a fortiori* expliquer mes tracasseries morbides du moment. Je ne voulais pas non plus devoir leur expliquer pourquoi les policiers étaient venus m'interroger. Lorsque j'ouvris, la serrure résista plus que d'habitude. Sans doute la dilatation du bois de la porte sous les chaleurs humides qui règnent, en cette saison, sous les toits.

En entrant, le courant d'air provoqué par la porte en mouvement répandit le courrier qui s'entassait à l'intérieur sur les quelques mètres carrés de l'endroit. C'était incroyable, la quantité de sollicitations inutiles qui pouvaient s'accumuler après seulement deux jours d'absence. Je saisis dans le placard au-dessus de l'évier un verre afin de me servir un peu d'eau du robinet. Je constatai par la suite que mon frigo ne contenait plus que deux yaourts à peine périmés, une compote à la prune et une boîte de thon. Il faudrait lorsque je reviendrais que je remonte le boulevard pour faire quelques courses au Carrefour du coin.

Je ramassai mon courrier. Mon regard fut capté par une enveloppe qui s'était glissée sous mon canapé-lit. Mon nom et mon adresse étaient écrits à la main. Une écriture déliée et ronde qui m'était familière. Le cachet de la poste indiquait qu'elle avait été postée près de Lyon. Quelques centimètres de plus et elle aurait disparu entièrement sous le meuble. Je n'aurais pu la retrouver que plusieurs semaines plus tard, en faisant enfin un peu de ménage. Si bien entendu, je n'avais pas su qu'elle m'attendait chez moi. Justine se rappelait sans doute que j'étais le genre de type qui ne lisait son courrier qu'au maximum une fois par mois. Elle m'avait aimé malgré ce défaut parmi tant d'autres. En décachetant l'enveloppe, je n'imaginais pas que ce geste allait transformer ma vie à tout jamais. Elle ne contenait que deux feuillets. Sur le premier, encore des instructions : *« - remets la deuxième feuille dans l'enveloppe et emporte-la avec toi »*, *« - Message 2/2 »*, *« - numéro de rue : pas 2 mais 9 »*. Les mots étaient directifs, choisis, pesés et précis. Juste ce qu'il fallait pour que je sache ce que j'avais à faire, pas assez pour comprendre le but de chacune de mes actions à venir. Justine avait besoin d'aide, je devais lâcher prise et pour une fois laisser le contrôle. Le dernier tiret de la page correspondait à une suite de douze caractères composée de chiffres, de lettres, d'un dièse et d'une esperluette. Sans même hésiter, je saisis mon ordinateur, insérai la clé USB, ouvris le fichier image et renseignai le mot de passe requis. Une photographie s'étira sur mon écran. Maintenant grâce à elle, je savais. Je savais qui, je savais sans doute pourquoi… À peine avais-je posé les yeux sur l'image que j'avais compris. Je savais tout ou tout du moins une grande partie de tout. Ma tête menaçait d'exploser. Un florilège d'émotions entremêlées. Quelque chose craqua l'écorce, je ne pus retenir mes larmes.

Avant de partir vers le Sud, je fis un crochet jusqu'à mon laboratoire. Les injonctions de Justine nécessitaient mon expérience et un brin d'intuition. Comme guidé par quelque chose de divin, une extraconscience. Je devais tout d'abord m'assurer que les membres de mon équipe de recherche n'avaient pas de problèmes particuliers et que leurs projets respectifs avançaient bien. Certains étudiants pouvaient rapidement s'éparpiller si le chef ne leur donnait pas un cap à tenir et des consignes claires pour les expériences à effectuer.

Mon absence n'avait rien d'anormal. Un directeur de laboratoire doit souvent se déplacer pour diverses conférences ou établir de nouvelles collaborations. Même si ce n'était pas ma priorité, j'avais réellement fait un crochet jusqu'au Parc d'innovation d'Illkirch afin d'établir le partenariat évoqué avec Arnaud la veille. Je devais rester crédible. Personne n'allait trouver surprenant que je revienne en coup de vent entre deux déplacements, prendre des nouvelles, voir les avancées des projets en cours. Cependant, le réel objectif de ma venue du jour était tout autre. J'avais besoin de récupérer quelques petites choses. Je trouvai ce que je cherchais, ce qui n'était pas le lot quotidien des chercheurs.

Je fus intercepté par Marie-Louise, la technicienne de mon équipe. Mini-L pour les intimes. Très petite mais teigneuse. Comme à son habitude, elle ne souriait pas. Elle me tint la jambe près de dix minutes, se plaignant encore des étudiants du laboratoire qui ne rangeaient rien et la prenaient pour la bonne à tout faire. Elle menaçait, comme elle le faisait en moyenne dix fois par an, de demander sa mutation ailleurs. Au début, juste après son recrutement, j'avais tenté d'utiliser ma jeune expérience en management pour calmer son mécontentement. Mais voilà, Marie-Louise n'était pas ce que l'on peut qualifier de *bourreau de travail*. J'utilisais une expression un peu grossière pour la qualifier *en off* avec Arnaud : *Elle ne casse pas trois pattes à un canard, par contre elle me casse bien les couilles*. Aujourd'hui encore, je la laissai parler, espérant simplement qu'elle ne pose aucune question sur le contenu de la boîte en polystyrène remplie de glace carbonique que je portais dans les mains. Cette corvée réglée et après avoir vérifié que tout le reste roulait pour mon équipe, je me mis en route pour Cassis.

LE FUNAMBULE

Je la sens de l'autre côté du mur, qui m'observe sans
me voir.
Parfois, je la hais, j'en hurle. Sinon, je me raccroche
à l'espoir.
Je crois qu'elle me déteste, j'ai l'impression qu'elle
se déteste
D'être là. Elle aussi hurle, elle aussi pleure à son
avenir funeste.

Chapitre 20
19 juin 2018, Strasbourg / Lieutenant Breuil (49 ans)

Le lieutenant venait de recevoir la commission rogatoire pour la nouvelle perquisition chez Liliane Charpentier, celle dont il avait parlé à Joachim Streiner au téléphone. Il l'avait sous les yeux. La fouille était bien prévue pour le vendredi suivant, le 22 juin. Le juge tenait à être présent en personne, mais il n'avait réussi à se rendre disponible qu'en fin de semaine. L'affaire faisait la une des journaux locaux. Une fuite suggérait que cette mort pouvait être liée à un meurtre. La presse s'était empressée de communiquer sur la seconde perquisition et sur la date de l'événement. Si l'intuition du lieutenant Breuil était exacte, il trouverait sans aucun doute des preuves supplémentaires de séquestration et peut-être même d'homicide.

Son intime conviction s'était forgée. Il avait construit une théorie basée sur un crime en sommeil depuis huit ans. Celle qui pouvait expliquer le geste de Justine car elle constituait un mobile solide pour le meurtre de Liliane.

Avant même d'obtenir de nouvelles preuves, son hypothèse avait déjà été étayée par une autre découverte. En rouvrant le dossier de la disparition de la petite Romane Streiner en 2010, le lieutenant Breuil avait observé qu'un cliché radiographique pouvant appartenir au ravisseur avait été mis sous scellé. Le cliché avait été retrouvé à proximité de l'immeuble, le soir de l'enlèvement. Il avait déjà noté ce détail, mais il lui était sorti de la tête. Il demanda à ressortir cette pièce à conviction. Le rapport de l'époque indiquait que « *tout élément pouvant permettre l'identification du propriétaire de ce cliché radiographique avait été volontairement retiré à l'aide d'un objet tranchant (de type ciseau)* » et « *qu'aucune empreinte n'avait pu être relevée* ». Aucun lien n'avait donc pu être formellement établi avec la disparition de la petite Romane. En parallèle, le lieutenant demanda à la brigadière De Boer de faire les démarches pour obtenir le dossier médical complet de Liliane Charpentier. Le lendemain, l'empressement de sa collègue en entrant dans le bureau signifiait qu'elle tenait du nouveau, du concret. En langage policier, il y avait eu un *match*. La même fracture à l'humérus droit. Liliane s'était cassé cet os à l'âge de 14 ans. Il passa un appel au médecin légiste qui avait procédé à l'autopsie. Celui-ci confirma l'information. Le hasard ne pouvait pas tout expliquer, la coïncidence était bien trop grande. Le lieutenant Breuil ne croyait pas aux coïncidences. Disons qu'il n'y croyait plus.

Pour les deux policiers, cela devenait évident. Liliane Charpentier avait enlevé Romane, l'avait probablement séquestrée avant de mettre fin à ses jours ou qu'elle perde la vie. La raison, elle aussi, leur semblait évidente. Même s'il n'était en aucun cas pardonnable d'en arriver à une telle abomination. Liliane voulait se venger de sa rupture avec Joachim, mais aussi de celle qui le lui avait pris. Le carnet pour preuve, pour confession, pour aveu. Liliane était jalouse, maladivement jalouse de leur bonheur et de leur famille. Liliane était malade aussi. Sa place était probablement dans un institut spécialisé. Les crimes passionnels étaient les plus anciens que le monde ait connus. Combien de temps la petite fille avait-elle souffert avant qu'elle ne trouve la mort ? Elle aurait pu mourir en quelques jours si elle avait été retenue dans des conditions déplorables, en absence d'eau et de nourriture. Il était toutefois possible que Liliane l'ait éliminée immédiatement et se soit débarrassée du corps. La dépouille avait peut-être été brûlée. Le lieutenant Breuil ne se souvenait plus s'il avait fait une demande officielle pour des fouilles sur le terrain de l'habitation des Charpentier.

Une grande partie du scénario se tenait. Cependant, il faisait naître d'autres interrogations. Notamment le temps que Liliane avait laissé passer avant de tuer Romane Streiner. Et si elle ne l'avait pas fait tout de suite, comment avait-elle pu dissimuler à son entourage, ses voisins, ses collègues, qu'elle séquestrait chez elle une petite fille ? Pourquoi être allée jusqu'à un acte aussi extrême ?

Une autre zone d'ombre demeurait : les raisons qui entraînaient une personne à tomber dans la folie, vers l'horreur. Il existait forcément des événements fondateurs dans la vie de quelqu'un pour le pousser à commettre l'irréparable. Un chagrin d'amour suffisait-il à faire basculer une femme dans la démence ou dans le délire psychotique ? Il y avait toujours un contexte créant un terrain psychologique fertile. Le lieutenant avait un faisceau d'indices qui mettait en lumière que Liliane présentait des fragilités mentales. Il remontait le fil petit à petit. C'était malheureux à reconnaître au vu de son acte horrible, mais Liliane Charpentier présentait de sérieuses circonstances atténuantes. En effet, après un travail méticuleux de recherches, d'analyses du rapport d'autopsie par le légiste et de témoignages recueillis par la brigadière De Boer, il était confirmé que la vie de cette femme n'avait pas été facile. La liste était longue : battue par son père, épisodes de mutilations à l'adolescence, tentative de suicide, rupture, déception amoureuse, deuil, procès. Et peut-être d'autres faits encore. Même si cela était largement suffisant pour la vie d'une seule personne.

Le lieutenant Breuil devait mettre de l'ordre dans ses idées. Une simple affaire de suicide n'était habituellement pas un tel casse-tête. Il en était convaincu, dans quelques jours, tout deviendrait plus clair. À part peut-être au fin fond de son esprit en dégénérescence, si l'enquête durait encore trop longtemps.

LE FUNAMBULE

Dans son regard, je devine de la haine, de la détresse et du vide aussi.
Ses yeux me fusillent ou me plaignent. Sait-elle au moins qui je suis ?
Celui que j'étais n'est plus. Nous partageons cette même nostalgie.
Je la déteste sans rien connaître d'elle. Sans rien savoir de sa vie.

Chapitre 21
Avril 2006, Illkirch-Graffenstaden / Lily sans Joachim (23 ans)

Comment était-ce possible que tout aille si vite ? Comment la vie avait-elle pu basculer comme cela en quelques années, et toujours dans le mauvais sens ? Il n'était pas logique et plutôt improbable qu'une pièce lancée en l'air tombe dix fois de suite sur la même face. Son bonheur s'était écaillé, effrité et lui avait filé entre les doigts. Elle l'avait perdu.

Les premiers temps après la rupture avaient été compliqués. Lily les voyait sur le campus. Ils avaient le culot de lui cracher leur amour à la gueule. Il était toujours aussi beau, avec de plus en plus de charisme, d'assurance. Il n'avait plus tout à fait la même attitude. Lorsqu'il apercevait Lily, il ne détournait pas le regard mais ses yeux étaient froids, sérieux et impassibles. Elle n'y voyait plus le désir, la pudeur et la passion qui tapissaient ses pupilles dans le passé, lorsqu'il les posait sur elle. Qu'est-ce que cette Justine Jung avait de plus qu'elle ? Lily les suivait parfois pour les espionner. Elle s'acheta la même jupe en jean, le même manteau mi-long puis le même petit pull violet à col blanc que Justine portait souvent. Elle se coiffa avec un foulard dans les cheveux. Pourtant, le seul regard qu'elle cherchait à attirer l'ignorait toujours. Elle avait fait toutes ces choses comme si une force irrépressible la dominait. Une force qui la laissait ensuite empreinte d'une bêtise coupable, difficile à gérer. Elle s'effondrait. Ce fut encore pire quand cette salope de Justine avait commencé à s'arrondir.

Cela faisait près de quatre ans, mais elle n'arrêtait pas de penser à lui. Encore et toujours. Il hantait ses pensées le jour et ses rêves inaccessibles la nuit. Il était devenu une obsession. Dans ses moments de lucidité, qui se faisaient de plus en plus rares, elle s'était fait une raison. Du moins pour l'instant. En effet, cette pute et son Joachim avaient eu un enfant, ensemble. Il fallait qu'elle soit patiente. Très patiente. Il reviendrait.

L'ambiance à la maison était aussi devenue plus pesante. Lily ressassait son mal-être, devenait aigrie, voire parano. La mère de Lily vivait le crépuscule de son histoire, pourtant belle et pleine, avec Alberto, le directeur du centre de cirque. Leurs relations s'étaient tendues puis complètement distendues et ils s'étaient quittés. Émeline avait mal supporté ce nouvel échec sentimental. Alors, quand Lily revenait le soir et s'épanchait sur ses problèmes, Émeline avait du mal à garder son calme et à prêter une oreille attentive. Leur cohabitation devenait compliquée. Émeline ne trouvait pas de réconfort. Ni auprès de sa fille, ni auprès de ses collègues ou amies. Elle souffrait. Elle avait besoin d'aide, elle avait besoin qu'on l'aime.

Ce fut sans doute pourquoi elle prit la pire décision de sa vie, peut-être. Elle le rappela. Elle décrocha son téléphone et appela son ex-mari. Quelques semaines plus tard, son emprise sur elle s'était reconstruite. Elle décida de le rejoindre et de revivre avec lui ailleurs. Il s'était acheté un appartement dans le petit village de Nordhouse, au sud de Strasbourg.

Ce nouveau remaniement dans sa vie familiale affecta la stabilité mentale de Lily. On s'inquiétait souvent de l'état psychologique des enfants lorsque leurs parents divorçaient. On pensait parfois qu'il serait bénéfique pour ces enfants que leurs parents reforment un couple afin de reconstruire une structure familiale classique. Pourtant, dans le cas de Lily, cette réconciliation parentale fut le début d'une souffrance insidieuse et lancinante qui s'ajouta à son désespoir amoureux. Son cœur saignait déjà à cause de Joachim et une ancienne plaie adjacente s'était rouverte. Comme une vague hémorragique à l'âme.

L'ombre du démon commençait à naître. Plusieurs événements terribles et les traumatismes qu'ils engendreraient finiraient de lui donner vie.

LE FUNAMBULE

Êtes-vous encore ensemble, papa et maman ? Malgré les fautes,
Malgré ce qu'il s'est passé dans vos vies, à l'un et à l'autre.
Il faudra peut-être attendre qu'au ciel, on se rejoigne enfin.
J'en suis trop souvent à souhaiter que vienne très vite la fin.

Chapitre 22
20 juin 2018, Cassis / Justine (36 ans)

Il arriva en fin d'après-midi. Le taxi le déposa au bout de la rue. Il paya en liquide. Il y avait des instants dans la vie où des signes nous arrivaient. On les percevait avant même que les choses ne se passent. On savait. C'était en suivant une telle intuition qu'elle s'approcha de la fenêtre et écarta le rideau. Elle vit qu'il était là, enfin là. Elle emprunta le couloir et s'avança sur le perron. Il claquait la porte du taxi. Il l'aperçut. Ils n'échangèrent aucune parole avant d'être à l'intérieur. Un regard, un simple regard. Ils se comprenaient. Ils étaient déjà proches à nouveau.

Elle referma la porte derrière lui. Il faisait plus frais à l'intérieur. Il n'avait pas encore déposé ses affaires lorsqu'il entama le dialogue. Il prit ses mains dans les siennes :

— Dis-moi que tout va bien ! Dis-moi que tu ne t'es pas trop mise dans la merde !

— Ça va, je gère, répondit-elle.

— Ju, est-ce que tout est vrai ? Tu…

Elle ne le laissa pas finir.

— Pas tout de suite, s'il te plaît. Ce n'est pas le moment, chuchota-t-elle, la voix chevrotante. Je suis contente de te voir.

— Moi aussi, tu sais. En tout cas, tu es toujours aussi belle… Les cernes te vont bien.

— Qu'est-ce que tu es con, Jo !

Ils avancèrent jusqu'au salon. Il ne fit pas mine de vouloir enlever sa veste. Il faisait sans doute cela comme à l'époque pour dissimuler les auréoles de sueur que présentait sa chemise sous ses aisselles et dans le creux de son dos. Il ne pouvait plus attendre :

— Raconte-moi ce qu'il s'est passé ? Qu'est-ce que tu as fait ?

— C'est compliqué. Elle a appelé à l'appartement. C'était irréel, je n'y croyais pas, mais c'est bien ton ex, Liliane, qui nous a enlevé notre petite Romane.

Un petit tressaillement dans la voix la força à reprendre son souffle avant de reprendre.

— Je ne sais pas comment ni pourquoi mais c'est elle qui l'a fait ! Après je n'ai pas réfléchi, je suis allée là-bas… J'y suis allée, j'ai fait ce que j'avais à faire. Je me fous de savoir ce qu'il était bien de faire ! C'est fini maintenant et on va tout faire pour vivre à nouveau.

— Avant que je m'emballe, je tiens à te dire que quoi que tu aies fait, je suis là et je suis avec toi, Ju !

— Ça me fait du bien que tu sois là.

Cette phrase pourtant anodine prononcée par Justine donna l'impression à Joachim qu'un voile de coton enveloppait son corps. Elle reprit d'un ton plus direct :

— J'ai besoin de ton aide…

— Pourquoi avoir attendu dix jours avant de me prévenir alors ? Tu ne crois pas que je suis directement concerné ! Il faut que tu m'expliques… que tu m'expliques TOUT ! Tu sais que j'ai besoin de comprendre !

— Oui, mais j'ai pris du temps pour réfléchir… Ce qu'il va se passer maintenant, je sais que c'est difficile à entendre mais j'ai besoin que ce soit *mon* combat… pour elle… pour réussir à me reconstruire, à nous reconstruire. Tu dois me faire confiance, je crois que mon plan pourrait marcher. Il n'y a que toi pour m'aider à le réaliser.

— T'es dingue Ju ! Je ne sais pas à quoi tu joues ! Pourquoi tu fais tant de mystères ?

Elle plaça son index sur ses lèvres pour tempérer son emportement. Pour lui signifier de faire moins de bruit aussi. Son geste était vif et tendre à la fois. Elle avait ce don. Elle savait le canaliser afin qu'il ne montre que le meilleur de lui. C'était toujours vrai, même après plusieurs années de séparation. Il la prit spontanément dans ses bras. Il la serra sans doute un peu trop fort. Une étreinte sincère, non calculée. Elle se laissa naturellement faire. Il lui glissa à l'oreille :

— OK. Pardonne-moi. Pour tout. Je n'ai jamais su être l'épaule dont tu avais besoin.

— On va pouvoir se reconstruire Jo, aller de l'avant, vivre.

— Oui. Si on ne se fait pas choper…

Malgré les risques, il savait déjà au fond de lui qu'il la suivrait, quel que soit ce qu'elle avait en tête…

Ce moment de complicité fut interrompu par une arrivée surprise. Une jeune femme, au look affirmé, entra par le couloir à l'entrée, les bras chargés de sacs de courses dont le poids la déséquilibrait. Joachim la reconnut. Lorsqu'elle ôta sa veste, il put apercevoir une portion supplémentaire du scorpion *girly* qui cachait sa partie céphalique sous le col du pull qui délimitait son décolleté. Justine lui présenta Alex.

Joachim mit quelques secondes à mettre de l'ordre dans son esprit. Il émit plusieurs hypothèses pouvant expliquer la présence d'Alex, ici à Cassis, avec sa femme.

Alex, Alexandra Walch de son nom complet, était une femme libre, libre de ses choix et de ses idées. Baroudeuse, intrépide. Une femme fidèle en amitié et en amour. Pas toujours en règle vis-à-vis de la loi et qui ne cherchait pas à le cacher. Une personnalité complexe qui ne pouvait être réduite à ses quelques vols à l'étalage commis par le passé et sa mince consommation de cannabis.

Elle n'était donc pas la femme de ménage de Justine, comme elle l'avait affirmé à Joachim, ni une professeure d'arts plastiques, comme il avait pu le supposer. En revanche, elle était bien la nouvelle compagne de sa femme. Et ça, Joachim ne l'avait absolument pas envisagé. Cette vérité était devenue très évidente quand il vit les deux femmes unir leurs lèvres sous son nez. Si cette vision avait pu choquer Joachim, celui-ci garda sa contenance mais ne trompa personne sur la gêne qui l'habitait. Un homme se posait toujours beaucoup de questions quand il se faisait remplacer par une femme auprès de celle qu'il aimait ou avait aimée. Néanmoins, ce n'était ni l'endroit, ni le moment de débattre de cet uppercut dans sa virilité. La discussion viendrait, mais pas maintenant. Il y avait plus important.

Pendant presque une heure, Justine raconta ce qu'il s'était passé. Elle lui confia aussi la version complète du plan qu'elle avait mis en place afin de ne pas être inquiétée du meurtre de Liliane. Alexandra avait déjà joué son rôle. Elle avait aidé Justine à prendre la fuite, l'avait cachée dans cette maison dans le Sud, avait posté le courrier, déposé la clé USB pour Joachim et avait fourni les faux papiers. Le passé légèrement trouble d'Alexandra, avec ses fréquentations douteuses, avait aussi son avantage. Elle avait ainsi pu obtenir à la demande de Justine un passeport au nom de Nina Fougier, moyennant la coquette somme de mille euros que Justine n'avait pas hésité à payer. Alex précisa à Justine que mille, c'était le *prix d'ami* pour un faux de cette qualité. Un nouveau nom pour une nouvelle vie. Il fallait changer d'identité.

Joachim comprit que, lors de leur première rencontre dans l'appartement d'Illkirch, Alexandra lui avait menti. Elle savait pertinemment où se trouvait sa femme. Il ne lui en tint pas rigueur. L'humeur n'était pas à la rancœur.

Joachim lui aussi se vit décerner son rôle dans le stratagème mis en place par sa femme. Pour cela, dès le lendemain, il devrait reprendre la route vers l'Alsace. En effet, les réseaux sociaux de médias alsaciens *teasaient* sur la nouvelle perquisition qui devait avoir lieu dans seulement deux jours au domicile de Liliane.

Il était prêt à tout par amour pour sa femme, et surtout pour Romane. La vraie justice n'était pas toujours celle inscrite au sein d'une masse de termes incompréhensibles dans le Code pénal. Justine savait que la justice n'était pas toujours capable de mansuétude, et qu'elle n'envoyait pas toujours les vrais coupables en prison. La mort de Liliane était juste. Payer pour sa mort ne le serait pas. Il y a huit ans, elle leur avait arraché leur fille et brisé au moins trois vies. C'était clair dans son esprit. Il aiderait Justine, il ferait ce que lui demandait sa femme. Malgré les risques. Ils avaient suffisamment morflé.

LE FUNAMBULE

La lumière m'effleure. Je me dis qu'elle ne la voit même plus.
Les larmes pleurent, à poids égal de chaque côté du mur.
Nos prisons respectives deviennent chacune trop restreintes.
L'une en elle-même est captive, l'autre a l'espace comme contrainte.

Chapitre 23
21 juin 2018, Cassis / Joachim (35 ans)

Je m'étais toujours senti mal à la vue du sang. Surtout en aussi grande quantité. En plus, c'était un peu comme mon propre sang que je voyais couler en ce moment. Je devais m'efforcer de garder mon calme. Même si j'avais déjà eu l'occasion d'effectuer ce genre de prélèvement, je ne l'avais jamais fait sur une personne. J'étais docteur, oui, mais en biologie moléculaire et génétique, pas en médecine. Je n'avais d'ailleurs officiellement pas le droit de le faire. Mes cobayes, jusqu'à présent, avaient toujours été des souris ou des rats dans le cadre de mes recherches sur les marqueurs sériques. Il était vrai que le principe restait le même. Il fallait désinfecter l'endroit où l'aiguille devait s'enfoncer, rentrer dans une veine, rétablir le flux sanguin en desserrant le garrot, puis créer une aspiration à l'aide du piston de la seringue et placer un tube hépariné afin de récupérer le précieux tissu sans qu'il coagule.

Grâce à la pâleur de sa peau, je n'avais eu aucun mal à repérer les veines du pli du coude. Je tremblais. Déontologiquement, ce type d'acte médical ne pouvait pas se faire sur quelqu'un de trop proche ou un membre de sa famille. D'autant plus qu'il nous fallait une grande quantité de sang.

Alexandra était allée, un peu plus tôt, récupérer le matériel stérile nécessaire : seringues, tubes imprégnés d'anticoagulants, aiguilles 23G, garrot, compresses, solution antiseptique. Rien que ces achats auraient pu nous valoir un signalement à la police. Encore une fois, Justine avait pensé à ce détail. Elle avait obligé Alexandra à diviser les emplettes dans quatre pharmacies au moins. Chaque pharmacien auquel Alexandra avait acheté des seringues ou des aiguilles stériles avait dû imaginer que cela lui servirait à s'injecter une dose de cocaïne ou de drogue quelconque. L'habit pouvait faire le moine.

Je découvrais ma femme sous un nouveau jour. Un brin machiavélique, déterminée et pleinement convaincue de la légitimité de son plan. Je la désignais comme *ma femme*, mais ce titre semblait de plus en plus obsolète à mesure qu'Alexandra collait sa bouche contre la sienne.

Même si un acte médical n'était pas vraiment un moment de tendresse, je me nourrissais du contact de sa peau, de sa douceur. Ce simple toucher faisait monter en moi une chaleur enivrante. Mes paumes en devenaient légèrement moites. Alexandra me débarrassait régulièrement des tubes remplis de sang en les plaçant dans une glacière qui m'accompagnerait lors du voyage. Elle était bien chargée. Ma patiente devrait bien se restaurer après notre consultation. Seul un vampire avait déjà sucé autant d'hémoglobine à quelqu'un. Seulement, Dracula, lui, n'avait pas à s'assurer que le sujet fût encore en vie et en bonne santé à la fin du prélèvement. Ma mission médicale accomplie, je m'éclipsai de la chambre et refermai la porte en faisant attention de ne pas la réveiller. Elle avait encore plus besoin de repos maintenant.

Il n'y avait pas de temps à perdre. Alexandra, la femme à tout faire – même à coller encore sa langue dans la bouche de ma femme –, était allée louer une voiture chez ADA, une Renault Megane noire. La glacière avait été placée dans le coffre et les tubes écarlates avaient été recouverts de quelques sandwichs et yaourts afin de ne pas éveiller les soupçons lors d'une éventuelle fouille du véhicule à un péage d'autoroute. Mon portefeuille avait été gonflé de quelques billets afin de ne pas avoir à utiliser ma carte bancaire sur le trajet. Je me posais de plus en plus la question de savoir si ma femme ne m'avait pas menti sur son métier d'enseignante. Elle aurait pu me cacher pendant des années une profession parallèle d'agent secret. Il était vrai qu'elle avait toujours eu un don d'organisation et de planification mais là, on était dans une division supérieure. Elle avait rigoureusement listé et concrétisé les étapes requises pour mener à bien le plan. Alexandra, avec toutes les qualités que j'avais vues mises à l'œuvre et son côté *borderline*, avait dû contribuer à l'élaboration de certaines subtilités du montage.

Au moment du départ, Alex m'accompagna jusqu'à la voiture. J'aperçus Justine à la fenêtre de l'étage. Elle m'envoya un baiser. Alexandra se sentit obligée de me parler :

— Attention sur la route et… merci !

— Prenez bien soin d'elle… Justine peut compter sur moi. Je la reverrai comme prévu à Strasbourg la semaine prochaine.

Me voilà parti. Moi et ma glacière, mais pas pour passer une journée à la pêche ou à la plage. J'avais une longue route à faire. Il ne fallait pas traîner, les secondes nous étaient comptées. Il fallait à tout prix éviter de me faire prendre la main dans le sac.

LE FUNAMBULE

Se peut-il qu'elle soit innocente du crime dont je l'accuse ?
Mes pensées sont troubles, ma mémoire me fait défaut.
Je suis un funambule maladroit, mal à l'aise à cette altitude.
Elle m'a fait de la peine et je doute. Aujourd'hui, je deviens folle.

Chapitre 24
Janvier 2008, Strasbourg / Liliane (24 ans)

Le dernier verrou qui restait sur la porte de la démence fut ouvert. Défoncé, fracassé. Impossible à refermer, la clé comme jetée au fond d'un puits de regrets. Lily revenait du palais de justice, sous une pluie froide.

Les derniers mois furent compliqués. D'abord sa mère avait quitté la maison, puis elle était partie définitivement. Les deux plus grandes erreurs dans la vie d'Émeline étaient liées à des histoires sentimentales. Les deux avec le même homme. Son mariage avec ce monstre était la première. La deuxième causerait sa perte. Lily, quant à elle, souffrait toujours, elle n'arrivait pas à oublier Joachim. Elle reproduisait un schéma sentimental proche de celui de sa mère. Le piètre modèle qu'avait été la relation de ses parents avait sculpté les contours de son instabilité sentimentale. Les chiens ne faisaient pas des chats. Peut-être même qu'une part des fondements de la fragilité affective revêtait un caractère héréditaire.

Lily venait de faire la chose la plus dure qu'elle ait jamais eue à faire. Son témoignage à la barre avait probablement condamné définitivement l'accusé. Il avait commis un meurtre et il méritait de payer pour cela. L'avocat de Lily l'avait préparée à la difficulté de ce moment et aux retombées psychologiques qu'il faudrait gérer par la suite.

Liliane s'était présentée dignement. Elle appréhendait l'audience. Elle se refusa à le regarder droit dans les yeux. Elle avait, de sa voix chevrotante et pleine de sincérité, raconté son calvaire. Les détails étaient précis, encore trop présents. Certaines phrases pouvaient choquer, parfois glacer le sang. Tout sonnait trop vrai pour être simulé. Les stigmates trop douloureux pour être oubliés. Trop lourds pour être pardonnés.

Elle put détailler son propos pendant environ quinze minutes sans être interrompue. Son avocat lui demanda ensuite de préciser quelques éléments, puis ce fut au tour de l'avocate de la partie adverse de tenter de minimiser l'impact de son témoignage. Après environ une heure de délibérations, le verdict fut sans complaisance, accablant. L'accusé fut reconnu coupable des faits de coups et blessures volontaires ayant entraîné la mort. Aucune circonstance atténuante, malgré l'état d'ébriété au moment de l'homicide qualifié d'involontaire.

En ressortant du tribunal, sous une pluie battante, Lily tremblait. Elle se mit à pleurer. Prise dans les bras de la solitude. Les seuls qui ne consolaient pas. Il n'existait plus d'épaule pour éponger ses larmes. Tout autour d'elle, un désert d'amour. Elle était seule, triste et orpheline. Elle venait de faire condamner son père à douze années de prison ferme.

En entrant dans la maison de son enfance, dont elle était devenue maintenant la propriétaire légale, elle s'effondra. Elle avait besoin de sa mère. Elle aurait eu besoin de son père. Celui qui s'occupait d'elle quand elle avait 10 ans. Elle avait besoin de Joachim, sentir sa peau, son odeur. Se sentir protégée par son étreinte, son aura. Ses pleurs résonnaient entre les murs vides de la maison, comme pour souligner un peu plus sa solitude. Elle était trempée, à bout de nerfs, désespérée.

Elle se souvenait alors du coup de téléphone. Celui de l'hôpital annonçant que sa mère était dans un état critique. Elle avait quitté une réunion à son travail d'assistante d'édition spécialisée dans les grands ouvrages classiques et romans contemporains et s'était précipitée à son chevet. Sa mère était défigurée, après avoir été rouée de coups. Sa lèvre inférieure éclatée sur la gauche, ses arcades tuméfiées. Elle se souvenait surtout qu'à peine cinq minutes après son arrivée, l'ECG avait produit un bruit continu. Heure du décès : 15 h 12.

Elle pouvait dire qu'elle avait haï son père. Lui qui, contre toutes les évidences, avait soutenu qu'ils s'étaient disputés, qu'elle l'avait frappé aussi et qu'il n'avait fait que se défendre. Oui, peut-être l'avait-il giflé une ou deux fois dans la lutte. Il pleurait de l'avoir perdue.

Lily ne pouvait pas laisser la mort de sa mère rester impunie. Elle ne vivait plus avec sa mère. Mais elle connaissait son père. Son témoignage sur les sévices subis par sa mère et elle suffirait à prouver que son père n'était pas un pauvre innocent, coupable de s'être simplement défendu.

Elle gardait pourtant au fond d'elle des souvenirs heureux avec son père. Des sorties en famille lorsqu'elle était gamine, des Noëls dorés, des rires autour de parties de jeux de société. Lily avait beau être une adulte et être indépendante, son père gardait une emprise sur elle. Il avait réussi à la faire douter des faits. Ils s'étaient retrouvés face à face lors d'une confrontation dans les locaux du tribunal. Il l'avait regardée fixement dans les yeux. Il avait juré qu'il ne l'avait pas battue, qu'il aimait passionnément sa mère, que c'était Émeline qui avait fait une crise de jalousie à propos de l'une de ses secrétaires. Qu'il avait changé !

La date du procès approchant, des émotions contradictoires s'étaient livrées un combat interne chez Liliane. La haine qu'elle éprouvait envers lui était-elle plus forte que l'amour paternel ? Elle n'avait plus que lui. Pourtant, elle témoigna à charge. Elle le fit pour sa mère.

Elle n'avait alors plus rien à quoi se raccrocher. C'était à cet instant-là que le mal perça et fit saillie à la surface. Son inconscient refusa de se laisser couler au prix d'un mécanisme de défense voué à la destruction. Elle se focaliserait sur un objectif à atteindre. Le chemin pour y arriver n'avait que peu d'importance, les moyens utilisés pour y parvenir, presque sans limites. Il était temps de tout faire pour le récupérer, le forcer à l'aimer à nouveau. Le cas échéant, il faudrait lui faire regretter de l'avoir abandonnée, tout ça pour fonder une famille pitoyable avec une traînée. Elle leur ferait ravaler leur petit bonheur minable. Si elle devait souffrir autant chaque jour, elle ne serait pas la seule.

LE FUNAMBULE

Je me revois pique-niquer avec mon père, je revois l'amour,
Avant que le diable ne l'emporte pour toujours.
Je peux encore sentir les mains de ma mère, tellement douces,
Avant que le démon ne l'emporte pour toujours.

Chapitre 25
21 juin 2018, Illkirch-Graffenstaden / Joachim (35 ans)

Le doute est la clé de toute connaissance. Ce proverbe persan, que j'avais dû lire sur le mur d'un bâtiment public, trottait dans ma tête alors que je m'introduisais illégalement dans la maison de Liliane. La demeure restait aussi l'endroit de mes premiers ébats. Tout me revenait en tête. Les mercredis après-midi à se dire au revoir dans la petite cour à l'avant, un père ivrogne chancelant et menaçant, le visage tuméfié d'Émeline ce jour où le regard de Liliane sur moi changea et qu'elle tomba éperdument amoureuse de moi. Puis me revinrent beaucoup de bons moments, les après-midi autour d'un verre dans le jardin, les parties de jambes en l'air dans la chambre ou sur le canapé les vendredis soir où la mère de Liliane sortait au restaurant. Je me rappelai aussi ce jour où nous avions étalé une couverture de pique-nique sur la pelouse à l'arrière. Il devait être 17 heures, vers la fin juin. Nous étions restés allongés ensemble, bercés par le souffle d'un vent léger et jouissant de la douceur d'une chaleur moite. Nous avions commandé une pizza de chez Nino's, que l'on s'était fait livrer, trop fatigués par notre manque d'activité du jour.

Puis, nous avions passé les premières heures de la nuit à profiter du ciel rempli d'étoiles. Vers minuit ou une heure du matin, un orage avait éclaté. Nous avions paré au plus pressé et nous nous étions réfugiés dans la remise au fond du jardin, passablement trempés. Nous avions fini la nuit dans cet abri. L'endroit était plus spacieux qu'il n'en avait l'air. Une vingtaine de mètres carrés, un clic-clac défraîchi, quelques outils mais aussi un évier et une petite table. Ce souvenir n'avait pas pris une ride dans mon esprit et je me surpris à sourire à sa remémoration.

Je me ressaisis. Je ne devais pas me détourner de ce pour quoi j'étais venu. J'avais besoin de comprendre ce qui s'était passé dans cette maison. De ressentir les choses, ne plus seulement les subir. Le lieutenant Breuil, Justine, les journaux me dépeignaient des versions des faits qui étaient les leurs. Je voulais construire ma propre opinion.

La connaissance, quant à elle, faisait naître de nouveaux doutes. Depuis que j'avais compris ce qu'il s'était passé il y avait huit ans, je me posais encore plus de questions. Oui, Liliane avait emporté notre fille. Elle l'avait séquestrée, lui avait fait du mal. Comment avait-elle pu en arriver là ? Comment la Lily que j'avais pu connaître et dont j'étais tombé follement amoureux avait-elle pu commettre tant de méfaits et faire tant de mal autour d'elle ?

Alors que je m'approchais de la maison, je remarquai que des scellés avaient été croisés sur toutes les ouvertures. J'en fis le tour par le côté afin d'éviter l'allée de graviers. Je traversai une bande gazonnée pour y entrer par l'arrière, en passant par la porte qui donnait sur la cave. Dans ma main droite, je tenais une pince monseigneur. Cadeau d'Alex. Un effet personnel sans doute.

Comme par réflexe, j'évoluai en position accroupie afin de me faire le plus discret possible. La nuit était noire. Les sons de quelques voitures circulant sur la route principale troublaient le calme de l'atmosphère. Je marchai sur une branche d'arbuste qui craqua. Quelques oiseaux s'envolèrent du mirabellier planté près de la clôture. Je fus surpris et eus peur de me faire repérer à cause du bruit.

Malgré ma motivation sans faille pour accomplir ma mission, j'avais tout de même une boule au ventre. Après tout, je n'avais rien à faire là. Je serais dans de beaux draps si la police m'y trouvait. Toute justification mensongère à ma présence ici semblerait tout de suite absurde et suspecte.

J'étais devant le trappon extérieur barrant l'accès à l'escalier qui descendait vers la cave enterrée. Les deux portes de bois étaient fermées à l'aide d'une barre métallique et d'un cadenas, comme dans mon souvenir. J'enfilai des gants en vinyle non poudrés, un geste presque inné pour moi qui en avais l'habitude au laboratoire. Je respirai plus fort, plus vite aussi. Je pris dix secondes avant d'actionner fermement les lames de la pince. Avant que l'anse du cadenas ne cède, je n'étais encore coupable de rien.

Je pénétrai dans un sous-sol humide et frais. Une odeur de pourriture et de vinasse envahissait la pièce. Ce genre de galerie enterrée était l'emplacement idéal pour stocker des fruits et des légumes. *Idem* pour y implanter une cave à vin. Je sortis de ma poche mon téléphone et enclenchai l'application torche afin d'y voir un peu plus clair. Je plissai les yeux au moment où la lumière éclaira la pièce. J'entendis des bruissements légers m'indiquant que des rongeurs avaient certainement fait de ce caveau leur quartier, riche de nourriture en décomposition.

J'atteignis l'escalier qui menait au couloir de l'entrée. Un escalier raide aux marches fines. Arrivé en haut, j'eus cette interrogation : Où était Émeline ? Cette maison était la maison qui appartenait aux parents de Liliane, pas à Liliane elle-même. Le récit de Justine n'avait fait mention que de Liliane. Qu'était-il arrivé à Émeline ? Émeline était-elle partie dans une contrée ibérique avec son *Julio* ? Qu'était devenu son ex-mari ? Avait-elle confié la maison à sa fille ? Je ne m'étais plus jamais intéressé à la vie de Liliane après notre rupture. Encore moins depuis la disparition de Romane.

Le meurtre de Liliane avait eu lieu dans le grenier, d'après ce que Justine m'avait avoué. Je décidai donc de me rendre au deuxième étage. J'empruntai donc le magnifique escalier en bois sculpté qui était au centre de la maison. J'avais monté un étage et m'apprêtai à gravir les marches jusqu'au deuxième. Certains tiroirs de plusieurs meubles, dont ceux d'une console du palier, étaient ouverts. Les policiers n'avaient sans doute pas pris la peine de les refermer en effectuant la première perquisition. J'étais presque arrivé en haut. Cela faisait près de deux semaines depuis la mort de Liliane, pourtant il flottait dans l'air une odeur âcre, tenace. Celle du sang. Le deuxième étage dépareillait avec le reste de la maison. Le mobilier y était plus simple, plus basique. Un bureau, une chaise. Un fauteuil vert sur un tapis à poils ras. Le tout sous la voûte du toit. Charpente visible et poutres apparentes. Des poutres de bois verticales et horizontales. Je devais faire attention et me baisser pour éviter de m'y cogner. En d'autres circonstances, j'aurais adoré me réfugier dans cette petite enclave pour lire un bon bouquin.

J'avais dû me courber encore davantage pour accéder à la petite trappe qui menait au renfoncement à l'extrémité de l'étage. Deux loquets permettaient de verrouiller l'issue. Cette vision me fit froid dans le dos et me fit vaciller d'effroi. J'écartai la porte puis rampai à l'intérieur. À l'intérieur de la prison de ma fille. J'aperçus une petite lucarne carrée de trente centimètres sur trente centimètres, seule source de lumière naturelle du réduit. Il y avait aussi un lit défraîchi et une table avec une chaise. Il faisait chaud, signe que l'isolation n'était que très limitée. Des câbles avaient été tirés grossièrement afin d'amener le courant à travers un trou fait dans le mur, ce qui permettait le luxe d'y brancher une petite lampe de chevet. Sur une étagère trônaient des livres. Pour certains, des éditions originales. Un coup d'œil rapide me permit de repérer les titres les plus connus : *Vingt mille lieues sous les mers*, *L'Étranger*, *Les Misérables*, *L'Écume des jours*, *Vol de nuit*, *Le vieil homme et la mer*, *Dr Jekyll et M. Hyde*. Des ouvrages de philosophie aussi, comme *Léviathan* de Hobbes. Je fus surpris par la quantité élevée de recueils de poésie de Horace, Prévert, Apollinaire, Du Bellay, La Fontaine, Verlaine, Plaute ou encore de haïkus japonais. C'était donc dans cette geôle miteuse que cette tarée de Liliane avait séquestré ma fille. Qu'elle lui avait fait du mal, pour me faire du mal. Me faire payer. J'eus un geste de colère et l'œuvre *Les Hauts de Hurlevent* parcourut les trois mètres de longueur de la pièce avant de s'écraser sur la sous-pente. Je n'avais pu retenir ma rage à ces pensées de souffrance endurée par ma douce Romane. Justine avait raison. Tout ce qui était arrivé était ma faute. J'étais responsable de la disparition de notre fille. Doublement. À la fois par négligence et par mon passé. J'avais fait entrer cette folle à lier dans nos vies.

Je remarquai que des crayons étaient disposés dans un pot sur la petite table. Cependant, je n'apercevais pas la moindre feuille de papier. Je me précipitai sur les quelques ouvrages avec la conviction que ma fille y avait apposé des messages de détresse ou des appels à l'aide. Peut-être même quelques mots pour ses parents. Mes espoirs s'étaient vite éteints. Rien, aucune page ne comportait le moindre trait de carbone. J'avais même inspecté les murs, le sol. En vain.

Je ressortis dans le vestibule devant l'antre de ma fille. C'était ici qu'une balle avait transpercé le crâne de Liliane. Le corps évidemment ne s'y trouvait plus, ni l'arme. En parcourant du regard de long en large ce lieu morbide, qui m'avait presque paru chaleureux lorsque je l'avais parcouru dans l'autre sens quelques minutes plus tôt, je remarquai un impact de balle dans une poutre de la charpente. Je fus surpris par une installation : une sangle de déménageur avait été tendue entre deux poutres verticales espacées d'environ cinq mètres. J'espérais que la solidité du toit ne dépendait pas simplement de ce bricolage. L'image de cette bande tendue en suspension me ramena à de vieux souvenirs de Liliane, à l'époque où je l'aimais. À l'époque où j'avais des papillons dans les yeux à la voir évoluer telle une danseuse étoile sur un fil à plus de dix mètres de haut, lorsque je l'accompagnais à l'école de cirque. Le mécanisme de la mémoire avait ceci de particulier de rouvrir des portes à des souvenirs connectés, sans que nous ne puissions nous-mêmes établir volontairement ces connexions. Elles se faisaient au gré des processus kinesthésiques et des mystères de cette fantastique machinerie. C'était sans doute pourquoi le visage de Liliane s'était flouté puis avait mué en celui de Romane. Le chapiteau s'était évaporé. Je m'étais revu heureux au parc de la Citadelle, admirant ma fille tellement à l'aise sur sa *slackline*. Ses cheveux couleur des blés, ses yeux teintés de ciel. Son odeur imprégnée de miel et de subtiles nuances de sueur. Son odeur. J'avais retrouvé, après tant d'années, la note de fond de son parfum naturel. Les événements récents avaient sûrement conduit à stimuler mes sens. Pendant quelques instants, j'en avais perdu le but de ma visite. Pendant quelques instants, je m'étais délecté de cette sensation.

J'avais vu de mes propres yeux. Mes sentiments souffraient d'une certaine schizophrénie. Une dualité entre la douleur laissée par l'horreur, la solitude qu'avait vécue ma fille et le soulagement de savoir enfin, d'avoir vu. D'avoir pu mettre des images sur la vérité. Il fallait maintenant que je me mette à la tâche.

Je retournai à l'extérieur pour récupérer tout mon matériel dans ma voiture et le monter au grenier. Il fallait que je respecte scrupuleusement le plan dicté par Justine. Un doute m'envahit subitement et faillit me faire renoncer. Qu'est-ce que je foutais là ? Il était évident que la police avait déjà fait son job. C'était pourtant seulement maintenant que cette incohérence m'avait sauté aux yeux. Mon regard se porta sur la vieille remise. Un vieux cadenas rouillé en verrouillait la porte. Il était fortement probable qu'elle eût échappé aux investigations des enquêteurs. Probablement, personne n'y avait pénétré depuis des années. Personne peut-être depuis notre escapade sensuelle d'avec Liliane, ce fameux soir d'orage. C'était le lieu idéal pour notre petite mise en scène. Je pris donc la décision de modifier l'une des directives de Justine. Je transportai la glacière, le chauffage d'appoint, l'aspirateur et les produits de nettoyage au bout du jardin.

Plus tard, il faudrait que je me débarrasse de tout mon attirail afin d'avoir suffisamment de place dans mon coffre. Je fis sauter le cadenas et pénétrai dans l'intérieur familier du cabanon. J'avais peu de temps. Je devais me mettre dans la peau d'un meurtrier. Ou plutôt d'une meurtrière. Il me fallait reproduire les mêmes gestes que Liliane aurait réalisés. Je commençai par passer l'aspirateur le plus consciencieusement possible. Je répandis ensuite le sang sur le sol en prenant soin d'en éclabousser quelques gouttes sur les murs. Rien n'avait été laissé au hasard. Des produits que j'avais récupérés au laboratoire m'avaient permis de pré-incuber le sang avec des billes magnétiques ionisées – recette maison –, dans le but d'éliminer les anticoagulants et de masquer les marqueurs que la police pourrait détecter. Entre la logistique mise en place par Justine et mes connaissances biologiques, nous étions un duo de choc. Pour ne pas laisser de traces, je m'étais affublé de surchaussures, d'une combinaison à usage unique en coton, d'un masque et d'une charlotte sur la tête. Il fallait qu'aucun prélèvement ne puisse prouver ma présence sur les lieux. Malgré mon accoutrement qui me tenait très chaud, j'avais mis en route un chauffage d'appoint au maximum de sa puissance afin d'accélérer le processus de coagulation et le séchage des traces. J'avais dû improviser car je n'avais pas prévu l'absence de prises électriques dans le local. J'étais retourné dans la cave, un peu paniqué, avant de trouver un rouleau de câble dans un coin, près de cagettes de pommes de terre germées. Dans la moiteur, je m'étais ensuite attelé à nettoyer, dans les moindres recoins, le sang à l'aide d'une serpillière et de détergents industriels. J'avais méticuleusement effacé jusqu'à la petite particule du sang que je venais de déverser quelques minutes plus tôt. Quelques milligrammes de poudres au pouvoir oxydant, judicieusement choisies, avaient été dilués dans le seau dans le but de vieillir artificiellement les résidus de sang encore présents sur le sol et de fausser d'éventuelles analyses. Cette idée venait au départ de Justine, qui se souvenait avoir utilisé une clé à vin pour connaître la saveur qu'aurait un cru jeune après plusieurs années en cave. Elle m'avait demandé s'il était possible de faire la même chose avec du sang. L'idée était marrante et j'avais donc encore mis mon expérience au service de la cause. Tout en laissant fonctionner le chauffage, j'entrouvris la porte et la fenêtre pour aérer au maximum et masquer les relents de produits chimiques. L'étape finale consistait à récupérer la poussière dans le sac de l'aspirateur et à la répandre à nouveau dans la pièce avant de refermer les lieux.

J'avais mis près de trois heures pour mener à bien toute l'opération. Quelque peu épuisé, je rassemblai méticuleusement tous mes effets et les replaçai dans le coffre de la voiture à côté du bidon d'essence et de ma petite frisette remplie de carboglace qui contenait le reste de ce que j'avais récupéré à mon laboratoire.

Je n'avais rien oublié. Tout était conforme à ce que Justine désirait. J'avais simplement pris la décision de réaliser la fausse scène de crime dans la remise au fond du jardin plutôt qu'au fond du grenier. J'espérais que mon instinct ne m'avait pas trompé, que mon initiative ne conduirait pas Justine droit en prison et moi par la même occasion, pour complicité.

Lorsque je tournai la clé pour faire démarrer la voiture, les effets de l'adrénaline s'estompèrent. La fatigue me gagnait et mes articulations devenaient douloureuses.

Après avoir roulé et dépassé plusieurs pâtés de maisons, je me sentis en partie soulagé. Tout s'était déroulé sans accroc. *A priori*, personne ne m'avait vu et je n'avais vu personne. Aucune lumière ne s'était allumée chez des voisins, pas un bruit anormal n'avait attiré mon attention. Maintenant, il fallait attendre la perquisition du lendemain et croiser les doigts.

Il était trop tard pour informer Justine des quelques entorses faites au plan qu'elle avait élaboré. Sans compter que j'avais en tête d'y ajouter une étape additionnelle dont elle ne devait pas en apprendre la teneur. La nuit allait être vraiment courte.

Sur ma route, j'avais croisé quelques véhicules klaxonnant, dont les passagers exhibaient leur torse nu en dehors de l'habitacle en agitant vigoureusement des drapeaux tricolores, les visages euphoriques légèrement alcoolisés. L'équipe de France avait dû s'imposer face au Pérou et filait vers la qualification en huitième de finale. Je fis plusieurs crochets, notamment par des déchetteries ou le Secours populaire pour déposer sur le trottoir ma serpillière, mon aspirateur et en dernier ma précieuse glacière. Le reste fut déposé dans plusieurs poubelles chez des particuliers les entreposant dans des emplacements accessibles de la rue.

Bien plus tard dans la nuit, en quittant Illkirch-Graffenstaden, j'avais roulé environ trois quarts d'heure, puis je m'étais arrêté sur le bas-côté pour manger un sandwich puis m'assoupir quelques instants. Je n'eus aucun mal à trouver le sommeil, malgré les bruits de coups répétés et les cris étouffés à l'arrière. Le jour n'allait pas tarder à se lever sur les vignes de raisin blanc du ballon d'Alsace. Le lever de soleil sur la silhouette du château du

Haut-Kœnigsbourg était un spectacle rare que peu d'habitants locaux avaient eu l'occasion de voir. Je continuais mon chemin uniquement sur des routes annexes, faisant le tour des moyennes collines et profitant de l'air pur des forêts et du calme du petit matin.

LE FUNAMBULE

Aujourd'hui je l'ai giflée, sans ressentir de pouvoir. Mes nerfs lâchent mais je ne m'en veux même plus. Mon bonheur passé, si simple, si évident, me dévore. Demain ou après-demain peut-être, il faut que je la tue.

Chapitre 26
22 juin 2018, Strasbourg / Lieutenant Breuil (49 ans)

Cette nuit, tout comme les précédentes, le lieutenant Breuil la consacrait à reconstituer le profil psychologique des protagonistes de l'affaire. Depuis une quinzaine d'années, le lieutenant Breuil connaissait quelques problèmes pour trouver le sommeil. Ces insomnies lui étaient profitables du point de vue professionnel. En effet, ses enquêtes bénéficiaient de ces nombreuses heures supplémentaires passées sur les dossiers en mode nocturne. Il valait sans doute mieux ne pas dormir que de ressasser ses traumatismes au travers de ses cauchemars. De plus, il n'avait pas de temps à perdre, la vie était trop courte. Il fallait profiter de sa jeunesse et de son cerveau tant qu'il était en parfait état de marche. Exception faite des cernes sous ses yeux, cet homme de loi donnait parfaitement le change en journée. Dans les couloirs du commissariat, il était connu pour être un boute-en-train, toujours armé d'une petite blague, toujours le mot pour détendre l'atmosphère, le tout emballé dans un personnage d'une très grande rigueur. Il avait bâti sa réputation sur le fait qu'il ne commettait pratiquement jamais d'erreur grâce à un travail méticuleux dans lequel il mettait un point d'honneur à connaître dans les moindres détails les intervenants de ses dossiers. Là, c'était le tour de Joachim Streiner.

C'était difficile à croire en le voyant, mais Joachim Streiner était un chercheur reconnu comme en témoignait le nombre impressionnant de publications dans des journaux réputés comme *Nature Neurosciences*, *Cell Metabolism* ou encore *Science*. Son CV était bien rempli. En plus de ses activités de recherche, il avait dispensé des cours à la faculté de médecine de Strasbourg ainsi qu'à l'université de Biologie de Lille 2. Son nom revenait également comme participant et orateur dans de nombreux congrès internationaux. Lorsqu'il avait intégré son laboratoire à Lille, il avait axé ses recherches sur la transmission du message nerveux dans le contexte de maladies telles que la maladie de Charcot, la maladie de Parkinson, ou encore la maladie d'Alzheimer. Lorsque l'enquête serait close, il serait intéressant de converser autour de ces sujets avec Joachim Streiner, puisque le lieutenant aussi s'y intéressait par la force des choses.

Bien que cette nuit fût aussi celle qui précédait la nouvelle perquisition chez Liliane Charpentier, le lieutenant Breuil avait prévu de parcourir en intégralité ses notes de la journée passée. Il relisait notamment les éléments de son entrevue avec Jean-Louis Kœnig. Jean-Lou était un vieil ami d'enfance qui malgré sa carrure de colosse dégageait une certaine bonhomie. Son phrasé garni et son attitude un peu extravagante lui donnaient un faux air de Gérard Depardieu. Il avait en outre la qualité d'être un professeur d'université émérite en génétique. Hasard de la vie, il avait travaillé dans le même institut que Joachim Streiner lorsque celui-ci était en thèse de doctorat. Il lui avait fixé rendez-vous en fin de journée autour d'un verre avant de rentrer chez lui. Il se remémora ce moment.

Jean-Lou l'attendait et avait déjà commandé deux bières.

— Je n'en crois pas mes yeux, c'est La Brelle ! Salut mon vieux, ça fait une paye !

— Salut Jean-Lou, tu vas bien ? Je vois que tu n'as encore rien commandé pour moi, vieux sac à bière !

Le lieutenant lui fit une tape amicale et faillit se faire déboîter l'épaule en retour. Ils échangèrent plusieurs minutes sur la famille et quelques souvenirs marquants, notamment celui d'une soirée karaoké mémorable, avant d'entrer dans le vif du sujet.

— Ton gars, c'est un sacré client. Je veux dire, c'est du lourd. Une pointure. Ne me dis pas qu'il a buté quelqu'un le Joachim ?

— Non, je m'intéresse juste à lui dans une affaire où…

— Ce ne serait pas en rapport avec sa fille disparue ? Tu sais dans l'institut, ça avait beaucoup fait parler à l'époque. Il avait bien morflé le pauvre gars.

— Oui, il y a un rapport mais je ne peux pas t'en dire plus.

Jean-Lou n'insista pas. Le lieutenant Breuil poursuivit :

— Bon, ce que je voudrais si tu veux bien, c'est que tu me briefes un peu sur sa vie professionnelle, ses recherches. Pour être honnête, cela dépasse mon niveau de compétences et je n'y comprends pas grand-chose.

Jean-Lou sortit de sa sacoche en cuir élimé une pile d'articles scientifiques sur lesquels était surligné le nom de Joachim Streiner qui figurait parmi les auteurs.

— OK, La Brelle. Bon, je me lance et tu ne m'interromps pas toutes les deux secondes. OK ? Je vais faire ce que je peux pour me mettre à ton niveau. J'espère que tu es meilleur enquêteur que chanteur !

Jean-Lou fit un clin d'œil forcé, puis se leva et recula son tabouret comme s'il se préparait à donner un cours.

— Je te fais le tableau à partir de quand j'ai côtoyé le gars au début. Il faisait sa thèse de doctorat. Il bossait sur l'ataxie de Friedreich. C'est une maladie neurodégénérative. Les patients ne peuvent pas contrôler leurs mouvements et ils finissent en chaise roulante.

Le lieutenant Breuil avait sorti son téléphone et tapait au fur et à mesure les points marquants de l'envolée lyrique de son ami.

— Ensuite en postdoctorat, il a travaillé sur les maladies du sang. Deux ans de recherche sur l'hémophilie et les mécanismes de la coagulation sanguine. Il a monté toute une étude où il faisait des prises de sang à des tonnes de souris et il a trouvé des marqueurs précoces d'anomalies de thrombolyse…

Le lieutenant Breuil ouvrait de grands yeux, car le langage se transformait doucement en un dialecte qui lui était étranger. Jean-Lou avait avancé sur la table un article et pointait le nom de Joachim Streiner.

— Tu vois La Brelle, son nom là, il est en premier auteur. Ça veut dire que c'est lui qui a fait quasiment toutes les *manips*. Un beau petit papier d'ailleurs dans un putain de journal à fort *impact factor*. C'est notamment grâce à ce papier qu'il a pu plus tard avoir un poste de chef d'équipe à Lille. À partir de là et je te la fais courte, tu vois que son nom est toujours à la fin de la liste des auteurs. Là, c'est le Graal. C'est quand tu es le *boss* que ton nom est toujours le dernier.

Le lieutenant Breuil se permit une question :

— Quand il a commencé à travailler à Lille, c'est juste après la disparition de sa fille. Je suppose que ses recherches ont été moins performantes.

— T'es pas fou, c'est là qu'il s'est envolé le Jojo ! Il a encore changé de thématique, cette fois sur les troubles neurologiques. Il identifie trois ans plus tard une sacrée molécule capable d'obliger les neurones cholinergiques à produire rapidement et en grande quantité de l'acétylcholine.

Le lieutenant avait du mal à suivre, ses pupilles sûrement plus dilatées encore que le jour de son dernier fond d'œil.

— Tu n'as pas besoin de tout comprendre La Brelle. En bref, c'est un neurotransmetteur, un peu comme une hormone des nerfs si tu veux, qui fait que tu vas pouvoir contracter tes muscles de moineau. En plus sa molécule, elle est métabolisée par le foie et éliminée de l'organisme en moins de quatre heures. C'est dingue !

Tout en continuant, il leva son bras droit bien au-dessus de sa tête, son index dressé vers les spots fixés au plafond en lambris du bar.

— Mais ce n'est pas fini ! Il trouve cette molécule et en plus un an plus tard, son équipe développe un vecteur viral type AAV dans une piquouse qui lorsqu'on l'injecte aux patients, ils vont avoir plus de récepteurs à l'acétylcholine sur les cellules musculaires. En gros, la molécule plus le virus et tu pourras peut-être faire remarcher des myopathes. Ils sont même en phase 2 d'un essai clinique et il y a des Pharmas comme GSK ou Novartis qui lui font les yeux doux pour récupérer le brevet et le commercialiser si les résultats sont concluants.

Le lieutenant Breuil se demanda si les patients atteints d'Alzheimer pourraient être traités par le même genre d'approche, même s'il ne semblait pas y avoir de lien direct.

— Tout ça pour dire que le Jo, il marche sur l'eau ! Et ça me fait plaisir pour lui parce qu'il a dû en baver à l'époque. Tu as dû le rencontrer pour ton enquête ? Comment va-t-il ?

— Oui. Je suis déjà allé l'interroger. Disons qu'il avait son petit caractère mais il avait l'air d'aller. D'ailleurs, tu pourrais me décrire le genre de type que c'était à l'époque ?

— Un petit jeune sympa, plutôt discret qui ne se faisait pas remarquer. Sauf qu'il savait ce qu'il voulait. Ça se voyait qu'il en avait sous la pédale… Il était plutôt apprécié, même s'il ne se gênait pas pour dire quand quelque chose ne lui convenait pas !

— De ce côté-là, il n'a pas beaucoup changé ! Tu connaissais sa femme ?

— Je l'ai rencontrée une ou deux fois, pour des pots de thèses ou des trucs du genre… RAS. Enfin si, elle m'avait conseillé un petit *côtes-du-rhône*, un vrai délice.

— Merci, ce genre de détails, ça va être parfait pour finaliser mon rapport…

Il regarda sa montre et vit qu'il était temps de rentrer retrouver sa femme et ses enfants. Après quelques explications supplémentaires, les deux hommes se quittèrent, encore une fois après une franche accolade.

Le lieutenant en savait plus sur le parcours de Joachim Streiner. Cela lui donna envie de farfouiller sur Internet. Sur le site de l'université, il nota que l'équipe actuelle du chercheur était composée d'un autre chercheur statutaire, une chercheuse postdoctorante, deux étudiants en doctorat et une technicienne. Il était également tombé sur quelques reportages télévisés effectués dans le cadre des journées Téléthon. Joachim Streiner y apparaissait en blouse blanche et parlait parfois assis sur une chaise face caméra, ou en train d'analyser des échantillons au microscope à fluorescence. Ces images faisaient écho à certains reportages que les télévisions consacraient parfois aux services de police. Les supérieurs, pour se faire mousser, s'y présentaient bardés de leurs récompenses et de leur uniforme tout en feignant un intérêt démesuré, à titre exceptionnel, pour le travail de leurs hommes. Le policier pensa que cela devait être la même chose lorsque les caméras entraient dans les couloirs d'un institut de recherche. La blouse que portait Joachim Streiner n'était peut-être pas la sienne, il n'en avait peut-être même plus. Cette idée d'un parallèle existant entre les deux univers le fit sourire. En visionnant les quelques archives vidéo, le policier fut frappé par le regard de Joachim Streiner. Ses yeux brillaient et s'animaient quand il parlait de ses recherches et des perspectives formidables que cela pouvait ouvrir pour les familles de patients, mais ils se ternissaient comme instantanément à chaque fin de phrase. Comme ces gens qui ne ressentaient plus le plaisir de vivre. Cet homme n'était pas le premier à se plonger totalement dans son travail après un drame personnel, afin de ne pas sombrer et tenter de se reconstruire.

Il était déjà 7 h 52. Son portable se mit à vibrer sur la table de nuit. Un policier n'est jamais vraiment au repos. Il doit toujours garder un œil ouvert. Le lieutenant Breuil gardait trop souvent les deux ouverts. Il ne reconnut pas le numéro de l'appel qui s'affichait sur l'écran. Il décrocha :

— Allô ? Qui est à l'appareil ?

— Lieutenant, désolé de vous déranger si tôt. C'est Jeanboin, du commissariat ! Je sais que nous devons nous rendre à la *perquiz'* un peu plus tard dans la matinée mais…

— Allez-y ! Crachez le morceau… qu'est-ce qui se passe ?

— On a une autre affaire sur les bras. On vient de retrouver un corps calciné près de la commune d'Orschwiller, au sud… Je peux passer vous chercher d'ici dix minutes.

— OK, à tout de suite.

LE FUNAMBULE

J'ai pitié pour elle. Elle souffre peut-être plus que moi.
Elle pourrait être belle. Elle n'a plus le souci que cela se voie.
Je voudrais sa mort mais je n'ai qu'elle avec qui parler.
Alors on cohabite encore, en se privant mutuellement de notre liberté.

Chapitre 27
25 juin 2018, Strasbourg / Lieutenant Breuil (49 ans)

Il avalait la dernière gorgée de son café dans la salle de repos. Celui-ci avait eu largement le temps de refroidir. Il en avait bien besoin. Il avait encore moins dormi ces quatre dernières nuits que d'habitude. Il plissa les yeux et dut forcer sa gorge à faire descendre le liquide amer parsemé de résidus de grains de mauvaise qualité. Personne ne pouvait croire la légende qui voudrait que le type qui vient remplir les réservoirs du distributeur, chaque matin, mît réellement du vrai café à l'intérieur. Les chercheurs avaient dû trouver une poudre et un colorant E100 quelque chose qui, mélangés, réussissaient le tour de force de ressembler à du café premier prix et le tout pour un tiers du prix au kilo.

Il avait passé la nuit au bureau, à ressasser les éléments, surtout les nouveaux, qui avaient été obtenus grâce à la nouvelle perquisition au domicile de Liliane Charpentier, effectuée il y a maintenant 72 heures. Les experts avaient été mobilisés tout le week-end. Ce deuxième rapport, comme le premier d'ailleurs, rapportait les traces ADN qui pouvaient appartenir à Justine Streiner. Ces prélèvements correspondaient à des cheveux prélevés dans la pièce qui jouxtait le grenier et le grenier lui-même. Des traces de liquide corporel et des empreintes digitales avaient été identifiées et analysées dans le grenier. Les mêmes empreintes que celles retrouvées sur le carnet de Liliane et des empreintes de la défunte. La scientifique s'attelait à faire les comparaisons ADN et d'empreintes. Mais pas avec celles de Justine cette fois. Plutôt celles de Romane.

Tout collait, tout devenait plus clair. Il n'y avait plus le moindre doute sur une partie du scénario. Liliane avait enlevé et séquestré Romane Streiner dans son grenier.

Les découvertes ne s'arrêtaient pas là. Sur les ordres du lieutenant Breuil, les équipes avaient fouillé l'intégralité de la maison du sol au plafond ainsi que les dépendances. Aucun ordre n'avait été donné pour retourner la terre de la parcelle de la propriété. Dans un local de jardin situé à l'arrière, les experts de la scientifique avaient découvert l'horreur. À un endroit de la pièce, on trouvait des traces de sang. Une personne avait pris soin d'essayer de dissimuler les traces en les nettoyant. Les méthodes et les technologies modernes permettaient malgré tout de détecter le sang, et même de l'analyser. Même après des années. De plus, il ne s'agissait pas de quelques gouttes. Mais de plusieurs litres.

Les enquêteurs avaient sans doute identifié l'endroit sordide où la petite Romane Streiner avait été tuée quelques années plus tôt. Là où elle avait été salement abattue. L'un des policiers, un bleu fraîchement recruté, lorsqu'il eut compris la portée de leur découverte, ne put se retenir de vomir. Il s'était précipité au-dehors et avait vidé son estomac sur un mètre carré de la pelouse. Aucune école, aussi prestigieuse soit-elle, ne formait à supporter l'immonde. Liliane Charpentier avait sans doute trouvé un moyen de calciner le corps plutôt que de l'enterrer. Comme prévu, monsieur le juge s'était montré et s'était fait mousser auprès des journalistes amassés au-devant de la propriété.

Le lieutenant Breuil ne pouvait plus garder pour lui les informations plus longtemps. Il fallait être franc et juste avec les parents de Romane. Au moins avec son père, puisque sa femme restait introuvable. Les charges qui pesaient sur Justine Streiner s'étaient quant à elle amoindries. En effet, l'ADN mitochondrial retrouvé sur les lieux pouvait très bien être celui de Romane et non celui de Justine. De plus, les experts en balistique avaient indiqué qu'il était possible que le doigt de la défunte aurait pu altérer et effacer une empreinte sur la gâchette de l'arme. Les preuves qui pesaient si lourd dans le dossier en avaient été immédiatement balayées. Bien sûr, tout cela n'expliquait pas le coup de téléphone de Liliane Charpentier chez Justine Streiner, ni la disparition de celle-ci. Elle restait suspecte, néanmoins, dans l'esprit torturé du lieutenant Breuil. Elle avait un mobile. Le meilleur du monde.

Il avait décidé de convoquer Joachim Streiner à l'hôtel de police de Strasbourg. Il arriva vers 11 h 30, ce qui collait avec une arrivée en gare, trois quarts d'heure plus tôt. Le policier lui trouva l'air encore plus fatigué que lors de leur précédente rencontre, mais le visage moins fermé. Ils se saluèrent et le lieutenant conduisit Joachim Streiner vers la dernière porte sur la gauche au fond d'un couloir terne.

L'hôtel de police n'était pas la fourmilière grouillante que l'on pouvait s'imaginer. Dans les films, tout le monde s'entrecroisait d'un bureau à l'autre, des rapports sous le nez, des portables à l'oreille. Des équipes se ruaient vers la sortie pour partir en intervention. Les sonneries de téléphone retentissaient et participaient au bruit de fond ambiant. Des individus louches s'impatientaient sur des chaises alignées dans le couloir en attendant qu'on leur fasse signe d'entrer pour être interrogés. Ces clichés hollywoodiens n'étaient pas de mise, aujourd'hui tout du moins. L'ambiance était en réalité plutôt calme, presque trop.

Le bureau du lieutenant était lui aussi à l'opposé de ce que l'on imagine d'un bureau de policier. Un bureau ergonomique laqué blanc se trouvait en plein milieu de la pièce. Il n'y avait qu'une chaise dans la pièce et celle-ci était destinée au visiteur. En guise d'assise pour lui-même, le lieutenant disposait d'un ballon de Pilates gris. Pas d'ordinateur volumineux, pas de piles de dossiers désordonnés étalés sur le bureau. Plutôt le commissariat 4.0. Un iPad Pro reposait sur un présentoir, une enceinte Bluetooth était posée sur le rebord de la fenêtre. Une machine Nespresso trônait sur l'étagère Ikea au fond de la pièce, laquelle contenait tout de même quelques gros dossiers papier qui se refermaient difficilement à l'aide d'un élastique. Tout était hyper-épuré. On aurait dit qu'il avait rangé pour l'occasion, mais il n'en était rien. Le lieutenant Breuil était du genre maniaque moderne. Il avait sans doute ses raisons d'apprécier que tout soit à sa place et de préférer la mémoire numérique à la sienne. Quelques subtilités tranchaient dans ce décor. Des post-it en grand nombre étaient négligemment collés un peu partout, rappelant le contenu de chaque tiroir ou désignant l'emplacement de chaque chose. Avec parfois des écriteaux surprenants tels que *Procédure retrouver dossier numérique*, *éléments à ne pas oublier / travail*, *éléments à ne pas oublier / perso*, *Denise*, *Jules*, *Benoît*, *Charlotte* ou encore *menottes / revolver*.

Joachim Streiner se vit proposer un café. Il choisit une capsule Dulsão d'intensité 4 et aux arômes de caramel. Le lieutenant fit couler le café en appuyant sur le bouton de la machine. Il attendit la fin de l'extraction avant de tendre la tasse à Joachim Streiner, puis de se réinstaller à son bureau.

— Monsieur Streiner, je vous ai fait venir ici car je dois vous informer des nouveaux éléments dont nous disposons. Je vous remercie d'avoir fait le déplacement. J'ai préféré rester ici sur le terrain, au plus proche de l'enquête pour faire avancer les choses au plus vite.

— Pas de problème. De quoi s'agit-il ?

— Comme je vous en avais parlé, nous avons procédé à une nouvelle perquisition chez Liliane Charpentier et nous avons trouvé…

— De nouveaux éléments, vous me l'avez dit. Pouvez-vous aller droit au but ? Épargnez-moi les pincettes et les formules s'il vous plaît ! Est-ce que vous avez pu confirmer que Liliane s'est suicidée ?

Le lieutenant constatait que le ton de son interlocuteur était toujours aussi direct. Sans filtre apparent. Manquant de tact. Il fut néanmoins surpris. Joachim Streiner paraissait toutefois moins sur la défensive que la dernière fois, comme s'il savait déjà des choses. Peut-être avait-il déjà compris ? Avait-il eu des nouvelles de sa femme ?

Sans attendre, le père de Romane enchaîna du tac au tac :

— Je vais vous épargner la difficulté d'annoncer à un père que vous avez retrouvé la meurtrière de sa fille chérie.

Le lieutenant Breuil, pourtant rodé à ce genre d'exercices, n'avait jamais connu pareille situation. Il se redressa sur son ballon pour écouter la suite.

— Moi aussi, je me dois d'être honnête avec vous. Je n'étais pas chez moi à Lille, hier soir, quand vous m'avez appelé.

Le laps de silence fut long, chacun des deux protagonistes toisant l'autre en attendant de détecter chez lui un tic nerveux traduisant une certaine anxiété.

— J'étais en Alsace. Il y a quelques jours, je suis retourné dans mon appartement, mon ancien appartement à Illkirch-Graffenstaden, ou plutôt celui de ma femme. Je voulais mener ma propre enquête, comprendre ce qui s'était passé, retrouver sa trace…

— Et vous avez eu des informations à son sujet ? demanda le policier, piqué de curiosité.

Il posait la question, tout en sachant pertinemment que son interlocuteur ne lui apprendrait rien.

— Oui, je sais où est Justine.

Le lieutenant Breuil faillit tomber à la renverse. Il lui fallut contracter ses abdominaux posturaux pour réussir à garder l'équilibre. Il laissa son visiteur continuer son récit.

— Je n'ai rien trouvé à l'appartement mais quand je suis retourné chez moi, Justine m'avait envoyé un courrier. J'ai découvert l'enveloppe il y a quatre jours, chez moi à Lille. Elle ne contenait rien d'autre qu'une feuille sur laquelle Justine me donnait quelques explications et un numéro de téléphone.

— Pouvez-vous me fournir ce document ? interrogea le lieutenant, qui reprenait ses habitudes.

— Oui, bien entendu. La voici. Je l'ai préparée pour vous la remettre.

Le lieutenant Breuil prit soin d'utiliser une pince afin de placer le pli dans un sac plastique. Il remarqua le cachet d'une poste de la région lyonnaise. Il ouvrit le tiroir sur lequel était collé le post-it *éléments à ne pas oublier/ travail*. Il se réinstalla face à Joachim Streiner en attendant la suite de ses révélations.

— J'ai appelé le numéro. Avec un prépayé que j'ai jeté par la suite. Je savais que c'était elle, je ne voulais pas prendre de risques.

— Hmm hmm…

— Elle m'a tout raconté… Et avant que vous ne me posiez la question, dès que nous aurons fini cette entrevue, je la rappellerai pour lui demander de venir témoigner ici même, avec vous *en exclusivité*.

Le lieutenant Breuil était ébahi par l'assurance de l'homme en face de lui. Bien sûr, celle-ci ne lui était pas insoupçonnée. Il avait détecté cette même prestance lorsqu'il avait visionné les vidéos de conférences où le scientifique parlait devant un auditoire de ses recherches. Il ne put réprimer un léger sourire, à la fois à cause de l'humour mal placé de Joachim Streiner, mais également car le dénouement qui se profilait pouvait profiter à l'évolution de sa carrière. Même si de toute façon, il ne pourrait plus exercer très longtemps.

— Pourquoi avoir attendu aujourd'hui ? Vous auriez dû m'en informer plus tôt. Vous ne croyez pas ?

— Justine reste ma femme… Je vais y venir et vous l'expliquer. Mais avant cela, il faut que je vous raconte tout ce qu'elle m'a confié au téléphone…

Le lieutenant restait volontairement en retrait, laissant son interlocuteur prendre la main sur l'entretien. Il se positionnait de la sorte pour voir jusqu'où iraient les révélations. Peut-être y déceler une faille.

— Le jour où Liliane s'est donné la mort, Justine a reçu un appel le matin même. C'était Liliane, qui cherchait à me joindre. Elle voulait me parler, avoir mon adresse ou mon numéro de téléphone. Justine m'a dit que d'abord elle n'avait pas compris pourquoi Liliane refaisait surface, maintenant, après plusieurs années. Elle lui a semblé très abattue au téléphone. Liliane lui avoua qu'elle voulait mettre fin à ses jours. Qu'elle voulait aussi m'avouer quelque chose ! Puis la conversation a tourné court. Justine a alors recherché la provenance de l'appel sur Internet grâce au numéro et s'est précipitée chez elle.

Le lieutenant Breuil fit tout de suite le lien avec des éléments du dossier. Dans l'appartement des Streiner, la dernière page Internet consultée était bien celle d'un site d'annuaire inversé sur laquelle apparaissait l'adresse de la maison familiale des Charpentier. L'heure de la recherche, vérifiée en remontant avec l'adresse IP et l'aide de l'opérateur téléphonique, pouvait correspondre aussi à la version donnée par Joachim Streiner.

— Elle a sonné, personne n'est venu ouvrir. Lorsqu'elle s'est risquée à actionner la poignée, la porte n'était pas verrouillée. Elle a parcouru la maison en appelant Liliane. Pas de réponse. Lorsqu'elle a monté l'escalier, l'odeur métallique du sang l'a attirée jusqu'au grenier. Elle est alors tombée sur le cadavre de mon ex. Devant le corps se trouvait apparemment un carnet ouvert. Liliane y avait noté, sans doute peu avant de s'être donné la mort, un texte équivoque dans lequel elle avouait que c'était elle qui avait enlevé ma fille et lui avait ôté la vie. Le geste d'une déséquilibrée, d'une psychopathe désespérée. Justine m'a même avoué avoir arraché des pages de ce carnet tant elle était en rage.

— Votre femme a-t-elle conservé ces pages ? Peut-elle nous fournir ces pièces à conviction ?

— Je ne sais pas si elle les a gardées. Vous lui demanderez…

— Je le ferai, oui ! dit-il en détachant un post-it de son bloc.

Le lieutenant Breuil remarqua la tension et la rage du père de Romane en évoquant la mort de sa fille. Si tout son discours était faux, Joachim Streiner aurait fait un sacré bon comédien. Il avait les larmes aux yeux, des tressaillements dans la voix et ses épaules étaient sujettes à quelques spasmes nerveux. Ce père brisé intérieurement imaginait sans doute le corps sans vie de sa fille. L'homme demeurait bouleversé. Le tic qui s'était réveillé au coin de ses yeux trahissait la haine qu'il ressentait pour celle qui avait tué sa fille. Il ressentait sans doute une forme de satisfaction à imaginer qu'une balle avait explosé sa cervelle.

Le policier continuait, sans le montrer, d'emboîter les pièces du puzzle imaginaire qui étaient posées devant lui. Il croyait bien se souvenir avoir écrit quelque part que certaines pages du carnet avaient été arrachées, il n'en était plus sûr. Cependant, les empreintes de Justine ne figuraient pas sur le carnet… Peut-être portait-elle des gants ? Ce serait étonnant. Le mois de juin dans la région Grand Est était généralement chaud et sec. Le cru 2018 ne faisait pas exception. Son côté pragmatique se projeta sur la demande d'analyses graphologiques. Il fallait vérifier que l'écriture figurant sur les pages arrachées correspondait bien aux autres textes rédigés par Liliane Charpentier dans le carnet qu'il avait en sa possession.

— Justine a paniqué, elle était devant le corps de Liliane. Elle avait peut-être été la dernière personne en contact avec elle. Elle faisait face au monstre qui avait emporté sa fille. Elle serait suspectée, elle savait aussi qu'elle avait la meilleure raison du monde de la tuer. Qui sait ? Moi-même, je l'aurais peut-être fait si j'en avais eu l'occasion. Même si je n'ai pas l'âme vengeresse d'un meurtrier. Pour tout vous dire, je me pose même la question de savoir si ce n'est pas une autre manigance de cette folle pour détruire nos vies ! Elle voulait peut-être que Justine et moi finissions en prison, accusés de son meurtre.

— Monsieur Streiner, pouvez-vous vous en tenir aux faits ? Je n'aime pas faire parler les morts… le coupa le lieutenant qui s'était levé pour se refaire couler un café.

— Et moi, je rêverais d'entendre la voix de ma fille ! Mais cette tarée me l'a prise ! s'emporta Joachim Streiner.

— Monsieur Streiner, calmez-vous, s'il vous plaît. Je ne voulais pas vous brusquer. Continuez…

— Quoi qu'il en soit, Justine a paniqué. Vous le savez sans doute, mais son père a été condamné par le passé et elle ne croit plus vraiment en la justice des tribunaux… Elle est retournée chez elle pour récupérer quelques affaires et elle est partie du côté de Lyon. Elle sait que c'était idiot. Mais elle n'était pas dans son état normal. Vous savez, ma femme ne s'est jamais faite à l'idée que Romane puisse être morte. Je suppose que cette découverte l'a anéantie. Cela a dû la percuter en pleine face.

Joachim Streiner continua son récit pendant près d'un quart d'heure, le lieutenant Breuil ne le coupant qu'en de rares occasions. Il prenait des notes sur sa tablette tactile. Cette version des faits se tenait dans les grandes lignes. La nature humaine et les réactions de chacun ne peuvent pas toujours être des copier-coller ou calquées sur des certitudes. Le policier, au contraire de certains de ses collègues, pouvait imaginer que quelqu'un ait un comportement incohérent face à une situation inédite et compliquée à gérer. Lui-même avait par le passé littéralement vrillé à la suite d'un événement personnel qui avait transformé sa vie et sa façon d'appréhender les gens. Puis, il s'en était fait une force.

— Lieutenant, puis-je à mon tour vous poser une question ? La maison que m'a décrite Justine, celle où elle a trouvé le corps de Liliane, était celle des parents de Liliane, je crois, n'est-ce pas ?

Le lieutenant Breuil acquiesça d'un hochement de tête avant de boire une gorgée de son café.

— Je sais que son père avait déménagé. Mais sa mère… était-elle complice ? Vivait-elle dans la maison avec Liliane ? Au même moment où ma fille a été enlevée ?

Joachim avait réfléchi à cette hypothèse. Était-il possible que Liliane et Émeline aient fomenté l'enlèvement de Romane et se soient entraidées pour dissimuler sa captivité à leur entourage ?

Le lieutenant Breuil hésita quelques instants. Il réfléchissait à l'idée de refuser de répondre à la question posée. Il n'avait pas le droit de communiquer certaines informations à des protagonistes de l'affaire. Il décida de contourner cette règle. La réponse claqua comme un coup de fouet :

— Elle est morte.

— Émeline est morte ? Mais comment ? Elle n'était pas si âgée ! De quoi est-elle décédée ?

— Violences conjugales.

— Comment ça ? Le directeur de cirque… je ne peux pas y croire… ce serait d'une ironie extrêmement glauque…

— Non, son ex-mari. Plusieurs années après leur divorce, elle est retournée vivre avec lui. Le soir où elle est décédée, cela a été le coup de trop.

Il s'avança puis tapota plusieurs fois du doigt sur son écran pour rouvrir le fichier contenant les procès-verbaux d'audition et d'audience. Le mouvement fut accompagné d'un couinement dû au frottement du ballon de plastique sur le sol.

— D'après les dépositions de l'ex-mari, qu'il faut remettre en cause, il n'était pas dans son état normal au moment des faits, il ne l'aurait giflée qu'une fois et elle serait mal retombée sur le coin de l'évier. Il a plaidé l'homicide involontaire, un accident. Il soutenait que c'était la première fois.

— Attendez, ne me dites pas qu'il s'en est sorti avec seulement quelques années de prison ? Ce n'était pas la seule fois, j'ai pu en être témoin…

Il fut coupé par le lieutenant Breuil, qui continuait de parcourir le dossier en balayant du doigt sur sa tablette.

— Non, en 2008, à l'audience, sa fille a témoigné contre lui. C'est elle qui l'a définitivement condamné. Elle a raconté les violences que sa mère et elle avaient subies par le passé. Les colères, les humiliations, les coups. Elle a littéralement enfoncé son père et empêché tout recours. Il a pris douze ans ferme.

— Attendez, c'était en 2008, ça veut dire qu'il va bientôt sortir, ou bien qu'avec les remises de peine, il est même déjà sorti ?

— Non, juste après sa mise en cellule à la prison de l'Elsau, il a trouvé un moyen de se donner la mort.

Le lieutenant Breuil comprit que les neurones de Joachim Streiner tournaient à plein régime. Joachim Streiner se demandait sûrement ce qui avait poussé une femme battue, harcelée moralement et qui avait réussi à sortir de l'emprise de son mari violent à revenir vivre à ses côtés. Comme une mouche miraculée qui se prendrait pour la deuxième fois dans la même toile d'araignée. Le policier, qui avait une certaine expérience des limites de l'esprit humain, savait que certaines personnes étaient dépendantes, fragiles et terriblement influençables. Une carence de confiance en soi ou un manque cruel d'affection parentale lors de l'enfance pouvait engendrer des troubles inimaginables chez la plupart des gens. Les syndromes de Stockholm et de Münchhausen en étaient de très bons exemples. Il n'était rationnel ni de tomber amoureux de son ravisseur, ni de se faire du mal exprès pour attirer l'attention des autres. Le policier remarqua que le regard de Joachim Streiner s'arrêta sur le fond d'écran de sa tablette. Il avait aperçu la photographie où Denise et ses trois enfants posaient sur une plage, heureux lors de leurs vacances de l'année 2003. Ils fixèrent tous les deux la prise de vue plusieurs secondes avant de revenir à la réalité.

— Monsieur Streiner, est-il possible que vous appeliez Julie Streiner ? Je pense qu'il est vraiment nécessaire que j'enregistre la déposition de votre femme.

Il ne prêta pas attention au lapsus du policier.

— C'est d'accord, je vais contacter Justine.

Le policier semblait légèrement décontenancé et pensif.

— Dites-lui bien que je voudrais simplement entendre sa version des faits et qu'elle peut me faire confiance.

Joachim Streiner fit une moue d'approbation, se leva de son siège et sortit son téléphone portable de sa poche de jean. Il passa l'appel depuis le couloir.

LE FUNAMBULE

Des miettes de conscience, reste la poussière qui partira bientôt en fumée.

Elle pourrait me faire du mal. Elle voudra un jour s'en aller.

« De quoi que soient faites nos âmes, la sienne et la mienne sont pareilles. »

Moi aussi je lui ferai du mal, car moi aussi je voudrais m'en aller.

Chapitre 28
8 juin 2018, Illkirch-Graffenstaden / le jour de la mort de Liliane (35 ans)

Ce matin-là, c'en était trop. Elle n'en pouvait plus. Est-ce que son geste l'avait, finalement, apaisée ? Non. Avait-elle été plus heureuse ? Non. Était-il revenu vers elle ? Non. Elle était allée trop loin et surtout pendant trop longtemps. Il n'y avait aucune issue. Ou plutôt une seule. Cette échappatoire restait l'unique moyen de finir en paix avec elle-même.

Sa décision était prise. Elle devait mettre fin à ses jours. Ainsi, le mal qu'elle avait fait serait enterré… lui aussi. Le temps faisant son affaire, les traces de son passage sur terre s'estomperaient doucement, personne ne se souviendrait, personne ne pourrait plus la juger. Son âme retrouverait alors son innocence originelle. Il avait fallu attendre seize ans depuis sa rupture avec l'amour de sa vie, dix ans après la mort de sa mère, neuf ans après celle de son père et huit années après l'enlèvement de la petite fille, mais l'humanité de Liliane avait refait surface. Comme si son état de dépression infinie avait fini par ronger jusqu'à l'os le mal en elle. Avec la réalité en face venaient les remords. Les évidences.

Elle sortit le revolver du tiroir de la commode dans sa chambre. Elle le dissimulait toujours sous la même pile de sous-vêtements dans une petite boîte en bois, avec sur le couvercle un paysage réalisé grâce à un travail en marqueterie de qualité. Un objet que son père avait rapporté de l'un de ses voyages en Asie. La boîte possédait surtout un double fond. Quelques bijoux faisaient office de subterfuge sur le plateau du dessus. Elle avait pu facilement se procurer l'arme. Elle en avait fait l'acquisition, il y a cinq années, moyennant une somme de 1 200 euros et un rendez-vous dans un quartier malfamé de la banlieue strasbourgeoise.

Au début, elle pensait qu'il serait facile de se faire obéir de la petite fille de Joachim. Dans les premiers temps, elle pouvait la dominer par la force. Elle avait cependant dû trouver un moyen plus persuasif car, en grandissant, l'adolescente qu'était devenue Romane n'avait pas toujours été coopérative. Il fallait qu'elle soit vigilante. En permanence. Cela à chaque fois qu'elle ouvrait les loquets pour la laisser sortir sur le palier ou pour récupérer le carnet. Romane n'était pas d'humeur égale tous les jours. Elle perdait pied, pouvait être irascible, voire irrationnelle. Liliane appréhendait qu'un jour il faille sans doute en venir à abréger ses souffrances. Au fond, elle la comprenait. Cependant, elle ne pouvait pas risquer que sa prisonnière s'évade et la dénonce. Elle ne supporterait pas que sa photographie se retrouve sur toutes les unes des journaux. Elle ne pourrait pas admettre la cruauté de ce qu'elle avait fait. Elle n'aurait pas pu vivre en croisant le regard de Joachim à l'audience, recroquevillée sur le banc des accusés. Le revolver avait permis une forme de discipline qui lui épargnerait la honte publique.

Leur relation n'avait jamais été bonne. La petite fille avait eu une enfance tronquée, elle avait été privée de liberté. Mais il existait des jours meilleurs. Elle aimait lire. Alors Liliane avait consenti à lui fournir des livres. Cette passion pour la lecture s'était amplifiée d'année en année. Sans doute car c'était pour la gamine le seul moyen de vraiment s'évader. Dans d'autres univers, d'autres mondes, entre d'autres murs. Le seul moyen de s'instruire aussi, de grandir. Liliane choisissait les ouvrages qu'elle-même avait aimés pour qu'elles puissent avoir l'occasion d'en discuter toutes les deux. Pour que la petite garde un contact humain malgré tout. Pour qu'elle-même garde un contact humain. La petite dévorait les œuvres. Les bons jours, elles confrontaient leurs avis après. Les mauvais jours, le revolver n'était jamais loin. Jusqu'à ce jour où Romane était dans un état de furie tel que Liliane n'avait pas pu faire autrement. Elle avait tiré.

Cette arme avec laquelle elle avait visé le cœur de Romane tant de fois pointerait bientôt le bout de son canon sur sa propre tempe. Elle avait déjà pensé à se donner la mort. Elle avait même, une fois, collé sous sa mâchoire le canon dirigé vers le ciel. Elle n'avait pas réussi à aller plus loin. Le contact froid du canon sur sa peau avait déclenché une sorte de prise de conscience. Elle n'avait pas su trouver le courage ou la force d'appuyer elle-même sur la détente. Il aurait peut-être fallu que quelqu'un le fasse à sa place... Ce n'était pas la même chose de pointer l'arme sur soi-même, que sur quelqu'un. Même lorsqu'elle avait fait feu sur Romane, elle avait immédiatement regretté son geste. Par chance, la balle était passée à quelques centimètres de la petite fille et était allée briser un vase qui fut le seul à perdre sa vie ce jour-là. Mais aujourd'hui Liliane voulait en finir et elle irait au bout.

Avant qu'elle mît fin à ses jours, Liliane avait prévenu la jeune fille et avait tenté de la rassurer. Elle devait être dans les meilleures dispositions pour appréhender ce qui allait se passer. Liliane ouvrirait les verrous de la porte et elle pourrait sortir. Être libre. Elle avait aussi inscrit, sur le carnet, le numéro de ses parents et promis qu'elle pourrait les appeler en utilisant le téléphone de la salle à manger, dès que ce serait fini.

Ce carnet avait été l'une des seules distractions permises à Romane à partir de sa cinquième année de captivité. Liliane le lui apportait chaque matin et le reprenait chaque soir. La petite avait demandé du matériel car elle ne voulait plus seulement lire, mais pouvoir écrire aussi. Comme un gardien de prison sadique, Liliane avait posé la condition de tout pouvoir lire, bien que la correspondance de la jeune fille ne soit envoyée à aucun destinataire. Puis, au fil du temps, elle s'était prise au jeu. Elle lisait les productions de sa prisonnière chaque soir avant de dormir. Comme un rituel. Si bien que, lorsque celle-ci n'avait pas eu le cœur à écrire, Liliane était déçue. Après tout, c'était la fille de Joachim. C'était un peu de son sang et de son corps qui transpirait dans les mots. Objectivement, d'ailleurs, Romane avait pour une jeune fille une plume d'une certaine poésie. Plutôt imagée et un style direct et percutant.

Liliane, malgré les mauvais traitements et la fin tragique qui clôturerait leur relation, avait une certaine affection pour l'enfant. Elles avaient en commun un amour pour le même homme, un amour dévorant et déraisonné dans un cas, un amour d'une petite fille pour son père dans l'autre. Leurs rares discussions avaient fait ressortir chez elles un autre point commun. Une passion pour l'équilibrisme.

Parfois, il devenait vital de pouvoir parler à quelqu'un. Sous peine de devenir fou. C'était pourquoi Romane avait ressenti le besoin de le faire de temps en temps. Elle avait raconté les après-midi au parc avec son père. Liliane s'était rappelé les mercredis où Joachim venait l'admirer, elle, sur son fil. Alors, Liliane avait conçu un montage et avait installé de quoi faire le funambule dans la pièce juste à côté de la geôle. Romane avait droit à la *promenade* une fois par jour, pendant trente minutes, vers midi, afin de profiter de la *slackline* du grenier, puis à quinze minutes dans la salle de douche annexe afin de se laver. Le reste du temps, elle restait cloîtrée dans le réduit à l'arrière du grenier. Liliane allait parfois lui acheter des vêtements neufs. Elle prenait parfois le temps de cuisiner pour elle des plats qu'elle appréciait pour des occasions spéciales. Elles avaient réussi à trouver un mode de fonctionnement, une sorte de routine. Elles avaient vécu comme cela pendant quelques années, Liliane jonglant entre son rôle de bourreau et son métier dans l'édition. Une profession qui lui permettait de remplir une grande partie de ses missions par télétravail et par voie numérique. Passé son douzième anniversaire, Romane supportait sans trop broncher la captivité et le rituel imposé par sa geôlière. Habituée, pour ne pas dire résignée. Mais il y avait toujours les mauvais jours où sa colère craquait l'écorce. Malgré tout, pendant huit années, elles avaient été tout l'une pour l'autre, leurs survies respectives dépendant l'une de l'autre. Liliane avait développé des sentiments pour Romane. Son enfant par procuration dont elle s'occupait tous les jours. Même si son idée pour partir en paix et se repentir impliquait un acte malsain de plus, elle espérait que Romane apprécierait son dernier cadeau. Celui de la liberté. Elle souhaitait que cela puisse lui redonner le sourire.

LE FUNAMBULE

Joachim disait « Heureux qui comme Ulysse a fait un beau voyage ».
Moi, je reste là. Jamais je ne verrai la fin de cet enfer. J'enrage.
Je me maudis, je me hais de m'habituer parfois à mon sort.
L'horrible serait-il plus de baisser les bras ou d'être mort ?

Chapitre 29
25 juin 2018, Strasbourg / Lieutenant Breuil (49 ans)

Le lieutenant Breuil avait laissé Joachim Streiner sortir du bureau pour appeler sa femme. Il s'était planté devant le cadre présentant le portrait du président Macron, puis déambulait en cercles comme s'il entamait une manifestation. La période dorée du début de quinquennat était finie. Le président allait certainement devoir faire face à des mouvements de protestation intense dans le pays d'une ampleur sensiblement plus grande que le mouvement des cheminots qui avait couru entre les mois d'avril et de juin. Le pouvoir d'achat était en baisse, par suite des mesures budgétaires récentes, et il ne manquait pas grand-chose pour mettre les gens dans la rue avec des revendications musclées. Le lieutenant Breuil n'avait jamais connu les fins de mois difficiles, mais comprenait le mécontentement des plus démunis. En revanche, il méprisait toute forme de violence gratuite. Les manifestants ne devaient pas négliger la loi. Les débordements excessifs aux dépens de la fatigue des forces de l'ordre ouvraient la porte à des menaces plus terribles. Il priait pour ne plus connaître dans le pays des attentats terroristes tels que celui perpétré au Bataclan ou à Charlie Hebdo. La capitale alsacienne avait jusqu'à présent été épargnée, mais pour combien de temps encore ?

Joachim Streiner raccrocha. En revenant dans le bureau, ce fut par un simple échange de regards avec le lieutenant qu'avait été validé le fait que sa femme était bien en route.

Profitant du temps restant à disposition avant son arrivée, le lieutenant Breuil enchaîna :

— Monsieur Streiner, je voudrais vous poser encore quelques questions concernant Liliane Charpentier. Je me doute que dans ces circonstances cela ne doit pas être facile…

— Allez-y, de toute façon, je ne peux rien vous refuser.

Le ton sarcastique utilisé par Joachim Streiner eut au moins le mérite de faire esquisser un rictus au lieutenant, qui venait de se faire couler son cinquième café de la matinée. Il ouvrit un fichier sur sa tablette afin de se remémorer les questions qu'il devait poser à l'ex-compagnon de la défunte.

— Parmi les connaissances de Liliane Charpentier figurait un certain Jean-Eudes de Fronsac. Avez-vous déjà été en contact avec lui ?

Le lieutenant vit immédiatement que son interlocuteur avait été gêné par cette question, et que l'évocation de ce nom ne le laissait pas indifférent. Toutefois, son trouble ne dura qu'un instant. Il reprit la conversation aussitôt :

— Oui, c'était un *camarade* de lycée, répondit Joachim Streiner en simulant avec ses doigts la présence de guillemets autour du mot camarade.

Il continua :

— Au début, c'était un copain de Liliane, à l'époque

de notre relation. Je ne peux pas dire que je le porte dans mon cœur !

— Que voulez-vous dire par là ? Et pourquoi avez-vous précisé *au début* ?

Cette question était la continuité logique de ce petit interrogatoire. La réponse qui suivit nettement moins.

— Ce connard a tenté de la violer l'été où on a eu notre bac. Ce type est une merde. C'est un lâche. Il fait partie des gens que je peux avouer détester au plus haut point. À l'époque, je l'ai même dérouillé pour ça.

Ils échangèrent encore sur son cas pendant quelques minutes au cours desquelles Joachim Streiner put détailler un peu plus le comportement répugnant de ce personnage médiocre. Au bout d'un temps, il se risqua à demander :

— Puis-je savoir pourquoi un tel intérêt pour ce sale type ?

— On a retrouvé des communications téléphoniques entre Liliane Charpentier et Jean-Eudes de Fronsac, les jours précédant le 23 septembre 2010. C'est-à-dire le jour où…

— Où elle a enlevé ma fille, compléta Joachim Streiner presque sans réfléchir.

— De plus, en remontant les pistes, on a eu la surprise de constater qu'il travaillait dans le même lycée que votre femme, en tant qu'agent d'entretien, au moment des faits. Coïncidence surprenante, non ? On suspecte donc qu'il y a pu avoir complicité entre les deux pour monter le coup. L'enlèvement de votre fille, je veux dire.

C'était une technique habituelle chez le lieutenant Breuil. Il prêchait le faux ou l'incomplet pour connaître le vrai. Il s'aperçut que Joachim Streiner montait en pression, la rage dans le regard.

— Vous savez qu'en me disant cela, je risque de faire une connerie. Je le hais déjà et là, j'ai envie d'aller…

Il fut coupé par le lieutenant Breuil.

— Il ne sera pas nécessaire de vous donner cette peine. Il vient d'être retrouvé mort, ce vendredi. Je suis désolé d'ajouter du macabre au macabre.

— Il est mort ? Je ne vais pas m'en émouvoir, vous pouvez en être convaincu… Que lui est-il arrivé ?

— La mort reste suspecte et je ne peux pas vous révéler plus de détails. Les éléments de l'affaire doivent rester confidentiels. Du moins pour l'instant.

Il y avait trois jours maintenant, après le coup de fil reçu après sa nuit blanche, le lieutenant Breuil s'était rendu le plus rapidement possible sur le lieu où le cadavre avait été retrouvé par des gardes forestiers. Le gardien de la paix Jeanboin avait avancé avec la voiture de service au maximum de ce que les chemins forestiers le permettaient au cœur de la forêt. Ils s'étaient garés dans une petite enclave faisant face à trois sentiers étroits. Le lieutenant ne se souvenait déjà plus s'il fallait emprunter, à pied, celui d'en face ou celui de droite. Ils avaient marché au milieu des arbres pendant environ dix minutes avant d'apercevoir les bannières jaunes délimitant la zone de la scène de crime. Celle-ci se trouvait à flanc de colline à environ un kilomètre à vol d'oiseau du château du Haut-Kœnigsbourg. Le lieutenant Breuil s'était posé la question de savoir si ce lieu avait été choisi par hasard, juste pour son éloignement des grandes villes et sa faible fréquentation au petit matin, ou bien si le fait d'avoir laissé le cadavre ici avait un sens plus profond. Cet emplacement signifiait-il quelque chose de particulier ? Il faudrait qu'il creuse cet aspect.

L'auteur du crime avait pris des précautions. En effet, une surface circulaire d'environ quatre mètres de diamètre avait été dégagée de tout feuillage et branchage pouvant propager les flammes. Car le corps n'était pas simplement sans vie, il avait été calciné. À nouveau, les interrogations pleuvaient. Brûler le corps avait-il pour but de détruire d'éventuelles traces, ou cela s'intégrait-il dans le *modus operandi* du tueur ? Pour rajouter à l'ésotérisme de la scène, le corps avait été placé dans une position surprenante. Les jambes étaient arquées vers l'arrière, le bassin dans une position anatomique dérangeante et surtout non naturelle. Les fémurs s'orientaient postérieurement dans un angle supérieur à ce que l'anatomie humaine permettait d'ordinaire. Les épiphyses fémorales tournées dans une position excessive avaient partiellement altéré l'os coxal. Il ne resterait que peu d'éléments exploitables sur la dépouille cramée. Il était fort probable que certains ligaments ou tendons des membres inférieurs aient été rompus lorsque le corps s'était retrouvé dans cette configuration. Le lieutenant Breuil avait décelé, avant la confirmation par les experts, que de l'essence avait été ajoutée afin d'alimenter le feu. Le squelette restant en présentait des marques caractéristiques. La terre autour également. Les ossements appartenaient à un homme au vu de la forme du bassin, même si celui-ci était anormalement contorsionné, d'une taille moyenne, relativement large d'épaules. Aucun signe distinctif. Les yeux, les cheveux avaient disparu. L'individu ne semblait pas avoir été déshabillé. Des fragments partiellement brûlés avaient pu être prélevés et des boutons en métal étaient éparpillés près du macchabée. Pourtant, celui qui avait fait preuve d'un tel acharnement ne cherchait absolument pas à cacher l'identité de cet homme. En effet, sur les troncs d'arbres les plus proches de la scène avait été tagué un nom. Il fallait se pencher sur le côté pour le lire. À la bombe blanche, et en lettres capitales, *JEAN-EUDES DE FRONSAC 1983-2018* était écrit comme sur une pierre tombale. Pas d'épitaphe, malheureusement pour l'enquête. Le meurtrier n'avait pas laissé de place au hasard.

Le nom de la victime était la seule piste. La brigadière De Boer fit rapidement le lien, grâce aux bases de données, entre Jean-Eudes de Fronsac et Liliane Charpentier. Le lieutenant était persuadé que cela ne pouvait pas être une coïncidence.

Selon son intuition, qui, malheureusement, lui faisait de plus en plus défaut, le lieutenant Breuil estima que Joachim Streiner ne pouvait pas être lié à cette affaire. L'homme était trop abattu et focalisé sur la disparition de sa fille, et plus récemment celle de sa femme. C'était un rationnel, même s'il était capable de s'emporter par moments. Mais c'était le lieutenant Breuil lui-même qui lui avait appris l'implication potentielle de Jean-Eudes de Fronsac dans l'enlèvement de sa fille. Concernant Justine Streiner, les révélations faites par son mari indiquaient que l'hypothèse selon laquelle elle pouvait être responsable de la mort de ce type ne semblait pas non plus être la bonne. Peut-être Liliane Charpentier avait-elle un demi-frère ou une demi-sœur, ou encore un oncle du côté de son père ? La brigadière De Boer allait avoir du pain sur la planche dans les prochains jours, pour vérifier toutes les pistes. On ne pouvait exclure un crime lié à la fortune ou à la position confortable de son père, Federico de Fronsac.

Le lieutenant reprit sans prendre de pincettes :

— Vous avez de vous-même avoué que vous n'étiez pas dans la région Nord-Pas-de-Calais, hier au soir, mais en Alsace. Pouvez-vous me préciser votre emploi du temps de ces derniers jours ?

— Eh bien, la question a le mérite d'être directe ! Vous n'allez pas être satisfait de ma réponse. Je n'y étais certainement pas autorisé, mais j'ai passé mes nuits dans mon ancien appartement à Illkirch. La nuit dernière, je me suis allongé sur l'ancien lit de ma fille et j'y suis resté jusqu'à ce matin. Je n'ai croisé personne dans l'immeuble, ni le soir, ni le matin.

— Vous comprendrez qu'il faudra que j'interroge votre femme à ce sujet.

— Elle n'était pas avec moi, répondit spontanément Joachim Streiner.

— Je ne parlais pas de *votre alibi*, mais du *sien*.

Afin de souligner la faiblesse de l'alibi de Joachim Streiner, le lieutenant reprit la mimique gestuelle des guillemets utilisée un peu plus tôt par son interlocuteur. Après un coup d'œil moqueur, il enchaîna :

— Que faisait votre femme hier soir ?

— Je ne sais pas, vous lui demanderez…

— Vous a-t-elle déjà parlé de ce Jean-Eudes de Fronsac ?

— Pas que je me souvienne…

— Je vais continuer à être direct si vous me le permettez… Aurait-elle un lien avec la mort de Jean-Eudes de Fronsac ?

— Bien sûr que non ! Justine n'est pas une criminelle.

— Comment pouvez-vous en être sûr ?

— Je la connais. Et puis, c'était un sale type. Il n'avait pas besoin de nous pour se mettre dans des affaires louches. En revanche, je ne peux pas croire qu'il ait été impliqué dans la disparition et la mort de Romane. Il avait agressé Liliane par le passé, et je n'imagine pas la femme que j'ai connue faire appel à lui !

Une jeune policière au teint hâlé frappa à la porte, puis entra dans la pièce. Le lieutenant effectua une rotation sonore sur son ballon pour se tourner vers elle. Sans sourciller, elle indiqua au lieutenant Breuil que Justine Streiner attendait à l'accueil et demandait à le voir. Elle s'excusa de l'avoir dérangé, bien que le policier lui eût précédemment donné l'ordre de le prévenir dès son arrivée.

— Merci, faites-la venir dans mon bureau, je vais la recevoir tout de suite.

Il reprit comme si de rien n'était le fil de sa conversation avec Joachim Streiner.

— Je comprends vos doutes, mais la femme qui a séquestré votre fille et lui a ôté la vie n'était sans doute plus celle que vous aviez connue.

LE FUNAMBULE

« La raison d'ordinaire n'habite pas longtemps chez les gens séquestrés. »

Encore une fois aujourd'hui, ma devise serait plutôt mourir que souffrir.

La raison, qui est toujours la meilleure, c'est à mon avis celle du couperet.

Se taire est meilleur que de parler, mais j'ai trop l'occasion de ne rien dire.

Chapitre 30
23 septembre 2010, Illkirch-Graffenstaden / Liliane (27 ans) (le jour de l'enlèvement de Romane)

Elle avait tourné les choses dans sa tête, encore et encore, ces derniers mois. Pour que Joachim accepte de revenir vers elle, il fallait qu'il quitte Justine. La solution la plus simple eût été évidemment de la tuer de sang-froid, mais elle se refusait à commettre un acte qui enlèverait la vie de quelqu'un. Il restait en elle un souffle d'humanité. Il demeurait des barrières dans sa conscience qui tenaient encore debout. Mais pour retrouver le sourire et ne pas sombrer, elle avait absolument besoin de Joachim auprès d'elle.

Ce fut une revue féminine qui lui donna l'idée. Elle consacrait l'un de ses articles à l'avenir de couples ayant été confrontés à un drame familial. Des témoignages de femmes qui avaient perdu leur enfant dans un accident ou des suites d'une maladie. Dans la grande majorité des cas, leur couple n'avait pas survécu. Il semblait quasi-impossible que les sentiments résistent, comme grignotés par une détresse sournoise. Le couple qu'elle cherchait à briser avait un enfant, une fille. Elle continuait de les épier parfois, de suivre leurs Facebook aussi. Ce plan pouvait fonctionner. Si leur enfant disparaissait un temps, disons deux ou trois mois, leur relation se disloquerait, puis ils se sépareraient. Il suffirait alors qu'elle le retrouve et le séduise à nouveau. Il serait probablement content de trouver du réconfort auprès d'elle. Elle s'occuperait bien de lui, lui redonnerait espoir, le masserait lorsqu'il rentrerait tard du travail. Il aurait même souvent envie d'elle. Sa femme n'aurait probablement pas eu la tête à cela dans de telles circonstances. Joachim de retour dans ses bras, l'enfant pourrait alors être remis en liberté. Il faudrait bien entendu qu'elle revende la maison pour que l'enfant ne la reconnaisse pas lorsqu'elle viendrait rendre visite à sa nouvelle belle-mère. Même si l'idée de revendre la maison de ses parents ne la réjouissait pas, elle n'aurait pas le choix. Ce serait une partie du prix à payer pour vivre avec Joachim, repartir à zéro et faire un petit frère à la fille de Joachim. La part de lumière qui restait en elle lui dictait que sa décision n'était sans doute pas la bonne. La part d'ombre avait cependant pris le dessus.

Un peu plus tôt dans la journée, elle s'était rendue sur le parking devant l'institut de recherche dans lequel Joachim travaillait. Le bâtiment était très imposant, d'une hauteur de huit étages. L'ensemble de la façade était recouvert de grandes vitres fumées qui empêchaient de voir les chercheurs et les techniciens qui trimaient à l'intérieur. Seule la partie centrale était ornée de baies vitrées transparentes que la lumière du jour traversait de part en part. Pendant plusieurs heures, elle avait assisté à un bal de blouses blanches, tantôt les bras chargés d'une boîte en polystyrène, tantôt un *mug* de café à la main. De là où elle s'était postée, elle pouvait surveiller les individus qui sortaient par la porte principale.

Elle portait une robe à fleurs et des lunettes de soleil afin de masquer son visage. Se protéger des rayons n'avait rien d'anormal par une si belle journée d'automne. Pour ne pas être reconnue, elle avait également pris la peine, quelques jours auparavant, de se raccourcir et de se teindre les cheveux. Une couleur auburn tirant sur le rouge vif qui se fondait parfaitement dans les couleurs chaudes qui avaient recouvert les feuilles des arbres. Cette partie de la mission était simple, il fallait qu'elle s'assure qu'il rentre bien chez lui avec sa fille. De son côté, son complice devait s'assurer que, ce soir-là, la femme de Joachim ne rentrerait pas, puis ils devaient se rejoindre dans le bus sur le trajet vers l'appartement. Ils devaient faire comme s'ils ne s'étaient jamais rencontrés auparavant. Aujourd'hui était le jour idéal d'après lui. Il l'avait appelée le matin même et lui avait raconté qu'il était en train de réparer une photocopieuse en salle des professeurs quand, en laissant traîner une oreille, il avait appris qu'une réunion exceptionnelle était organisée et que Justine serait contrainte d'y assister.

C'était certainement une erreur de lui avoir demandé son aide pour concrétiser son projet. Mais seule, elle ne réussirait pas à enlever la petite fille et elle n'avait plus d'amis. De toute façon, qui aurait accepté de faire cela à part lui ? Il y avait un mois, lorsqu'elle lui avait donné rendez-vous, elle savait qu'il ne refuserait pas de la voir. De revoir son fantasme d'adolescent.

Jean-Eudes semblait avoir encore davantage mal évolué. Il s'était laissé vivre, avait bien pris vingt ans dans la figure, le visage bouffi des répercussions d'une consommation excessive d'alcool et de poudre. Il y avait toujours le mal en lui. Il la reluquait. Il se vanta presque de ses frasques avec la justice pour des faits d'agression sexuelle et de petits trafics en tout genre, l'influence de son père lui sauvant le plus souvent la mise. Cependant, aucune de ses relations haut placées n'était visiblement prête à faire travailler son *bon à rien de fils*. Il avoua même sans réserve que son père l'avait convaincu qu'accepter le poste d'agent d'entretien dans la fonction publique qu'il lui avait dégoté n'était pas une option.

Elle en arriva au fait. Il avait été plutôt facile de le convaincre. Elle lui proposa de l'argent. Il refusa. Ses yeux trahissaient ce qu'il avait en tête. Elle se résolut à accepter. Même si la contrepartie pesait très lourd. La simple promesse de lui offrir son corps avait suffi. Elle n'en avait absolument pas envie, mais elle avait besoin de quelqu'un. Elle avait l'impression de se prostituer. Cela la répugnait d'avance, mais elle n'avait pas le choix. Rien que d'imaginer ses mains sales se balader sur elle et son torse poilu malodorant s'agiter au-dessus d'elle lui donnait l'envie de vomir.

Ce fut en fin de journée que Joachim sortit au pas de course de son institut de recherche. Il prit le bus jusqu'au quartier des Vignes. Elle le fila en voiture, qu'elle gara devant la barre d'immeubles dans laquelle il entra. Il en ressortit, quelques minutes après, en tenant par la main une gamine. Objectivement, très mignonne. Ils marchèrent jusqu'à l'arrêt le plus proche. Elle leur emboîta le pas, à une vingtaine de mètres dans leur dos. Ils empruntèrent la ligne de bus qui allait vers le centre-ville.

Informé par texto, son comparse se trouvait déjà à l'intérieur. Elle s'assit à l'arrière, côté fenêtre. Pendant le trajet, un clochard avait cherché des noises à Joachim. Un détail anecdotique, mais qui aurait pu faire capoter l'opération. Ils descendirent au même arrêt que Joachim et sa fille, mais partirent dans la direction opposée afin de rester discrets. Une fois leurs proies bien rentrées dans leur appartement, ils patientèrent encore quelque temps avant d'agir. L'opération s'effectua en moins de quinze minutes.

Tout était allé très vite. Presque trop vite pour Liliane. Jean-Eudes redescendit avec la petite fille, qu'il avait fermement attrapée sous le bras. Sous le bandeau qu'il lui avait appliqué sur les yeux, on devinait aux traînées humides sur ses deux joues qu'elle pleurait. Liliane avait dû monter la garde dans l'entrée afin de s'assurer que Justine ne revenait pas précipitamment de son travail. Jean-Eudes avait garé une fourgonnette sur une place de parking au fond de la ruelle et y jeta la petite sur la banquette arrière. Liliane monta à côté d'elle. Il prit le volant et démarra presque trop calmement. Elle s'assura qu'il n'avait pas fait trop de mal à Joachim et, d'après lui, il n'avait même pas eu à le croiser. Il ne fallait rouler que cinq minutes. Le portail était ouvert, il avança le véhicule dans l'allée de gravier. Les modalités précaires du séjour de la petite fille avaient été préparées en amont. Elle serait installée au deuxième étage, sous les toits. Le calvaire de la petite Romane en était à ses prémices.

La petite était enfermée dans le grenier depuis seulement dix minutes que la pression dans le slip de Jean-Eudes avait dépassé le stade de la cocotte-minute. Il ne pouvait plus se retenir. Liliane lui demanda d'attendre un peu. Peut-être, prendre une douche avant aussi. La journée n'avait pas été de tout repos. Cependant, les considérations autour des questions d'hygiène n'étaient visiblement pas la priorité du porc qui s'avançait face à elle.

Elle essaya bien de se défaire de lui, le supplia de ne pas faire ça comme cela, elle hurla même, au début. La lutte était vaine et elle choisit de simplement se laisser faire, de laisser passer l'orage. Cela faisait moins mal et elle tenta de penser à autre chose. Des choses joyeuses, où elle serait loin d'ici. Le coït dura, en tout et pour tout, quarante-cinq secondes. Interminable. On aurait dit un animal en rut qui s'acharnait sur une femelle apeurée. Il s'était senti obligé de lui proférer des paroles obscènes, croyant certainement que cela pouvait l'exciter. Il émettait des râles de plaisir, non réciproque, et termina son affaire en éjaculant dans son entrejambe en poussant un gémissement rauque. Sentir la semence de son violeur, tiède et visqueuse, dégouliner de son vagin, lorsqu'il en retira son pénis à demi flasque, lui fit l'effet d'une brûlure amère. Comme déconnectée d'elle-même et de l'instant, elle se souvint qu'elle s'était procuré, en prévision de ce dénouement lugubre, une pilule du lendemain. Une once de consolation insane et éphémère avant la honte.

Avant de quitter la pièce, il lui balança :

— T'as pas intérêt à parler de ce qui s'est passé aujourd'hui. Ni pour la fille, ni pour notre petit moment à tous les deux. Sinon je te défonce. Capiche ? Si tu donnes mon nom, que tu m'balances ou même que tu racontes que c'est moi qui ai enlevé la fille, mon daron étouffera l'affaire. Avec son influence, on te fera crever en prison. Avec ses relations, je pourrais même te descendre moi-même devant les flics si je voulais. Et j'en profiterais pour te remettre une bite juste avant, *ragazza* ! Alors, fais bien gaffe !

Il plaça deux doigts, son index et son majeur, écartés l'un de l'autre devant ses yeux, puis les dirigea vers elle pour lui signifier qu'à l'avenir, il garderait un œil sur elle. Un œil malveillant, sans aucun doute.

Ce soir-là, Liliane n'alla pas voir sa prisonnière et ne lui apporta pas même à manger ou à boire. Elle resta prostrée longtemps, à pleurer. Elle avait connu au cours de son existence, pourtant de moins d'une trentaine d'années seulement, une multitude de choses difficiles à vivre et à surmonter. Bien trop. Cependant, elle ne digérait pas ce qui venait de se passer. Elle se sentait salie, laissée choir sur le tapis du salon. Plus miteuse que le tapis lui-même. Méritait-elle tout le malheur qui s'abattait sur elle ? Elle était parcourue de spasmes d'inconfort et de frissons dérangeants. C'était sans conscience qu'elle gagna sa salle de bains et passa presque une heure sous le jet de la douche, affalée sur la faïence du bac. La température de l'eau dépassait largement les quarante degrés, mais elle ne ressentait pas la douleur. Elle pourrait s'estimer heureuse s'il ne revenait plus jamais. Il pourrait la faire chanter en menaçant de tout raconter à la police ou, pire, à Joachim et l'utiliser à nouveau comme un défouloir sexuel. Rien qu'à cette idée, elle ressentit le besoin de retourner plusieurs minutes sous la douche.

Avant d'essayer d'aller dormir, elle passa tout de même devant la porte basse de la geôle de sa nouvelle colocataire. Aucun bruit n'émanait du fond du grenier. Même plus de larmes. La petite avait dû s'assoupir. Liliane se demandait si, malgré son jeune âge, elle avait pu comprendre ce qui s'était passé un peu plus tôt. Les bruits secs des objets jetés au sol, des meubles renversés et des cris de supplication avaient probablement ajouté au sentiment de panique qu'elle devait déjà ressentir, seule, loin de ses parents, dans une petite pièce basse de plafond et sombre.

La solitude profonde qu'elles ressentaient, toutes les deux, leur conférait d'ores et déjà un premier point commun. Cette similitude comme la première pierre du chemin qu'elles allaient parcourir toutes les deux, ensemble. Il était trop tard pour revenir en arrière. Il était trop risqué de revenir en arrière. Il faudrait apprendre à vivre avec ses remords, ses failles et ses erreurs.

En définitive, son plan n'avait pas fonctionné comme prévu. Les parents de sa prisonnière s'étaient séparés, comme tel était le but de son acte, mais bien trop tardivement. Cela avait pris presque un an. Les premiers mois, elle avait pu cacher son visage et son identité à la petite fille. Avec le temps, cela était devenu trop compliqué. Romane aurait pu alors la reconnaître et connaissait son prénom. Si elle avait rendu la fillette, celle-ci l'aurait dénoncée. Il y avait Jean-Eudes aussi, qui n'aurait pas hésité à le lui faire payer. Au moins, il n'était jamais revenu.

Elle avait fait tout cela pour rien. Un échec de plus. Un beau gâchis, comme toute sa vie d'ailleurs. Jamais Joachim n'avait envisagé de revenir vers elle. Elle l'avait perdu définitivement de vue. Puis, elle s'était perdue dans sa dépression.

LE FUNAMBULE

Il nous arrive d'échanger des confessions, nos humeurs.
Malgré l'inimitié, on ressent chacune le besoin de se parler.
Ce qu'elle a vécu aurait détruit n'importe qui, en profondeur,
Je peux la plaindre mais pas pardonner pour ce qu'elle m'a volé.

Chapitre 31
22 juin 2018, dans le Bas-Rhin / Joachim (35 ans)

Je m'étais assoupi une petite demi-heure, garé sur le bas-côté de la route. Il était scientifiquement prouvé que les micro-siestes apportaient un bénéfice à la santé. Les start-up modernes, ainsi que les entreprises des GAFA, se dotaient même de nos jours de salles de sieste pour le confort et le bien-être au travail de leurs employés. C'était dire ! J'avais encore dans la gorge des relents de poussière et ce goût ferreux dans la bouche. Rien de plus normal, il y avait quelques heures encore, je briquais le sol et les murs d'une vieille cabane tapissés de plasma et de globules. Tout était calme autour de nous. L'aube venait à peine de pointer le bout de son nez. Les hurlements à l'arrière avaient cessé. Je m'étais réveillé apaisé. J'avais rêvé de ma fille.

Elle n'était plus la même, c'était sûr. Elle n'avait pas non plus forcément bonne mine. Elle n'en avait pas besoin pour être belle. Même sur une photographie de mauvaise qualité, même avec quelques années de plus, je l'avais reconnue à la première seconde. Même sans l'avoir vue depuis huit ans. L'angle du cliché avait été choisi légèrement en contre-jour, mais on y devinait le visage à la peau diaphane d'une jeune fille trop maigre. Déjà trop grande. Dans ses yeux, malgré tout, un reste de candeur familière. Mais sa plus grande qualité était… qu'elle était vivante ! VIVANTE ! Ma princesse. Ma Romane !

Puis, à Cassis, je l'avais revue, elle m'avait revu. J'avais pu la serrer dans mes bras, si fort que j'aurais pu la casser. Le film de ce moment se répétait inlassablement dans mon cerveau. Je ne saurais mettre des mots pour décrire la scène qui se déroula, il y a deux jours maintenant, dans cette maison au bord de la mer Méditerranée, le 20 juin 2018 vers 21 heures. Tel un auteur qui manquerait d'imagination et souffrirait de ne pouvoir exprimer l'intensité des sentiments. Je ne trouvais pas les termes adéquats pour retranscrire la passion, le malaise ou l'invraisemblance qui se dégageaient de ce moment. Comment retranscrire la tension, la paralysie de l'instant et le mélange diabolique des émotions, tantôt contenues, tantôt déversées sans retenue ? Était-il possible de trouver des mots pour exprimer un ressenti composé de perceptions contradictoires ? Comme d'avoir l'impression de se noyer sans suffoquer, ou quand on s'étouffait d'avaler trop d'air d'un coup. Comme si l'on appréciait de ravaler son vomi parce que chaque particule du moment méritait qu'on la conserve au fond de soi. La scène était belle, juste belle. D'une beauté pure.

Mes yeux s'étaient vitrifiés, mon cœur avait frôlé l'infarctus. J'étais crispé. Ma gorge était nouée, aphone. D'abord, je ne l'avais pas entendue s'approcher. Elle était sortie de la chambre à l'étage et venait de descendre les marches à pas feutrés. Elle devait être à la fois craintive de rencontrer un inconnu et consciente de qui j'étais. Un léger grincement m'avait fait me retourner. Elle se tenait là, fébrile, au bas des escaliers. Il n'y avait pas eu besoin de présentations. L'amour n'avait pas à prouver son identité. Tous les deux, on avait comme l'air coupable, mal à l'aise. Chacun hésitait à faire le premier pas. Comme deux aimants dont les mêmes pôles se font face.

Mon défunt père m'avait appris qu'un homme n'avait pas le droit de paraître vulnérable. Je m'en fichais à cet instant, j'étais heureux. Une joie plus forte encore que le jour de sa naissance. Elle était ressuscitée. Je m'étais avancé vers elle et avais ouvert mes bras. J'avais cru lire au fond de ses yeux qu'elle me demandait pardon et je ne comprenais pas pourquoi. Je l'avais serrée contre moi et lui avais glissé à l'oreille :

— Je t'aime tellement, je suis si heureux, je te demande de me pardonner…

— Papa !

— Je suis tellement désolé… Tu sais, je m'en veux tellement… mais je suis si heureux ! Je t'aime, je t'aime…

Elle ne dit rien de plus. Il n'y avait rien à dire de plus. Elle resta un long moment avec moi, contre moi. La chaleur de l'étreinte me faisait transpirer. Des gouttes de sueur au corps, comme des larmes de peau pour exorciser des années de souffrance.

Après une longue minute, je me risquai à une pointe d'humour sans doute mal placée, dans mon style personnel :

— Tu sais, tu es toujours la plus belle à mes yeux, mais je n'irai pas jusqu'à dire que tu as l'air en forme !

Je redevenais moi-même. Avec les bons comme les moins bons côtés. L'humour, pour mon ex-femme, faisait partie des mauvais côtés. Je ressentais cette impression d'être transfusé avec mon propre sang. Celui que j'aurais fait congeler, il y a huit ans. L'impression de revivre. Comme si la tumeur incurable et psychosomatique qui s'était insinuée entre mon lobe occipital et mon cervelet avait miraculeusement disparu. Je voyais mieux, l'horizon s'éclaircissait. L'espace autour plus à mon goût. Les couleurs revenaient dans le décor. Même la toile accrochée au mur me paraissait presque intéressante. C'était l'une des œuvres d'Alexandra. Avec son style caractéristique, celui que j'avais pu admirer dans mon propre ancien appartement. Reconnaissable entre mille. Une nouvelle tendance, *l'art moche*.

Je me délectais encore de ma fille, de son odeur de peau, la même qu'avant. Des nuances de sucre et de fruits. Un peu plus mûrs néanmoins. Sa voix fatiguée avait mué, s'était légèrement voilée. Ses yeux avaient gardé leur teinte, mais avaient toutefois viré sur un ton turquoise. C'était peut-être dû à la luminosité déclinante de fin de journée, ou à des années de privation de lumière naturelle. Elle méritait de s'engraisser un peu. Elle avait les pommettes émaciées. On ne pouvait pas dire que son apparence respirait la vie. Je m'en fichais. Elle était en vie et mon regard était, à nouveau, celui d'un père.

J'avais toujours eu tendance à être un père qui surréagissait face à la douleur de sa petite fille. La moindre égratignure à son visage devenait un risque d'hémorragie fatale, un grain de beauté sur le bras le signe d'un cancer malin, la plus petite cicatrice à peine visible se transformait en une malformation inopérable. Ce que Romane avait vécu ne pouvait pas être exagéré. Quelle situation pouvait être pire ? Pourtant, j'avais dépassé le stade de l'inquiétude et des tracasseries futiles. Elle méritait d'être heureuse, juste de pouvoir tourner la page. Par amour et pour toutes ces raisons, je comprenais totalement les choix de Justine.

Elle m'avait raconté que le 8 juin, elle avait reçu son coup de téléphone. Qu'elles avaient beaucoup pleuré ! Que Romane semblait désorientée, pas encore sous le choc. Elle parlait de sang, de la mort d'une femme, d'enfermement, d'un coup de feu. Lorsque Justine lui demanda où elle se trouvait, Romane avait répondu qu'elle était enfermée à l'étage dans la grande maison de Liliane. Ce nom avait eu l'effet d'un choc. Justine nota le numéro affiché sur le téléphone et elle avait fait promettre à sa fille de ne pas s'éloigner du téléphone, sous aucun prétexte, et qu'elle allait venir la chercher très vite.

La réactivité dont avait fait preuve Justine face à cette situation inextricable forçait mon respect et mon admiration. J'étais un homme de sang-froid dans l'ensemble, mais je ne croyais pas que j'aurais agi aussi bien qu'elle. Elle n'avait jamais abandonné. Elle avait raison pour Romane, et j'avais tort. Ma femme m'impressionnait, elle me plaisait toujours autant, comme au premier jour. Je me réappropriais certains souvenirs heureux. Je me revoyais allongé, la tête sur ses genoux, quand elle passait sa main dans mes cheveux ou ses ongles au creux de mes coudes. Me revenaient en mémoire nos soirées à nous réchauffer sous un plaid et avec une tasse d'infusion fumante pour elle et de café pour moi, les fêtes de l'Ill à admirer le feu d'artifice depuis notre balcon, nos petits apéritifs improvisés devant une émission de télé ou notre balade au soleil couchant sur la plage de Porto Ottiolu. J'appréciais sa façon d'être, sa façon d'être aux petits soins pour moi et qu'elle choisisse pour moi des romans ou des bandes dessinées. J'adorais la voir danser. La voir rire. Je l'aimais toujours.

LE FUNAMBULE

« L'homme est un loup pour l'homme. » Moi, j'ai rêvé d'un loup cette nuit.

Je me souviens de ce premier soir. Ces cris d'horreur qu'elle a poussés.

L'Homme a été un méchant loup. Ce qu'elle me raconte semble si peu crédible.

Mais son désespoir m'inspire. Un jour de plus, toujours je respire. Carpe diem.

Chapitre 32
8 juin 2018, Illkirch-Graffenstaden / le jour de la mort de Liliane (35 ans)

Liliane ne lui avait pas menti. Elle avait promis qu'aujourd'hui elle la laisserait partir sans rien faire pour la retenir. Qu'elle resterait au fond de la pièce sans bouger. Elle avait griffonné sur la dernière feuille du carnet d'écriture les dix chiffres qui permettraient à Romane de recontacter ses parents.

Lorsque la captive sortit, en se contorsionnant, de sa prison sous les toits, Liliane se trouvait bien debout à l'autre bout de la pièce d'équilibre, le revolver loin d'elle, posé sur un petit guéridon juste à la droite de Romane. Tout s'était passé comme prévu par Liliane. Elle savait qu'elle ne réussirait pas, elle-même, à se donner la mort. Alors l'idée avait germé. Romane n'avait été qu'une marionnette dirigée par l'inconscient. Des années de rancœur refoulée, de souffrance, de peine, d'obscurité et de vide qui l'avaient submergée en quelques secondes. Trop d'émotions négatives à gérer au même moment, par son esprit confiné et malmené. Une telle expérience ne s'effacerait jamais complètement. Au mieux, elle resterait convalescente.

Elle ne put réfréner la pulsion de bondir sur l'arme. Tout était allé trop vite. Son geste guidé par l'instinct. L'instinct d'un animal rendu sauvage. Proche de pouvoir s'échapper de sa cage. Aujourd'hui, c'était elle qui avait le pouvoir. Elle qui dominait. Elle saisit l'arme, s'approcha et pointa le canon vers la tempe de son bourreau. Il ne restait que quelques centimètres entre Liliane et le ciel. Elle n'opposa pas la moindre résistance et se laissa glisser dans la mort.

La détonation fut soudaine et résonna dans toute la maison. Juste avant que le métal n'impacte sa cervelle, Liliane pria pour retrouver sa mère au paradis. Tout était fini. Pour elle, toujours du noir, mais du noir un peu moins sombre. Romane ne se souvenait que rarement l'avoir vue sourire au cours de ces huit années en captivité. Pourtant, à cet instant, elle en était persuadée, Liliane en avait esquissé un. Il lui sembla même entendre qu'elle la remerciait. Elle était libre.

C'était en ressortant du grenier ce matin-là qu'elle avait pris la décision d'appeler tout de suite, de composer les dix chiffres inscrits sur ce carnet pour enfin avouer la vérité. La vérité sur ce qui était arrivé à la petite fille, huit ans plus tôt. La vérité sur son crime aussi. La vérité sur le sang qu'elle avait sur les mains. Un aveu qui lui permettrait de se libérer du poids de toutes ces années de silence.

Elle fut éblouie par les quelques rayons de soleil qui pénétraient dans la pièce au travers des stores à moitié tirés, signe qu'elle était restée un peu trop longtemps à l'étage.

Une sonnerie, puis une deuxième. Quelqu'un, à l'autre bout du fil, décrocha.

— Oui, allô ?

— Pourrais-je parler à Justine Streiner, s'il vous plaît ?

— C'est… moi-même…

Un court silence, presque trop long.

— … Romane ? *Romane,* c'est toi ? RomAne…

La voix s'éraillait d'émotion. En retour, elle entendit une voix fluette, étouffée par les sanglots :

— Maman…

— Ma petite fille ! C'est toi ? C'est bien toi ? Romane, ma petite fille chérie, dis-moi que c'est toi !

— Maman, viens me chercher ! Je t'en prie, viens me chercher…

Justine avait reconnu sa voix, malgré les années, dès le premier mot.

LE FUNAMBULE

Dès que je trouverai la force, dès que j'en aurai le courage, je le ferai.
Je lui ôterai la vie, un couteau dans le cœur pour retrouver plus de liberté.
Je porterai sans doute ce fardeau mais un labyrinthe n'a qu'une seule sortie.
Il n'y a pas d'autre choix, j'aurai toujours peur si elle continue de vivre.

Chapitre 33
8 juin 2018, Illkirch-Graffenstaden / Justine (36 ans) (le jour du meurtre)

Justine trouva sur des annuaires inversés sur Internet une adresse et une identité. Jacques Charpentier à Illkirch-Graffenstaden. Les pièces d'un puzzle horrible se mettaient en place dans son esprit. Justine comprit que Liliane Charpentier, l'ex-copine de son ex-mari, avait quelque chose à voir dans la disparition de leur fille. Cela semblait fou, inconcevable. D'autant que l'adresse indiquait une habitation située à seulement dix minutes à pied de chez elle. Romane aurait-elle pu être si proche d'elle pendant toutes ces années ? Son sentiment de culpabilité se décupla. Les raisons de cet acte déraisonné restaient floues. Si tant était que l'on puisse expliquer la folie. Cependant, sa priorité n'était pas de comprendre les choses, mais de rejoindre Romane. De la retrouver, enfin. Malgré sa conviction ou son refus de croire sa fille décédée, le temps passant, elle avait presque tiré un trait sur la possibilité que ce jour arrive. Ce qu'elle s'apprêtait à vivre était incroyable, inimaginable.

Elle rassembla quelques affaires et ses papiers dans une petite valise. Il s'était passé quelque chose de grave.

Romane avait balbutié quelques phrases. Elle parlait de sang, de mort, au téléphone. Il valait donc mieux être prévoyante. Elle ne reviendrait sans doute pas chez elle. Pas tout de suite, en tout cas. Dans l'urgence, il fallait garder la tête froide, prendre les bonnes décisions. Agir vite. Agir sans commettre d'erreur. C'était son devoir. C'était son rôle retrouvé de maman. Elle se rendit au pas de course à l'adresse qu'elle avait notée qui n'était qu'à quelques rues plus excentrées du centre-ville.

Lorsqu'elle entra dans la maison, dont la porte n'était pas fermée à clé, elle appela sa fille mais n'obtint pas de réponse. Elle resta sur ses gardes, inquiète. Un bruit provenant du salon attira son attention. Comme un bruissement, ou peut-être quelqu'un qui renifle. Elle fit quelques pas dans sa direction. Une fois dans l'embrasure de la double porte du salon, elle aperçut sa fille. Ou plutôt une copie blafarde et agrandie de sa fille d'avant.

Justine eut un soubresaut. Ses jambes flageolaient. Sa mâchoire se mit à trembloter et sa respiration se fit plus haletante et irrégulière. Elle se mit à avancer vers sa fille. Elle sentit les larmes lui monter aux yeux, jusqu'à lui troubler la vue. Quelque chose dans sa jambe droite se voila. Elle s'écroula par terre puis elle s'effondra. Deux mètres à peine devant sa fille. L'instant avait quelque chose de surréaliste. Elle pleura là, sans même essayer de se rapprocher pendant près de dix minutes. Justine semblait comme à l'agonie et poussait des gémissements viscéraux. Comme pour conjurer les remords. Presque paniquée face à un mirage trop réel. À ne pas pouvoir encore y croire. Le bonheur était pourtant là, presque palpable.

Puis, en un déclic, les sanglots s'arrêtèrent, les douleurs du passé furent lavées. Elle avait à présent l'avenir devant les yeux. Elle se releva et s'approcha de Romane.

Les retrouvailles n'avaient pas été celles dont elle avait si souvent rêvé. Celles qu'elle avait espérées. Romane restait muette, le regard perdu. Elle n'avait pas eu la moindre réaction depuis l'irruption de sa mère dans la pièce. Elle était prostrée, adossée au *Kachelofe*. Elle s'était recroquevillée, ses bras faméliques encerclant ses jambes repliées. Elle ne parlait pas, n'exprimait pas d'émotion autre qu'une anxiété lascive. Justine ne savait pas si cet état était devenu son état normal quotidien, après huit années à subir les mauvais traitements, ou bien si c'était son geste assassin qui en était responsable. Car Justine n'avait plus de doutes sur ce qui avait rendu possible la libération subite et inespérée de sa fille. En effet, à quelques pas de Romane, sur le sol était posé un revolver. D'autre part, ses vêtements étaient maculés de taches de sang. Les nombreuses éclaboussures indiquaient que la source de l'effusion devait se trouver vraiment à proximité d'elle. Les vêtements portés par Romane, étonnamment, n'étaient ni usés, ni démodés, ce qui contrastait avec l'idée que Romane ait pu être fortement maltraitée. Elle ne réussit pas à capter le regard de Romane. Elle s'offrit une légère étreinte, dont Romane ne sembla pas s'offusquer. Elle ne montra pas non plus de signe de contentement. Justine savoura intensément, malgré tout, ces quelques instants de plénitude.

Elle tenta quelques phrases d'accroche en s'efforçant de garder un ton de voix le plus calme possible :

— Romane, c'est maman. Ça va aller maintenant, je suis là… Dis-moi quelque chose, parle-moi, raconte-moi. C'est moi, c'est maman !

L'objectif était de ne pas brusquer sa fille, de ne pas la braquer, de ne pas creuser de la distance, encore. De la faire sortir doucement de son état mutique. Elle se permit quelques baisers sur ses joues creusées. Elle ne put s'en empêcher. La dramaturgie des événements ne pouvait contenir l'instinct maternel. Romane ne semblait plus pour le moment en état de pouvoir établir de contact avec elle. Ni par la parole, ni par le regard. Justine resta accroupie auprès de sa grande fille plusieurs minutes, ne se risquant qu'à quelques caresses et de timides enlacements. Malgré la froideur de l'instant et les circonstances sombres de leurs retrouvailles, Justine se nourrissait par chacun de ses cinq sens d'un réconfort coupable. C'était plus fort qu'elle. Simplement de la voir vivante, d'entendre son souffle, de sentir ses cheveux, de toucher sa peau tiède et d'avoir son goût sucré-salé au coin des lèvres faisait affleurer du bonheur.

Sa fille toujours prostrée et muette, Justine devait comprendre ce qu'il s'était passé. Elle monta au premier étage. Puis au deuxième. L'odeur trahissait le lieu du crime. L'image resterait imprimée dans son subconscient à tout jamais. Au sol gisait le corps d'une femme, qui devait être celui de Liliane. Baignant dans une mare écarlate. Le haut de son corps surtout. L'origine provenait de la partie gauche de son crâne, la droite ayant été pulvérisée par une balle, très certainement tirée à bout portant. Quelques lambeaux de chair jonchaient le sol. Probablement des morceaux de cervelle. Nul doute que sa fille était l'auteure de ce meurtre. Le sang sur ses vêtements, le revolver à côté d'elle et son état traumatique ne pouvaient pas être le fruit du hasard. Justine prit conscience de la gravité de la situation et de ce que pouvait risquer Romane. Il était inconcevable d'être à nouveau séparée de sa fille. Justine éviterait, quel qu'en soit le prix, à Romane d'aller en prison ou en institut psychiatrique. Personne ne la priverait plus jamais de sa liberté, sous quelque forme que ce soit ! Les circonstances étaient plus qu'atténuantes, mais la justice n'avait certainement pas assez d'ouverture d'esprit pour les apprécier à leur juste mesure et faire preuve d'une totale clémence. Justine en avait fait la terrible expérience lorsque son père avait été incarcéré arbitrairement. Justine ne voulait pas juger sa fille. Peut-être qu'elle en aurait fait autant, si elle avait soupçonné l'implication de Liliane.

Personne ne devait savoir ce que Romane avait fait. Après tout, Romane était présumée morte. Il en resterait ainsi. Tout était bon pour protéger sa fille. Quand la situation serait un peu plus calme, ils devraient en discuter tous ensemble. Joachim avait son mot à dire, Romane encore plus.

Faire face à un cadavre n'était, heureusement, pas une expérience que l'on vivait tous les jours. Personne ne pouvait présumer de la façon dont il réagirait face à cette situation. C'était pourtant ce que devait appréhender Justine. Elle devait trouver le meilleur moyen d'empêcher la police de comprendre que sa fille était la coupable du meurtre. Le plus évident lui sembla de maquiller la scène en suicide. Elle redescendit voir sa fille et tenta encore de la rassurer :

— Romane, reste ici et surtout ne bouge pas. Maman va revenir très vite. Je m'occupe de tout et après on s'en ira toutes les deux.

Malgré l'absence de réponse, elle se persuada que sa fille l'avait entendue. Elle récupéra l'arme puis alla chercher des produits nettoyants, des chiffons et des gants de nettoyage. Elle trouva ce qu'elle cherchait dans la cuisine, sans surprise, dans le placard qui se situait sous l'évier. Elle enfila les gants de ménage. Elle effaça les empreintes de sa fille sur la crosse du revolver. Elle fit de même sur le combiné du téléphone, qui pendait encore dans le vide dans le salon. Elle remonta au grenier. Chacun de ses gestes se devait d'être méticuleux et réfléchi. Il s'agissait de ne pas laisser de marques de passage qui détruiraient son plan comme le souffle du vent sur un château de cartes. Elle se couvrit d'une charlotte jetable qu'elle avait trouvée dans un tiroir du meuble de la salle de bains. Elle agrippa la main droite du cadavre et tenta de l'enrouler autour de la crosse de l'arme. Cela s'avéra plus compliqué que prévu. La rigidité cadavérique avait déjà commencé son processus. Il lui avait d'ailleurs été impossible de courber l'index de Liliane afin de déposer son empreinte digitale sur la gâchette. Elle eut même le réflexe de penser aux résidus de poudre sur la peau de Liliane. Elle utilisa la main de la morte, visa un coin reculé de la pièce et appuya elle-même sur la détente. La balle percuta la charpente. Armée de son costume de nettoyeuse, elle continua sa mise en scène, en déposant le bras de la défunte et le revolver de manière cohérente avec le suicide. Elle trouva sur le sol un carnet. Une centaine de strophes, de vers. La première page ne laissait aucun doute quant à l'auteure. Au verso de cette première page étaient rédigées ces quatre lignes :

Je m'appelle Romane Streiner, j'ai douze ans et je vais mourir.
Si quelqu'un trouve ce carnet, qu'il raconte que je suis Le Funambule.
S'il vous plaît, allez trouver mon papa et ma maman pour leur dire
Que je les aime, qu'ils me manquent mais qu'ils ne me reverront plus.

Des lignes écrites de la main de sa fille. Alors, elle descendit à nouveau auprès de sa fille. Elle s'installa en tailleur à ses côtés. Elle ne voulait plus la laisser seule trop longtemps. Plus jamais. Elle prit le temps, malgré l'urgence, de lire le carnet presque en entier. Les mots la touchaient intensément. Les textes avaient aussi la qualité d'expliquer ce que sa fille avait enduré pendant tant d'années de captivité. Ce carnet constituait une preuve que Liliane avait bel et bien enlevé et séquestré Romane. Il fallait l'utiliser. Alors, Justine tenta quelque chose. Elle griffonna sur un papier qu'elle trouva dans sa poche un texte comportant quelques rimes. Calqué sur le modèle de ceux du carnet. Elle se rapprocha de sa fille qui semblait avoir partiellement refait surface. Justine lui tendit le carnet. Elle s'apaisa tout de suite au contact de la reliure. Elle restait hagarde, mais Justine réussit à capter son regard. Sa maman lui demanda une faveur :

— Romane, il faut que tu fasses quelque chose, s'il te plaît. Fais-le pour moi… pour maman. Est-ce que tu peux, de ta belle écriture, recopier ce texte ici s'il te plaît ?

Comme si elle était encore une petite fille de 7 ans que l'on exerce à l'écriture et sans réelle conscience, Romane se plia à la consigne et écrivit les mots inscrits sur le papier devant elle :

Je te vois sans vie, morte. J'ai commis l'irréparable, l'impardonnable.
Ton visage, si jeune, tes yeux bleus me hantent. Je t'ai tuée.
Il faut que tout se finisse. Aucune dignité possible. La suite inéluctable.

Je suis une âme morte depuis des années, mon geste sera juste une continuité.

Elle espérait que cette fausse preuve ne fût pas trop énorme au point de faire capoter son stratagème. Avant de replacer le carnet dans le grenier près du corps sans vie, elle en arracha quelques pages. Les pages éliminées contenaient les éléments susceptibles de faire comprendre que Romane était encore en vie, ou mentionnaient des dates récentes. Dans cette rigueur noire, elle ne résista cependant pas à quelques écarts. Elle se laissa aller à déchirer et emporter certaines pages, car ces textes constituaient tout ce qu'il restait de la vie de Romane ces huit dernières années, mais aussi parce que les mots écrits de la main de sa propre fille l'avaient touchée et émue. Elle ne savait pas si l'expérience de la captivité à elle seule pouvait expliquer que quelqu'un développe une telle poésie. Sa fille à l'âge de 7 ans n'avait pas spécialement de fibre littéraire, même si elle aimait lire. D'un point de vue artistique, il était incroyable de lire comme les textes étaient ambigus. Elle demanderait ultérieurement à sa fille si elle l'avait fait exprès. Peut-être n'était-elle pas totalement libre de ses mots ? Certains textes semblaient comme écrits de la main du bourreau et non de celle de la prisonnière. Certains passages présentaient une certaine candeur, un style enfantin. D'autres transpiraient la douleur, la solitude et la peur. D'autres encore, la mort, le suicide. À la fin de la lecture, Justine ressentit une forme de malaise, preuve du réalisme de la retranscription de certaines émotions. Elle éprouvait aussi de la colère et avait eu à plusieurs reprises la chair de poule. Suivaient les sueurs froides. Justine regretta par la suite d'avoir déchiré des pages et ajouté des lignes. Elle aurait dû laisser le cahier intact. Mais il était trop tard. Il faudrait faire avec. Pragmatique.

Il restait maintenant un gros problème. Il fallait emmener sa fille loin de cette maison. Là où on ne la retrouverait pas. Il fallait s'échapper sans se faire repérer. Impossible de prendre le train ou sa voiture, la police les localiserait facilement. Entre caméras de surveillance, témoins par dizaines, péages d'autoroute ou autres, il était impossible qu'elles s'échappent. Impossible aussi de contacter Joachim. L'appel serait facile à tracer. Elle était à bout de forces et démunie. Elle avait besoin d'aide. Elle appela la personne qui partageait sa vie en secret. Alex.

Personne d'autre que Romane ne savait ce qui s'était réellement passé dans cette maison de la banlieue strasbourgeoise, ce 8 juin 2018 ou bien les huit années antérieures. Sa version était la seule vérité. Toutefois, personne, sauf sa mère, son père et Alexandra, ne devait savoir que *le témoin* détenant cette vérité était encore en vie. Il faudrait rester vigilant et ne jamais ébranler le mensonge.

Penser à vivre, aussi.

Chapitre 34
Le Miroir du funambule
Copyright 2026

PRÉFACE… Il est difficile de savoir ce qui tient du réel ou de la fiction. Mais je vous assure que ce que je dis, ce que je raconte, ne tient en aucun cas du mensonge. Mais les souvenirs s'entremêlent dans mon esprit, dont les plus cauchemardesques. Ne reste finalement qu'une sensation biaisée de la réalité passée. Essayer d'expliquer, de mettre des mots ou d'écrire les sentiments éloigne inéluctablement la vérité. Le simple fait de se l'approprier, au travers du prisme du soi, la rend déjà partiellement subjective. Tout comme le recul, acquis avec les années qui se sont écoulées. Malgré tout, je dis la vérité. Je laisse à chacun le droit d'en douter. Pourtant, je ne confie que la pure vérité. Peut-être une combinaison de plusieurs vérités. Ma version ne reflète que ma vérité… sur ce que j'ai vécu enfermée dans ce que j'ai cru devenir mon futur cercueil…

PREMIER CHAPITRE… Mes yeux s'entrouvrent. Je mets plusieurs secondes à avoir une image nette de l'endroit dans lequel je me trouve. Je suis vaseuse. Je ne sais plus comment je me suis retrouvée là. Des bribes de souvenirs se bousculent dans ma tête, sans que je puisse encore tout remettre en ordre. Quelqu'un m'a saisie par-derrière, m'a ceinturée, a plaqué sa main sur mon visage. Quelqu'un qui pue la transpiration…

… Le lieu autour de moi est sombre, poussiéreux. Il sent le vieux. Il est uniquement éclairé par la lumière émanant du dessous de la porte et des rais de soleil passant au travers des brèches d'une petite fenêtre mal calfeutrée de l'extérieur. La porte est anormalement petite. L'endroit est étriqué. Je ne tiens debout qu'au centre de la pièce. Une sorte de remise ou de cabane. Un grenier peut-être. Les murs sont recouverts d'épaisses planches de bois brut ancien. Au-dessus, je devine des tuiles et de la tôle. J'ai froid. J'ai les pieds nus et je suis en peignoir. Je m'apprêtais à prendre une douche quand j'ai senti des mains m'agripper et m'obliger à me soumettre. Je crois avoir entendu plusieurs timbres de voix. Ils étaient peut-être deux. Mais je ne peux pas en être sûre. Non, je dois me tromper.

Mon nouvel univers dispose d'un vieux canapé élimé, d'une petite table branlante et d'un évier. Le robinet fonctionne. Heureusement, car j'ai trop soif. L'eau est glacée. Il y a aussi quelques cartons empilés, une pelle et un râteau posés verticalement contre un mur. Le temps est long. Personne ne m'entend quand je crie. Je n'entends rien, sauf des bruits de la nature, des craquements de bois et de temps en temps un moteur au loin. Il y a aussi eu des cris d'un animal ou d'une femme. Trois ou quatre fois déjà. Des cris plaintifs et larmoyants qui font écho à ce que je ressens. Je tremble. De froid un peu, c'est sûr, mais de peur aussi. Je me sens déjà trop seule. Où suis-je ? Qu'est-ce que je fais là ? La lumière sous la porte commence à diminuer. J'ai du mal à garder mes paupières ouvertes…

… Cela fait déjà plusieurs jours que je suis enfermée. Douze exactement. Je le sais parce que j'ai fait comme dans les films. J'ai gravé des traits dans une planche en utilisant l'extrémité de la pelle. Je n'ai pas la notion de l'heure mais je compte les nuits qui tombent. Le noir qui envahit l'intérieur de ma prison. Je souffre de la solitude. Je passe presque tout mon temps sur le canapé. J'ai des douleurs au dos et aux articulations. Probablement le manque d'activité. Je me sens faible. Qu'est-ce que le temps est long ! La journée, je peux au moins lire. J'ai trouvé quelques bouquins de grands auteurs au fond d'un carton. Ces livres constituent le plus grand luxe du lieu. Ils sont ma principale distraction. Ma seule distraction. Même si j'ai détesté *Le Lys dans la vallée* de Balzac, ces livres restent le seul moyen de m'évader. Sinon, je pleure. À part ça, je crois que l'ennui et le confinement développent les sens. Je suis sensible au moindre craquement que j'entends au-dehors, au moindre souffle de vent. À la moindre odeur aussi. C'est comme ça que j'ai trouvé des pommes à moitié pourries dans les cageots sous l'évier. Les relents de moisissures et les effluves de fruits en décomposition m'ont chatouillé les narines. J'ai eu trop faim et j'ai tout bouffé. L'odeur prouve que le propriétaire se soucie peu de la propreté de l'endroit. Cela ne doit pas être sa principale priorité. Ça pue. Ma propre odeur m'indiffère. L'odeur de pisse aussi. Même si j'essaie de viser l'évier, l'odeur d'ammoniac remonte les canalisations par vagues. Je n'ai pas encore fait la grosse commission. Un mécanisme de défense mentale de mon cerveau, sans doute. Il refuse encore de tomber trop bas. Je mange aussi sans doute trop peu pour ça. Je ressens un cruel manque de lumière. Je me sens un peu plus déprimée qu'hier. Malgré tout, j'ai encore fait un essai pour essayer de défoncer le mur en me jetant dessus, l'épaule la première. L'hématome devient inquiétant. Je suis sûre maintenant que l'endroit donne sur le dehors, à cause des courants d'air et parce que l'air qui règne entre les quatre murs est de plus en plus glacial au fil des jours. Je tremble. Je tremble tout le temps. Je suis gelée. Faut-il que je m'y habitue ? Est-ce que je vais rester emprisonnée ici encore longtemps ? Je suis frappée par le silence qui règne ici, la nuit. À l'intérieur bien sûr, mais aussi à l'extérieur…

JOUR 15… Quelque chose a changé. C'est la première fois que je pense au suicide. Le premier jour où je ne pleure pas, aussi. J'ai remarqué que lorsqu'il pleut, un goutte-à-goutte se forme dans le coin au fond de la pièce. Une fuite dans le toit. L'endroit devient encore plus humide quand le temps se gâte. Pour ne pas sombrer dans une sorte de folie, plus exactement pour ne pas devenir folle trop vite, je pense à ma vie. Celle où je suis libre. Cela fait cinq ans maintenant que je vis sur les routes, à voyager de ville en ville. Je n'ai plus l'habitude du silence. Au contraire, il m'oppresse. Ici, je n'ai que du silence. Dans cet enfer, j'ai heureusement un nouveau compagnon, Géraldo. C'est un sac de sable percé avec lequel je discute. Avec lui, j'ai repensé au goût amer et chimique que j'avais senti le premier jour lorsque je m'étais passé la langue sur les lèvres. Sans doute mon agresseur m'avait-il endormie à l'aide d'un mouchoir imbibé de chloroforme ou un autre anesthésiant. Cela n'avait pas vraiment marché, j'étais encore consciente pendant le trajet lorsqu'il m'a amenée ici. J'ai entendu sa voix, je l'ai reconnue. Il avait dû pénétrer puis se cacher dans ma caravane avant d'agir. J'ai brisé sa vie. Détruite en mille morceaux alors qu'il me faisait confiance. Si c'est pour cette raison que je me retrouve ici, alors je suis dans de beaux draps. J'aimerais beaucoup avoir des draps, d'ailleurs. Je suis frigorifiée. J'ai l'impression coriace que ma vie ne tient plus qu'à un fil.

C'en est presque cocasse. *Ma vie ne tient plus qu'à un fil* est comme une allégorie ironique. En effet, je suis la funambule principale d'un cirque itinérant. Dans le milieu forain, on est sans domicile fixe, on habite le voyage. Cela ne m'a jamais pesé. On est une vraie famille. Partout où l'on va, on se sent chez soi. Je ne suis pas foraine d'origine. Cette caractéristique me différencie de beaucoup de mes partenaires. La plupart sont forains de père en fils et de mère en fille. Les suivre a été mon passeport pour une nouvelle vie. Une nouvelle vie, loin de lui. De son emprise. J'avais tant besoin de liberté…

JOUR 16… Encore une nouveauté aujourd'hui. De la visite. C'est lui. Je crois que finalement j'aurais préféré la solitude, encore un peu. Il ne me regarde pas comme on devrait regarder une femme. Son regard est sombre. Il n'est plus l'homme que j'ai connu. Il dit que je suis à lui, même si je ne suis qu'une salope qui a tenté de se barrer. Il me prévient que je ne sortirai jamais d'ici. Il tient un revolver dans la main gauche. Il dit que si je me conduis bien, si je suis bien gentille, il viendra chaque jour m'apporter à manger. Il s'en va. Je tousse depuis la veille. La moiteur et l'humidité me rendent dingue. Je repense à m'ouvrir les veines…

JOUR 52… Il y a quelques semaines, j'arrivais parfois à relativiser mon sort. Je croyais que tout ça resterait temporaire. Je me persuadais qu'il fallait tenir le coup, que je n'avais ni si froid, ni si peur. Je tentais de garder une certaine dignité malgré les circonstances. Mais ça, c'était avant. J'abandonne. Sans doute trop vite, trop tôt. Il m'arrive de me pisser dessus et de m'en foutre. J'occulte même son regard. Parfois, il reste pour me mater. Je m'en fiche. Je me laisse dominer. La plupart du temps, j'accepte n'importe quoi. Surtout, j'accepte de faire n'importe quoi, si cela me permet d'améliorer le quotidien. Je me plie aux exigences, sans broncher, sans rechigner. Et les exigences sont de plus en plus nombreuses. Toujours plus dégueulasses… Certains jours, je me souhaite à moi-même la mort…

JOUR 70… Il a fait de moi un animal sauvage. Il m'a fait perdre mon humanité, mon amour-propre. Mon apparence doit en souffrir aussi. Je perds beaucoup de cheveux, deux de mes ongles se sont arrachés et je sens l'une de mes incisives se déchausser quand je passe ma langue sur mes dents. Les mauvais traitements pendant une période trop longue ont enfoui ce qu'il restait de ma conscience au plus profond de moi. J'en suis à attendre en trépignant qu'il ouvre la porte pour me jeter sur la nourriture du jour. Je me jette sur la bouffe comme un chien affamé, je ramasse par terre. C'est l'instinct de survie qui prend le dessus. Il aime me voir soumise, minable. Je ne me dégoûte même plus de me laisser faire. De me laisser regarder nue quand il m'oblige à me déshabiller pour enfiler un vêtement qu'il a choisi pour moi. Pourtant, il n'a jamais abusé de moi physiquement ou sexuellement…

JOUR ? … J'ai arrêté de compter les jours… Je ne me dégoûte plus de rien, je crois n'être plus vivante émotionnellement. Un point que je crois avoir en commun avec lui. Dans ses yeux, je vois qu'il est brisé, qu'il a souffert. Je ne comprends pas qu'il puisse ressentir du plaisir en me voyant. Je pars en lambeaux, je suis blanche à en voir les veines, je suis sale et je pue la mort. Géraldo me rassure et dit que je ne sens pas aussi mauvais que je le croie. Mes muscles sont atrophiés. Je sens une rage qui s'insinue en moi. Je veux qu'il crève. L'instinct primaire de l'animal qu'il a fait de moi…

… Je n'ai pas d'explications et je ne veux pas qu'on minimise ce que j'ai fait. L'occasion s'est présentée. Je l'ai égorgé. De sang-froid. Je lui ai sauté dans le dos avec, dans ma main, une des dents du râteau qui était entreposé au fond de la pièce. Ça s'est passé en moins de vingt secondes. J'avais passé des jours à frotter l'outil sur la partie métallique de la pelle et sur le béton du sol afin de l'esquinter pour qu'une des dents se détache, puis pour rendre celle-ci plus tranchante. L'arme devait être affûtée. Je savais que je n'aurais probablement qu'une seule chance. J'ai pensé à lui faire la peau quand il viendrait vider la bassine qui me sert pour mes déjections. Comme la litière d'un chat, il faut qu'il la vide tous les deux, trois ou quatre jours. Mais il exige de la trouver à côté de l'entrée. Sans doute car il se refuse à avancer de quelques pas dans le local. En restant dans un rayon d'un mètre autour de la porte, il reste maître de la situation. Il garde le contrôle. Il domine.

Ces derniers temps, je l'ai harcelé pour qu'il répare la fuite dans le toit. C'en est au point où l'eau commence à ruisseler sur le sol. J'avoue avoir un peu forcé le destin en agrandissant la faille entre les tuiles à coups de pelle. Même si l'humidité à l'intérieur et la sensation de froid n'en sont que plus insupportables, aux grands maux les grands remèdes ! Et miracle ! Aujourd'hui, je le vois ouvrir la porte, une boîte à outils à la main. C'est l'occasion. La seule fois où il m'a quittée des yeux, l'espace de cinq secondes. Il n'a pas eu le temps de réparer le toit, il fuit toujours. Je l'ai saigné avant. Le sang du diable coule sur mes mains, sur mes joues…

Chapitre 35
22 juin 2018, dans le Bas-Rhin / Joachim (35 ans)

Je creusai légèrement la terre et dégageai l'endroit de tout ce qui aurait pu s'embraser et répandre les flammes. Dans les films, on fait faire le sale boulot par celui que l'on va buter puis enterrer. Mais là, en l'occurrence, même si je coupais les liens qui enserraient ses jambes, l'homme allongé sur le sol et ligoté à mes pieds ne pourrait, de toute façon, pas esquisser le moindre geste. En tout cas, pas en dessous de la ceinture. Il ne faut jamais avaler n'importe quoi. Ni se faire injecter n'importe quoi. J'étais physiquement épuisé. Je n'avais pas assez dormi au cours des quarante-huit dernières heures, mais l'adrénaline me tenait en alerte.

Je me souvenais justement d'un film qui m'avait marqué. L'acteur principal était Jean Dujardin. Le film s'appelait *Contre-enquête* et Dujardin y campait le rôle d'un policier qui, quelques années plus tôt, avait perdu sa fille dans des conditions atroces. Attention *spoiler* ! Vers la fin du film, il était au bord d'une fosse dans laquelle se trouvait, allongé et ligoté, l'assassin de sa fille. Un psychopathe qui avait réussi à se faire innocenter du crime qu'il avait pourtant commis. Tout cela faisait écho à ma propre histoire. Le personnage joué par Dujardin, le visage sombre et la voix grave, entamait alors un monologue à l'assassin de sa fille, dont le visage crispé traduisait qu'il était paniqué par la situation. Il lui racontait combien de fois il avait entendu des pères de famille dire qu'ils feraient la peau à celui qui avait tué leur enfant. Il ajoutait qu'ils ne le faisaient jamais en réalité. Mais que lui irait jusqu'au bout. Là encore, cette fin était la même que dans mon histoire.

Je m'étais toujours interrogé sur le sens réel de mon métier. Un chercheur n'avait aucune utilité dans la vie de tous les jours, ou alors il fallait qu'il soit drôle… ce qui était plutôt rare dans la profession. Ce qui me distinguait des autres scientifiques, c'était d'avoir mis au point un traitement qui permettrait, lorsque le bon dosage serait trouvé, de faire remarcher des patients atteints de déficits moteurs. Il faudrait attendre encore plusieurs années de recherche avant de trouver les conditions et les bons paramètres pour qu'il soit utilisé de manière efficace. L'expérience que je réalisais en ce moment prouvait, bien qu'elle ne fût réalisée que sur un seul échantillon, qu'un surdosage sur un individu sain causait une grave tétanie et entraînait même une distorsion excessive des tendons et des ligaments posturaux. Même si la molécule allait disparaître de l'organisme et que ses effets initiaux étaient temporaires, ces lésions mettraient des mois, voire des années à guérir. Heureusement que je m'étais limité à la partie basse de son organisme… Le même protocole au niveau du cœur aurait provoqué un infarctus immédiat. Il fallait que mon patient vive encore un peu. Pour qu'il puisse bien me voir et m'entendre au besoin.

Je reculai quelques instants et m'assis sur une souche d'arbre coupé. Mon hernie discale refaisait parler d'elle. Cela m'apprendrait à tout vouloir faire seul. Je sentais la tension des muscles au niveau de mes lombaires s'intensifier. C'était logique après avoir transporté une charge sur mes épaules sur plusieurs centaines de mètres sur des chemins caillouteux. L'image omniprésente de ma fille atténuait mes douleurs physiques. Cette obsession n'était pas nouvelle. Cela faisait huit ans que je la voyais partout, que son visage d'ange me hantait. La nouveauté provenait du fait que je savais maintenant qu'elle était vivante et qu'elle avait bien grandi.

À Cassis, lors de la quatrième prise de sang que je lui pratiquais, elle m'avait confié des choses. Des aveux qu'elle n'avait faits qu'à moi et que je lui fis promettre de ne répéter à personne. Elle ne l'avait même jamais écrit dans son carnet. Son secret. Notre secret.

Cela concernait le jour où elle avait été enlevée. Romane avait été agrippée de manière brutale. La personne qui était entrée dans notre appartement l'avait empêchée de crier en plaçant l'une de ses mains puantes, tenant un mouchoir, sur la bouche. Elle avait aussi appliqué un bandeau sur ses yeux. Romane avait quand même compris qu'ils étaient descendus par les escaliers avant de sortir par l'entrée principale de l'immeuble. Ce qu'elle m'avoua ensuite m'avait sonné. Des mots échangés par *deux* ravisseurs. Une femme et *un homme*. Cela ne collait pas avec ce que Justine m'avait raconté. Ni avec ce qu'elle savait de la vérité sur ce qui s'était réellement passé. La personne qui avait enlevé Romane pendant que je prenais ma douche était donc un homme ! Liliane était la principale coupable, mais elle avait bénéficié d'une aide. D'une aide masculine. Pour ajouter au lugubre, d'après ses souvenirs, Romane avait entendu des cris, peu après qu'elle eut été enfermée dans le grenier. Elle avait imaginé, en grandissant, que ses ravisseurs avaient sans doute fait l'amour après leur acte monstrueux. Elle avait compris des années après, en échangeant avec sa ravisseuse, que l'expression *faire l'amour* était parfois mal employée ou inadaptée.

— Papa, tu sais, quand ils m'ont obligée à monter de force dans la camionnette, je les ai entendus…

— Respire chérie, détends-toi, tu es avec nous maintenant. Qu'est-ce qu'ils ont dit ?

— Elle a prononcé son nom… quand elle lui a parlé.

— C'était quoi ce nom ?

— …

— Il faut me le dire, s'il te plaît !

Liliane avait effectivement prononcé son nom. Ou plutôt son petit surnom. J'avais eu du mal à garder ma contenance en l'entendant sortir de la bouche de ma fille. Cela avait suffi à faire jaillir, puis déborder, mon désir de vengeance. Celui-ci me dictait un nouvel objectif, le but à atteindre. Et je n'avais secrètement qu'une idée en tête : mener à bien cette mission parallèle, tout en mettant en œuvre le projet mis en place par Justine.

Romane savait ce que je m'apprêtais à faire. C'était d'ailleurs en partie pour cette raison qu'elle avait accepté de passer pour morte. Si elle refaisait surface, les enquêteurs remonteraient rapidement jusqu'à moi.

Le jour se levait. Le silence de l'aube faisait doucement place à un bruit sourd et continu. Les gens se massaient petit à petit sur les autoroutes et voies rapides vers Strasbourg pour rejoindre leur travail. Mes narines se nourrissaient de l'odeur d'humus environnante. Cela rendait toujours les idées claires de prendre un bon bol d'air frais, de s'aérer l'esprit en forêt. Les effluves de bois humides, qui flottaient sur le lieu que j'avais choisi, apportaient de la fraîcheur. Le ciel et les nuages étaient teintés de rose et d'orange. Une vraie splendeur pour les pupilles. Le brouillard sur la vallée se dissipait doucement. Il allait faire chaud et le ciel serait dégagé cet après-midi. En attendant, cette brume masquerait un temps la fumée qui se dégagerait du bûcher.

J'aurais cru être plus bavard. Je voulais lui faire entendre toute ma rage. Lui montrer qui avait le pouvoir et combien il était minable. Mais je n'en avais même pas eu le cœur. Je m'étais courbé pour le saisir sous les épaules et le traîner jusqu'au carré de terre que j'avais aménagé. Je coupai les liens qui lui entravaient les mains. La posture de ses hanches et ses genoux était flippante. Elle empêchait toute velléité de fuite. Cette immobilité forcée me permit de verser, en toute tranquillité, le contenu du bidon d'essence en intégralité sur ses vêtements. Je pensais réellement que je serais plus volubile. Rien ne venait. Même pas un trait d'humour noir de circonstance. Je m'étais contenté d'un bref :

— Adieu, Euddy !

J'avais sans doute juste l'envie d'en finir. J'avais fermé les yeux en craquant l'allumette. Lui non plus n'avait pas été aussi loquace que je l'aurais imaginé. Il n'avait crié qu'une fraction de seconde, puis le son s'était évanoui. Seul restait le souffle du feu qui embrasait le carburant. J'étais resté jusqu'à la fin du brasier. J'avais prévu un extincteur au cas où l'incendie se serait légèrement propagé à la végétation environnante. Je suis sensible aux problèmes écologiques. Je n'aurais pas supporté de brûler un arbre ou d'en détériorer un par mon geste. Un arbre est un être vivant. J'en aurais eu gros sur la conscience...

Devant les restes carbonisés, je me sentis faible, vidé de toute énergie. En contrepartie, j'étais habité par une satisfaction et un sentiment de plénitude qui fit tomber une autre de mes idées reçues. Dans les films, il était toujours dit qu'accomplir ce type de geste ne nous consolait pas, n'apaisait pas l'âme. Que cela ne faisait pas de bien. Pour ma part, au contraire, je ressentais du contentement. Je n'avais aucun regret. Cela m'avait permis de tourner la page. Les remords et la culpabilité viendraient plus tard, peut-être. Ce petit feu de camp était aussi en l'honneur de Liliane. Malgré ce qu'elle était devenue, j'offrais, *à la Lily d'avant*, ce beau cadeau. Je lavais son honneur à elle aussi. J'avais à présent bien d'autres choses plus intéressantes et épanouissantes à faire.

Dans quelques jours, je prendrais des congés bien mérités au bord de la mer en savourant un jus de prune. Je dégusterais peut-être une bouillabaisse en terrasse en famille. J'assisterais peut-être à la victoire de la France lors de la finale de la Coupe du monde 2018, le 15 juillet prochain. Puis peut-être un congé sabbatique et un tour du monde.

Chapitre 36
Le Miroir du funambule

… L'avoir tué me rend euphorique sur le coup. Comme d'avoir arraché ma liberté, de l'avoir gagnée au cours d'une compétition prestigieuse. J'ai envie de rire. D'éclater de rire. Puis de pleurer aussi. Je suis pire qu'une femme à six mois de grossesse. Je suis beaucoup trop jeune pour être mère de toute façon. Je dois être à bout de nerfs. En pleine confusion mentale. L'animal se réincarne peu à peu en la femme que j'étais. Retrouvant sa conscience. Rattrapée par ses actes. Je suis un peu paniquée et je commence à perdre pied…

… Je promets que je ne mens pas. Mais il m'est difficile de rester en équilibre sur la frontière entre le réel et ce qui tient de ma perception, voire de mon imaginaire. Les seules choses dont je suis absolument sûre, c'est que c'est moi qui l'ai tué et qu'ils sont venus me chercher. Mes parents. Ils m'ont exfiltrée de l'enfer…

… J'ai une famille d'adoption. Les forains. Mais il n'y a que mes parents en qui je peux avoir une totale confiance.

L'évidence, c'est de les appeler. Avec mon père, nous avons en commun un caractère atypique dissimulant des zones d'ombre. Artistes dans l'âme. Ma mère, elle est méthodique, organisée et pragmatique. Le tout emballé dans un voile de douceur. Je ne savais pas s'ils accepteraient de m'aider, de m'aimer à nouveau. Quelques années plus tôt, j'ai fui sans regarder derrière moi, sans prévenir, sans me soucier du mal que je leur ferais. Comme poussée par une force plus grande que moi. L'immaturité fait faire des choix, parfois les mauvais. Ce n'est pas mon cas. Suivre mes rêves de liberté et mon besoin d'émancipation a peut-être été la meilleure décision de ma nouvelle vie. Je me cherchais, j'étais dans le noir. Au sens figuré bien entendu. Le noir au sens propre, je l'ai connu entre ces quatre murs…

… Partie de chez moi, j'ai eu l'envie irrépressible de me retrouver seule pour méditer sur moi-même et découvrir de nouvelles traditions, de nouveaux paysages, de nouveaux lieux, d'autres cultures. Je me sentais à l'étroit. Dans ma vie. Mon petit copain de l'époque commençait à me lasser, à m'étouffer. Je l'ai quitté par texto, le jour où j'ai grimpé dans la caravane. J'ai été charmée, comme envoûtée, par cette nouvelle aventure. Il ne l'a pas bien pris. À sa place, je ne l'aurais pas bien pris non plus. En revanche, je n'aurais jamais réagi comme lui. Il m'avait gâtée : enlèvement, séquestration, humiliation. Je n'avais pas été classe, c'est sûr, mais il est sans doute allé un peu trop loin…

… Pourtant, je pourrais dire qu'au cours de ma détention nos relations se sont améliorées. Je ne suis pas victime du syndrome de Stockholm, mais j'ai un besoin vital d'humanité pour ne pas devenir dingo. La nécessité de parler avec quelqu'un. Il est ce qui se rapproche le plus d'un humain dans mon environnement carcéral. Malgré le dégoût et la haine que j'éprouve pour lui, il nous arrive de discuter. Je peux même en ressentir un peu d'apaisement. Parfois. Nos échanges se font de plus en plus fréquents. Je ne lui accorde pourtant aucune circonstance atténuante pour ce qu'il me fait vivre. Je ne pardonnerai jamais, mais je peux presque comprendre les origines du mal. Il m'a confié ses souffrances et ses secrets. On pourrait presque dire qu'on est proches tant les confidences sont intimes. Les coups reçus par l'adolescent, les trahisons familiales et sentimentales, les abus sexuels, les viols. J'ai largué la mauvaise personne. Son psychisme doit être profondément altéré. Une bombe à retardement. Sacrément instable. En me gardant prisonnière, c'est son bonheur passé qu'il cherche à momifier. En me gardant prisonnière, c'est son bonheur futur qu'il condamne. Quelquefois, on parle littérature. On a lu beaucoup de livres en commun, puisque ma bibliothèque personnelle se compose principalement des ouvrages de son carton. Je me dis souvent qu'on pourrait faire un bon livre de mon histoire…

… Au fil des mois, il m'autorise quelques privilèges. Il m'apporte de nouveaux livres. Quelques vêtements. J'ai droit à une toilette hebdomadaire avec des serviettes propres et du savon. Il me parle de ce qu'il se passe dans le monde extérieur. Il m'éduque en quelque sorte. Il me laisse me dégourdir les jambes au-dehors, mais je dois porter un masque sur les yeux, même quand je grimpe sur des troncs d'arbre abattus pour retrouver quelques sensations d'équilibrisme. Sa confiance en moi reste relative, car il saisit toujours son revolver quand on sort. J'imagine qu'il le pointe en permanence vers moi. Il m'arrive de me demander si cela serait vraiment pire de le provoquer pour qu'il appuie sur la détente. Je déteste ce regard en permanence sur moi…

… Notre cohabitation n'a pour autant rien de routinier. Il y a les jours de moins bien. Mon humeur est variable. Il y a des petits hauts et des bas très bas. Certains jours, je reste complètement mutique. Je reste prostrée sans même le regarder, sans même lui répondre. Il me semble que désormais il accepte plus facilement mon lunatisme. Il regrette sans doute ses choix. Cependant, révéler à la face du monde ce qu'il a fait ne peut plus être une option. Je désespère de crever ici. Dans cette moiteur glaciale. Seule. Je ne veux pas crever ici. C'est pourquoi je confectionne mon arme quand il s'en va. Parce que j'ai quand même choisi la vie. Pour moi. Pour lui, ce sera la mort…

… Après mon crime, je trouve un téléphone dans la poche arrière du pantalon du corps encore chaud qui gît sur le sol. Pas de code pour le débloquer, mais une reconnaissance digitale. C'est ironique. En plusieurs années de détention, il n'a jamais commis le moindre attouchement sur moi et le jour où il meurt, c'est moi qui lui mets la main aux fesses et lui agrippe la main. Le téléphone se déverrouille. Je compose le numéro comme par réflexe. Il décroche. Je bredouille quelque chose, puis je ne me souviens de presque rien. *Blackout*. Il ne me reste que des bribes, des flashs de quelques événements…

… Ma mère et mon père ont fait pour moi ce que peu de parents auraient accepté de faire. D'autant plus que je les avais abandonnés sans donner de nouvelles. Cela faisait presque cinq ans. Ils ont fait en sorte que je n'aie tué personne. Je ne parle pas de miracle. On se rapprocherait plutôt de la magie. Du prestige. Je revois mon père simuler ma mort en déversant des litres de mon propre sang sur le sol de la cabane de jardin. Malgré le choc et la violente descente émotionnelle qui me frappe, je le vois à quatre pattes en train de brosser le tissu rougeâtre sur la dalle en béton. Son visage maculé de projections. Il prend méticuleusement le temps de passer la serpillière, puis de sécher la zone afin de faire vieillir ma tombe ouverte prématurément. Je n'existe déjà plus. Normal, puisque je suis morte ici, il y a plusieurs mois. Aujourd'hui, je me dois de les remercier de m'avoir fait tuer. J'ai gravé dans ma mémoire l'expression dans les yeux de mon père quand il m'a retrouvée. De l'amour…

… Je me réveille dans un lit. Les draps sentent bon. Ils sont doux. J'ai presque trop chaud. J'ai l'impression de rêver. Je ne connais pas la chambre dans laquelle je me trouve. Cela devient une habitude. J'appelle pour savoir si quelqu'un m'entend. La poignée de la porte grince. La porte s'ouvre, ma mère entre, une tasse fumante sur un plateau. Elle le dépose à côté de moi sur une chaise. L'odeur de chocolat me chatouille les narines. On parle un peu de ce qu'il s'est passé. Elle me raconte aussi l'histoire de mes grands-parents. Je me sens bien. Je me rendors…

… Pourquoi avoir fait le choix d'être morte ? De vivre morte ? Après tout, j'aurais pu plaider la légitime défense et bénéficier de la clémence des juges. Ils ne m'ont rien imposé. Ils m'ont laissée prendre la décision.

Les arguments de ma mère et son émotion quand elle m'a raconté l'incarcération injuste de mon grand-père ont fait pencher la balance vers l'au-delà. Mon père n'est pas intervenu. J'ai aussi choisi cette solution pour qu'ils ne soient pas inquiétés pour le meurtre d'Eddy. J'ai apprécié d'être libre. De mes choix, de mon passé…

… Le crime que j'avais commis ne pourra m'être imputé. Je n'existais plus au moment des faits. Ce connard m'a saigné comme une bête qu'on met à mort. Il m'a vraiment volé ma vie en quelque sorte. Ce n'est peut-être pas lui qui avait commis la première faute, mais il est lui aussi coupable. L'auteur du meurtre d'Eddy Couvreur court toujours. Il ne peut pas être retrouvé. Le divin participe toujours à sa façon aux événements de notre monde…

… Mes parents ne m'ont pas donné l'intégralité des détails entourant ma mort. Je n'ai pas conscience de jusqu'où ils sont allés pour me la rendre paisible. L'amour paternel, l'amour maternel semblent inaltérables. À ces amours aussi, j'ai tranché la gorge par le passé. Le tissu cicatriciel a renforcé les sentiments. Il reste une trace, bien sûr, des stigmates, mais la douleur s'est évaporée. Grâce à eux, je suis désormais une autre, tout en restant moi.

Je ne compte plus les heures qu'ils ont passées à me reconstruire psychologiquement. À me raconter ce que j'ai manqué. À me laisser parler. À m'écouter. À me réconforter. De cela, je m'en souviens très clairement. Un travail de longue haleine, comme une mosaïque mentale. Pendant des années, ils se sont appliqués à reconstituer patiemment pièce après pièce ce que je suis.

Nous avons voyagé dans des lieux incroyables et reculés. Nous nous sommes installés ailleurs. Nous avons contemplé, sans emprise du temps et sans contraintes imposées par le monde moderne, des fleurs rares, des loups en pleine forêt, des phénomènes pour lesquels la nature prendra toujours le dessus sur l'Homme. Nous avons nagé au large de l'océan sans appréhension des créatures sous-marines et de l'immensité sous nos pieds. Il y avait des plantes incroyables. Nous avons profité du monde, de ses charmes. Les plus évidents, mais des plus personnels aussi. Nous avons découvert qu'il existait plusieurs sortes de silence. Pas seulement celui de la solitude. Des silences latents, des subtils, des brefs, des insaisissables. Des silences apaisants et d'autres plus pesants. Des silences qui font oublier, qui effacent. Nous avons lu les mêmes livres et confronté nos opinions. Nous avons passé des heures de discussions endiablées autour d'œuvres littéraires éclectiques. De même pour des centaines de films, de morceaux de musique. Nous avons profité de nous. Comme jamais. J'ai retrouvé l'horizon. Grâce à eux, j'ai retrouvé l'insouciance et la liberté. Grâce à eux, j'ai mûri. Grâce à eux, je n'avais rien fait de mal, je n'ai pas de fardeau à porter. Certes, j'étais morte. Puis devenue orpheline, sur le papier ou plus exactement sur les papiers, mais ils continueraient à veiller sur moi. Toujours. Je resterais proche d'eux. Pas par obligation cette fois, mais par pure envie…

… Le karma d'une personne lui est propre. Cela, quels que soient les chemins que l'on emprunte. Le karma n'oublie pas. Le cerveau, lui, est une mécanique fantastique. Il est capable de se formater, de repartir à zéro. L'inconscient nous aide à oublier, la conscience à ne plus se souvenir. Je ne suis plus elle, je suis moi. Je suis passée à autre chose, j'ai réussi à passer à autre chose. Réalité ou rêve, je ne fais plus la différence. Je vis mes rêves. Comme dans un rêve. Je sais que je ne suis pas seule. La solitude reste le piège à éviter. Je ne souffre pas d'être orpheline, célibataire et sans enfant. J'ai toute ma nouvelle vie pour changer ça. Consciente de ma chance, d'être vivante…

… J'étais funambule dans une autre vie, peut-être. Je suis réincarnée, mais je suis toujours funambule. Mon équilibre psychique est subtil. Le déséquilibre a été mon salut. Mon ombre me faisait peur. Mais quand le funambule tombe, au sol son ombre disparaît…

Chapitre final
Septembre 2020

Le climat de l'automne en Alsace était doux. Un petit vent soufflait, idéal pour sécher les larmes qui sillonnaient les joues des personnes présentes ce jour-là. Les teintes rousse et *auburn* des feuilles tombant des arbres centenaires alentour donnaient au cadre une magie poétique. La forêt s'habillait de sa plus belle parure, la plus furtive aussi. Le silence du lieu était appréciable et imposait, malgré les circonstances, un certain bien-être intérieur. Cette atmosphère contrastait avec le brouhaha du trafic, une centaine de mètres plus en amont, le long de la Route nationale de la ville. Les corbeaux alignés sur la gouttière du local du gardien semblaient, eux aussi, en berne. Les visages étaient serrés. Une tension perceptible, même dissimulée sous le masque chirurgical que certains portaient. La couleur dominante était le noir. Sur la tombe, la photographie d'une petite fille de 7 ans, lumineuse, éternelle.

Le lieutenant Breuil avait brillamment mené à leur terme les investigations nécessaires pour boucler le dossier. Les taches de sang retrouvées au domicile de Liliane

Charpentier sur le sol d'une dépendance à l'arrière de la maison avaient conduit les policiers à conclure que la ravisseuse avait, de manière plus que probable, intenté à la vie de Romane Streiner. Les progrès de la science permettaient de détecter du sang, même si quelqu'un avait fait tout ce qu'il pouvait pour tenter de le nettoyer pour le faire disparaître. Dans le cas présent, l'importance des traces et les quantités de sang prélevées, constatées par les experts, ne pouvaient pas s'expliquer par un simple saignement de nez. Les analyses ADN avaient fait le reste. Ces preuves scientifiques ajoutées aux autres éléments du dossier avaient permis d'appuyer la requête du procureur de la République pour déclarer le décès judiciaire de la petite fille, malgré l'absence de cadavre. Cette conclusion permettrait aux parents de faire enfin le deuil de leur enfant et de célébrer officiellement ses funérailles. Le suicide de Liliane avait été retenu comme thèse officielle, mettant un terme aux poursuites judiciaires dans cette affaire. Le meurtrier de Jean-Eudes de Fronsac n'avait pas été identifié.

La date de l'événement n'avait pas été choisie au hasard. Une renaissance dans la mort. C'était ce mercredi 23 septembre 2020 que la famille avait choisi de procéder aux funérailles de leur fille disparue précisément dix ans plus tôt.

Au cœur du cortège, Justine et Joachim Streiner, les visages sombres, restaient dignes autant que possible. La fin de toute cette histoire et la vérité judiciaire avaient permis au couple de se reformer, de s'aimer à nouveau. Ils avaient sans doute besoin l'un de l'autre pour affronter le deuil, maintenant qu'ils savaient ce qui était arrivé à leur fille. Qu'on avait identifié sa meurtrière. Malgré la solennité du moment et la douleur affleurant de toutes parts, on pouvait deviner leur complicité retrouvée, leur amour relancé.

Alexandra avait tenu à être présente. Elle restait en bons termes avec le couple. Elle comprit rapidement qu'elle ne jouerait plus très longtemps les premiers rôles auprès de sa belle. Même si elle avait connu la tournure qu'allaient prendre les événements, elle aurait agi de la même façon. Malgré son côté rebelle contre toute forme d'autorité, elle croyait en la justice. Pas celle de l'institution, celle de la vie. Il était juste d'aider Justine, il était juste que Liliane payât pour ses crimes, il était juste que l'amour se reconstruise au sein d'une famille. Elle s'était effacée naturellement. Elle avait laissé la place avec classe. Il restait de l'amour entre elles, mais une sorte d'ordre normal des choses devait être rétabli. À défaut d'être encore l'amante de la mère, elle était devenue un peu comme une tante. Malheureusement, pour une nièce à titre posthume.

En retrait par rapport aux membres de la famille et des quelques amis proches du couple, le lieutenant Breuil et sa collègue, la brigadière De Boer, se tenaient debout, les mains dans les poches pour lui, croisées dans le dos pour elle. Ils avaient souhaité être là en ce jour, en signe de respect pour cette famille et le drame qu'elle avait vécu. Le lieutenant Breuil avait même appelé Joachim Streiner pour lui demander s'il ne se sentirait pas offensé par leur présence. Ils ne venaient pas en tant qu'enquêteurs. Le père de Romane l'avait compris.

— Lieutenant Breuil, je peux vous poser une question ? demanda sa collègue.

— Évidemment, répondit-il à voix basse.

— Vous ne croyez pas au suicide, n'est-ce pas ?

— C'est la thèse que j'ai soutenue dans mon rapport. Donc, c'est, au vu des faits et des preuves en notre possession, la seule vérité.

Puis il ajouta :

— Liliane Charpentier a brisé des vies et en a payé le prix. Il était impossible de vivre et de vieillir avec cela sur la conscience.

— Sans vous manquer de respect, lieutenant, je pense que vous ne me dites pas toute la vérité. Connaissant votre sens aigu de la justice, je suis surprise que vous classiez, pour ne pas dire abandonniez, cette enquête.

Le lieutenant Breuil se tourna et regarda d'abord à l'horizon au-dessus du mur en briques. Puis, il se tourna dos à la tombe de Romane Streiner. Son attention se porta alors sur les chênes centenaires de la petite forêt qui bordait le fond du cimetière.

— Je vais vous dire quelle est mon intime conviction et vous en ferez ce que vous voudrez, et vous penserez ce que vous voudrez. Ni Justine Streiner, ni son mari n'ont quelque chose à voir avec la mort de Liliane Charpentier, si l'on excepte bien sûr le fait que Liliane Charpentier n'a jamais pu se remettre de sa rupture avec Joachim Streiner. Elle a enlevé la petite Romane et l'a séquestrée pendant plusieurs semaines, voire des mois, peut-être même des années. Ce qui nous a conduits ici aujourd'hui. À nous recueillir sur la tombe d'une petite fille de 7 ans dont le corps n'a jamais pu être retrouvé, malheureusement. Je pense que justice est faite. Continuer à remuer de la boue empêcherait cette femme et son mari de se reconstruire. Ils ont assez souffert et souffrent aussi de se recueillir devant un cercueil vide.

À cet instant, d'un geste du menton du bas vers le haut, il décrivit un arc de cercle du parterre de fleurs à l'orée du bois jusqu'au ciel et mit un terme à son propos par cette phrase :

— Je suis sûr que leur petite fille les voit et souhaiterait plus que tout au monde que ses parents se remettent à vivre et à refonder une famille. Qu'ils soient à nouveau heureux comme elle les a toujours connus !

La brigadière De Boer crut déceler un sourire au coin des lèvres du lieutenant, mais préféra ne pas relever. Ces derniers temps, il faisait de plus en plus de crises et semblait de plus en plus souvent désorienté. Il pouvait divaguer. Mais aujourd'hui était un bon jour. Elle savait qu'il mentait volontairement sur certains aspects de ses investigations. Les propos de son supérieur ne l'avaient donc pas complètement convaincue, mais elle le respectait et continuait d'apprécier sa droiture, et surtout son humanité. Le lieutenant se tourna sur sa droite et emprunta le chemin de gravier qui menait jusqu'à l'entrée du cimetière. Sa collègue lui emboîta le pas. Il jeta un dernier regard vers le couple en deuil. Joachim Streiner tourna la tête à cet instant, le fixa l'espace d'une seconde et lui rendit son regard, comme un signe de remerciement pour tout ce qu'il avait fait pour eux dans son enquête. Il avait fait pour eux, plus que ce que Joachim et Justine ne pouvaient imaginer.

Il restait un cortège de mystères que les investigations n'avaient pas éclaircis. Certaines informations cruciales n'apparaissaient pas dans le rapport final. Il ne serait jamais possible de savoir si cela était dû à un oubli volontaire ou involontaire de la part du lieutenant Breuil. La mémoire pouvait avoir des failles. Certaines plus grandes que d'autres. Ces failles judiciaires pouvaient parfois profiter à un suspect. Personne, ni même son médecin ou son neurologue, ne saurait affirmer si le stade d'avancement de son Alzheimer pouvait expliquer l'absence de mention de certains éléments de l'enquête. Il se souvenait en revanche qu'il détenait, en toute illégalité, chez lui, une page du carnet trouvé chez Liliane Charpentier. Une des pages déchirées du carnet. Déchirée par lui. Une page sans ambiguïté.

Le lieutenant Breuil avait des doutes, concernant la mort de Liliane Charpentier et l'implication exacte des différents protagonistes de l'affaire. Il était convaincu que la mort de Jean-Eudes de Fronsac ne pouvait pas être étrangère à tout cela. Le préfet et le commissaire avaient fait pression sur lui pour obtenir des résultats rapidement. En effet, monsieur de Fronsac père était un bon ami des hautes instances alsaciennes. Il serait muté dans la Creuse ou un autre département moins demandé par les fonctionnaires si ses supérieurs apprenaient qu'il avait aussi oublié de mentionner certaines de ses hypothèses. Notamment, celle sur la drogue utilisée pour immobiliser Fronsac. Le légiste lui avait bien parlé d'une position du cadavre atypique et cela apparaissait dans le rapport. Cependant, aucun expert n'avait été capable d'en identifier l'origine. Aucune drogue commercialisée à ce jour n'entraînait de telles conséquences sur la contraction musculaire. C'était comme si tous les muscles volontaires du bas du corps de la victime s'étaient mis en action simultanément, de manière non coordonnée, jusqu'à la tétanie. De plus, aucune trace d'une molécule quelconque n'avait été détectée dans les tissus du défunt. L'incinération du cadavre n'avait évidemment rien arrangé. Affaire classée.

Le lieutenant Breuil savait au fond très bien pourquoi il avait agi de la sorte. Les trous de mémoire pouvaient expliquer de petits manquements. Les gros provenaient de ce qu'il gardait bien en mémoire. Il aurait sans doute fait des choses bien plus extrêmes pour venger la mort de Charlotte. Ne pas regarder la vérité en face et l'oublier aurait été pire que tout. L'oublier, elle, serait pire que tout.

À l'écart du cortège, une jeune fille au teint pâle et aux cheveux d'un blond de lumière se tenait, à quelques dizaines de mètres, entre les chênes centenaires. Cachée derrière les troncs. Ce jour était plus symbolique pour elle que pour toutes les personnes présentes en ce lieu de recueillement. Une renaissance dans la mort. Un nouveau nom, une nouvelle vie. La deuxième, sans toutefois pouvoir effacer totalement les stigmates de la première. Nina Fougier devrait vivre avec.

La vie consiste à marcher sur un fil, à éviter au maximum les écarts et les détours tout en profitant au maximum de ce qu'elle nous offre. L'équilibre est instable. Le déséquilibre, parfois profitable.

— N'aie pas peur, ne regarde pas en bas, saute et tu ne verras plus jamais l'ombre sous le funambule.

ÉPILOGUE
(2027, Strasbourg)

La place Kléber, en plein centre de la capitale de Noël, se pare de mille lumières à l'approche des fêtes de fin d'année. Il trône, à cette occasion, un sapin de plus de vingt mètres que les passants peuvent admirer en dégustant vin chaud, churros ou autres tartes flambées sur baguette. En cette fin décembre 2027, les habitants et les touristes ont la joie de connaître un Noël blanc, ce qui ajoute au charme et à la magie. Les gens arborent des sourires sincères malgré le froid, et une bonne humeur communicative malgré la surpopulation des allées entre les maisonnettes de bois où se vendent savons, décorations artisanales ou encore friandises. Entre actes terroristes, pandémie mondiale et catastrophes naturelles, il faut savoir profiter des moments d'apaisement.

À quelques mètres de la place se trouve la librairie du même nom. Y est organisée aujourd'hui une séance de dédicaces par une auteure de roman. Son premier roman en l'occurrence. Mais nul doute que son talent lui permettra de connaître plusieurs succès littéraires. Les critiques sur le livre ont été dithyrambiques dès sa sortie : « *Une écriture simple et d'une justesse inégalée* », « *Je n'ai jamais lu avant un récit d'une telle intensité. J'ai été captivée de la première à la dernière page* », « *Une prouesse de réalisme et de noirceur* », « *Ce roman continuera de me mettre mal à l'aise pendant encore quelques nuits* », « *C'est comme si le lecteur vivait à l'intérieur du texte.* »

L'art puise dans les sentiments. Celui qui fait de l'art doit créer l'émotion. La joie, la tristesse, le dégoût, la crainte ou le malaise. C'est pourquoi nombre d'artistes possèdent une part d'ombre. Ce livre est la preuve que son auteure est une artiste.

Le lieu a été transformé pour les fêtes. Sur la droite de la petite table réservée à l'auteure a été aménagé un espace détente où les clients peuvent déguster un jus de pomme chaud, ou un thé aux épices de Noël autour de tables hautes et rondes. Cela donne à l'endroit un côté plus chaleureux et convivial. Une file de quelques passionnés s'est formée. Chacun attend tranquillement son tour. La romancière prend le temps de discuter avec ses fans. Il existe un contraste incroyable entre l'obscurité sombre du livre et l'éclat lumineux de son auteure. La jeune femme de 24 ans est un cliché de la blonde aux yeux bleus, belle et sublime, ou plutôt sublime et belle. Elle semble sûre d'elle et comblée par ces instants de partage avec ses lecteurs. L'éclairage tamisé de l'*open space* souligne son teint diaphane et peut dissimuler une certaine maigreur.

Au bout de deux heures d'échanges et de dédicaces, un homme aux cheveux gris s'avance à son tour et dépose son exemplaire du livre sur la table. Un grand fan à n'en pas douter. L'exemplaire est usé, signe qu'il a été lu et relu. Décrypté dans ses moindres détails. Les coins de la couverture sont cornés et froissés, ceux de certaines pages repliés comme pour indiquer leur importance.

— Bonjour, j'ai adoré votre livre, mademoiselle Fougier. Une vraie réussite. J'ai ressenti chaque larme et chaque frustration comme l'héroïne.

— Merci beaucoup, ça me touche… Souhaitez-vous que je vous offre un nouvel exemplaire ? En meilleur état, disons…

— Non merci, c'est très aimable à vous ! J'aime bien l'idée que mes proches puissent voir les livres dont j'ai préféré la lecture en analysant leur état d'usure. Vous voudriez bien me le dédicacer pour *La Brelle*, s'il vous plaît ?

Ils rient timidement puis poursuivent leur discussion. Une discussion aimable et passionnante.

— Vous savez, je suis capitaine de police. Capitaine Éric Breuil. Enfin… je ne le suis plus exactement. Retraite anticipée. Depuis six ans. Je perds un peu la boule comme on dit, et cela ne va pas aller en s'arrangeant…

Il s'exprime sur ce sujet avec une désinvolture telle qu'elle donne déjà l'idée à la jeune auteure d'un futur personnage pour son second roman. Il reprend :

— Toutefois, je voudrais tout de même vous faire part d'une petite incohérence dans votre histoire…

— Ah oui ? Dites-moi tout.

— Le père de votre héroïne répand du sang de sa fille pour faire croire qu'elle est morte dans le local des années auparavant. Une fausse preuve pour tromper les policiers.

— Oui, j'avoue que c'est un peu rocambolesque !

— En tant que professionnel, je dois vous dire que ce stratagème n'aurait pas dupé des policiers…

— Ah bon ? Que voulez-vous dire ?

— En fait, les experts de la police scientifique sont tout à fait capables de déterminer avec précision depuis combien de temps une trace de sang est présente sur une surface. Et cela même si on prend la peine de le faire sécher plus vite, ou si on utilise du détergent pour nettoyer les traces !

— Je vois, vous avez sans doute raison. Merci pour cette explication. Pourrais-je vous recontacter lorsque je commencerai à écrire mon prochain ouvrage ? Votre expertise me serait d'une grande aide.

— Avec joie, mademoiselle. Je serai ravi de vous rendre ce service. Je vais vous libérer, je ne veux pas abuser de votre temps. De plus, on m'attend à l'hospice…

Il prononce cette phrase sans amertume.

— Beaucoup d'autres admirateurs attendent pour avoir le plaisir de vous rencontrer. Voici mes coordonnées. Prenez soin de vous… et de votre famille.

— Merci, pareillement. Prenez soin de vous…

— J'attendrai avec impatience votre prochain roman.

Nina lui serre la main plus fort qu'à son habitude, tout en le sondant d'un regard sincère avant de le laisser s'éloigner. Elle est ravie de cet entretien avec le policier. Il se dégageait de lui un côté très protecteur. Elle ressent une certaine tristesse face à cet homme cultivé et doux qui va certainement finir dans une solitude intérieure terrible lorsqu'il aura complètement perdu la mémoire. Elle glisse sa carte dans son sac à main. Le policier avait sans doute raison pour ce point un peu bancal qu'il avait repéré dans le récit. Cependant, il est impossible pour la jeune femme de lui révéler que la majeure partie de l'histoire relatée dans les trois cents pages de son roman était issue de faits réels. De faits vécus. Elle y raconte son calvaire. Le sien, mélangé à celui d'une autre femme.

Comme un exutoire. Comme une thérapie. Un moyen aussi de dire au monde à quel point elle aime ses parents. Cela est d'autant plus ironique que Nina Fougier est officiellement née de parents inconnus.

Le Miroir du funambule, le roman écrit par Nina Fougier, sera un véritable succès littéraire.

Remerciements

J'ai eu le besoin d'écrire tout d'abord pour moi. Au travers des pages de mon roman, j'espère qu'ils ressentiront que je l'ai fait aussi pour eux et grâce à eux. Merci à mes enfants, ma femme, mon papa, ma maman, mon frère, ma belle-famille et mes amis.

Merci à Arnaud, Valérie, Christiane, Charlotte et Olivier pour leurs nombreuses lectures et relectures, pour leurs inspirations et leurs critiques qui m'ont été indispensables. Je les remercie de m'avoir regardé les premiers comme si j'étais un vrai auteur.

Je remercie tous les lecteurs qui ont consacré de leur temps pour me lire et me donner leur avis. Parmi eux, un merci spécial à celles et ceux qui m'ont permis d'y croire, qui m'ont encouragé et/ou accompagné sans même me connaître personnellement. Par pure bienveillance. Merci donc à Cécile, Sandra, Caroline, Julia, Emamka, Martine, Enitram, Franck.

Je remercie tout le monde aux Éditions Les Nouveaux Auteurs et Jean-Laurent Poitevin pour avoir donné de la considération à mon travail.

Je remercie le groupe Prisma pour son soutien dans ce projet et Vesna Veljkovic, pour ses conseils d'écriture.

Merci à tous et à tous ceux que j'oublie, car grâce à vous, j'ai pu réaliser un de mes rêves.

Citations utilisées dans le roman :

« Fuis du plus loin la pointe assassine, l'esprit cruel et le rire impur », *L'Art poétique*, Paul Verlaine.

« Il n'est si grande douleur qu'une douleur muette », *Les Regrets*, Joachim du Bellay.

« Il faudrait essayer d'être heureux, ne serait-ce que pour donner l'exemple », *Spectacle*, Jacques Prévert.

« Je donne à mon espoir tout l'avenir qui tremble comme une petite lueur », *Poèmes à Lou*, Guillaume Apollinaire.

« De quoi que soient faites nos âmes, la sienne et la mienne sont pareilles », *Les Hauts de Hurlevent*, Emily Brontë.

« Heureux qui comme Ulysse a fait un beau voyage », *Heureux qui, comme Ulysse, a fait un beau voyage*, Joachim du Bellay.

« La raison d'ordinaire n'habite pas longtemps chez les gens séquestrés », *L'ours et l'amateur des jardins*, Jean de La Fontaine.

« L'homme est un loup pour l'homme », *Léviathan*, Hobbes.

« L'homme est un loup pour l'homme », *La Comédie des ânes*, Plaute.

Stéphane Schmucker

Stéphane SCHMUCKER vit en Alsace où il est enseignant, professeur agrégé de biochimie et génie biologique dans l'enseignement secondaire. Il écrit depuis son adolescence. *L'Ombre du funambule* est son premier roman.

« Une plongée au cœur des ténèbres. »

Femme actuelle

PAR L'AUTEUR D'*ARMORICAN PSYCHO*
GRAND PRIX DU SUSPENSE 2019
PRÉSIDÉ PAR BERNARD MINIER

Exil pour l'enfer

Gwenael Le Guellec

Quelques jours plus tard, Yoran Rosko, un photographe indépendant et solitaire, décide de rentrer à Brest après la disparition soudaine d'un ami en mer. Alors que dans l'ombre, un assassin multiplie les meurtres, Yoran, confronté au retour imprévu d'un fantôme dans sa vie, n'a d'autre choix que de rouvrir les plaies du passé et de se lancer sur la piste de ceux qui le menacent. De Berlin à Helsinki en passant par Tallinn, sa quête de vérité va alors le mener jusqu'aux confi ns de la folie humaine. Certaines retrouvailles ne devraient jamais survenir…

Le nouveau roman de Marie Battinger, autrice lauréate du

Grand Prix
***Femme Actuelle* 2019**

Ainsi se brise la ligne

Marie Battinger

Emma se réveille à l'hôpital après un accident de voiture. Elle est indemne mais a oublié les cinq dernières années de sa vie. Sa soeur aînée, Flora, a été gravement blessée et doit mettre un terme à sa carrière de danseuse à l'opéra. Très vite, il apparaît qu'Emma pourrait avoir provoqué l'accident. Choquée, la jeune femme refuse de l'admettre. Elle se lance alors dans une quête destinée à lui faire découvrir qui elle est devenue et pourquoi elle aurait décidé de commettre ce geste désespéré. Seulement la nouvelle vie secrète que mène Emma va entraver ses recherches. Mais qui est donc Monsieur X? À part, peut-être, la clé pour découvrir la vérité ?

GAGNANT PRIX
Femme actuelle 2021
ROMAN DE L'ÉTÉ 2021

« Une histoire addictive ! »

Françoise BOURDIN, présidente du jury

Pour exister encore

Martine Duchesne

Trois générations sous le sceau d'un secret au dénouement inimaginable ! Magistral !

Femme Actuelle

Une histoire aussi douloureuse que belle où le besoin de connaître la vérité resserre les liens et libère de vieilles tensions.

Dans la ferme qu'elle vient d'acheter, Emma trouve un vieux magazine oublié dans un coin de grenier. Glissé entre ses pages un feuillet sur lequel sont écrits des mots en forme de châtiment. Intriguée, elle rencontre Émilie l'ancienne propriétaire et découvre une vieille dame de quatre-vingt-deux ans, écrasée de remords sous le poids d'un secret lié à son passé. Bouleversée par sa détresse, Emma décide de l'aider, mais elle se heurte à son mutisme. Quelle sombre vérité se cache derrière ce passé dont Émilie ne veut rien dire ?

Pour comprendre, Emma va partir là où tout a commencé. Là où l'exil d'Émilie pendant la Seconde Guerre mondiale a fait de sa vie un cauchemar...